마흔 살의, 여덟 살

마흔 살의, 여덟 살

/ 박민우 장편소설 / 애매한 천재 꼬마의 짠한 성장기

plumbooks
플·럼·북·스

차례

전쟁 통에 태어나 전쟁이 끝나도
전쟁이었다.
새끼들 배곯는 걱정에
항복도 하지 못하고
피투성이인 채로 늙어 가신
어머니, 아버지

감사합니다.
사랑합니다.

이 이야기가 끝을 맺을 수 있을지는 모른다.
나는 미완성에 자유로울 것이다.
머리카락을 쥐어뜯으면서 어두운 방에서 글을 짜내진 않을 거니까.

완전연소.

여운도 없이 모두 태운다.
나의 계획이다.
완벽하게 태워서, 아무것도 남기지 않는 글을 쓸 것이다.
쓰다가 팔 관절이 아프면 쓰지 않을 것이고,
재미없으면 접을 것이다.
순례자처럼 불길을 걷지 않을 것이다.
진흙탕에서 핀 미나리 꽃처럼 결실을 위해
진창을 견디고 싶지 않다는 이야기다.

왜 소설을 쓰게 되었는지부터 이야기하겠다.
급류에 휩쓸려 본 적 있는가?
난 있다.

1부

준우 형

"스물한 살 나는 닥치는 대로 물어뜯었다.
그들이 나를 잊을 만큼 살살 물어뜯지 않았다."

#1

 과테말라, 세묵참페이란 곳에서였다. 급류에 무
방비로 밀려나며 죽음의 마지막 관문으로 빨려 가는 중이었다. 물
가로 불거져 나온 나무가 보였다. 잡았다. 잡았지만, 대세는 빨려
가는 쪽이었다. 내 무의식은 공포로 채워졌다. 펌프처럼, 펌프로 지
하수를 끌어올리는 것처럼 공포는 내 안의 모든 잠재력을 끄집어
냈다. 그 힘이 손끝에 모였다. 나무통은 그래서 낚아챌 수 있었다.
잠깐은 버티겠지만, 곧 떨어져 나갈 것이다. 던지기 29m, 100m 달
리기 20초, 턱걸이 1개…. 대입 체력장이 내게 준 기록이다.

 소설을 쓸게. 쓸 테니까 살려 줘.

신에게 소리쳤다. 그것도 반말로!

천재로 태어난 나는 일종의 부채 의식이 있다. 뛰어난 문장력, 문장에 허우적대지 않고 이야기에 힘을 싣는 냉정함, 십 년 후에나 파악될 이유까지 담는 대범함. 운명은 소설을 써야 한다고 늘 강조했다. 그러나 나는 내 재능을 방치하며 살았다. 평범하고 게으른 사람인 척 살았다. 죽기 전에, 열 페이지 정도의 심금을 흘리는 '마침내 소설'을 바탕 화면에 저장하고, 요양원에서 최후를 맞이하면 되지. 천재는 영웅이 아니니까 비겁해도 된다. 정부 기관이 나를 천재로 지정해 준 것도 아니고, 나만 아는 비밀이니까 고독하게 사라지는 것도 괜찮다.

그렇게 내 재능을 일괄 매장하려던 나는, 순간 항복하기로 했다. 나무통은 미끄럽고, 물살은 빠르다. 검지 손톱 하나가 너덜너덜해졌다. 이번만큼은 운명도 강하게 나왔다. 삥 뜯는 양아치처럼 나를 후미진 곳으로 몰고 있었다. 천재의 탄생, 구색을 맞추기 위해 우주의 질서가 총동원되고 있었다.

세묵참페이, 세묵참페이.

멕시코 남쪽에 맞닿아 있는 과테말라엔 세묵참페이란 곳이 있다. 세상에 존재하는 백 가지 푸른색이 하나의 물줄기로 흐르는 곳이다. 툰드라의 이끼도, 립튼 그린티도, 이태리타월도 다 찾아낼 수 있다. 수많은 푸른색이 섞이지 않고, 닭가슴살처럼 찢겨 흐르는 곳이다. 그 물을 석회암이 막아 외계인도 놀랄 만한 자연 수영장을 빚어 놓았다. 수영만 하면 별 탈 없겠지만, 이곳에 온 이들은 튜브를 탄다. 세뭇참페이에서 수영만 하고 가는 이들은 없다. 까아봉 강 상류에서 튜브를 탄다.

어중간한 쾌락에 꿈쩍도 하지 않는 악어 같은 인간들이 주둥이를 쩍쩍 벌리고 비명을 지른다. 무서워서라기보다는, 이만큼 행복해요를 과시하고 싶어서다. 포장을 기다리는 크리스피 크림 오리지널 글레이즈드처럼, 둥둥 떠다니는 튜브가 신선했다.

이건 꼭 해 봐야 한다. 내 여행의 목적은 '해 봤다'였다는 걸 잊지 않았다. 남이 안 가 본 곳을 가 봤다, 남이 못 해 본 것을 해 봤다, 남이 안 먹은 걸 먹어 봤다…. 진정한 행복은 우월감에서 나오는 것이다. 나는 튜브를 탐으로써 우월해지고, 행복해질 게 분명하다. 튜브를 타기 전의 나는 튜브를 타고 난 후의 내가 되고 싶어 견딜 수가 없었다.

비가 많이 왔어요.

튜브 남자는 내일 오라고 했다. 물이 제법 불었다는 거였다.

한국에서 60시간을 비행기 타고 여기까지 왔어요. 내일은 비행기 타고 돌아가야 해요.

멕시코부터 시작된 여행이다. 한국에서 멕시코를 거쳐 과테말라

까지 왔으니 60시간이 아니라 600시간이라고 말해도 된다. 튜브
만 타기 위해 왔다거나 내일 돌아가야 한다는 건 거짓말이다. 튜브
를 타고 싶은 마음만 진짜였다.

위험하다니까요.

튜브 남자는 움찔하지 않았다. 달랑 한 명 태워서는 기름값도 안
나와서겠지. 튜브를 빌리면 손님을 상류로 실어 날라야 한다. 튜브
대여점은 그렇게들 돈을 번다. 한 차 가득 열댓 명은 실어야 신바람
이 나겠지. 매일 들어 지긋지긋한데 제목은 모르는 남미 노래가 지
지직 지지직 컴퓨터 스피커에서 삐져나오고 있었다. 나는 엉덩이
를 좌우로 조금씩 흔들었다. 제목이 뭔지 묻고 싶었지만, 일단은 심
각해질 필요가 있었다.

튜브를 빌릴 수 있을까요?

두 명의 여자가 튜브 대여점으로 들어왔다. 한 명은 키가 크고 머
리가 짧은 서양 여자였고, 한 명은 피부가 까무잡잡한 동양 여자였
다. 국적은 둘 다 스위스라고 했다. 동양 여자는 입양된 여자가 아
닐까, 잠깐의 호기심이 일었다.

조심해야 해요. 수영은 할 줄 알죠?

이젠 수영 타령이다.

당연하죠!

　나만 대답했다. 튜브 남자가 일어섰다. 키가 190cm는 될 정도로 큰 남자였다. 고릴라가 바나나를 던지듯, 철제 선반에 차곡차곡 채워진 타이어를 하나씩 던졌다. 내 타이어가 제일 새것이었다. 적정한 특혜다. 나는 더 이상 그의 장삿속을 나무라지 않을 것이다. 트럭 타이어의 알맹이를 튜브로 사용했다. 두 아가씨의 튜브는 땜질한 흔적이 선명했다. 누더기였다. 내 것을 양보해야 하나? 갈등했지만, 두 명이어서 오래 갈등하진 않았다. 내가 갖는 것이 가장 공평했다. 튜브가 가지처럼 반짝였다. 우리는 트럭과 함께 까아봉 강 상류로 향했다.

　과테말라의 수도 과테말라시티에서 장거리 버스를 타고, 봉고를 몇 번 더 갈아타며 비포장 산길을 덜컹거려야 나오는 세묵참페이. 여기까지 와 버렸다는 생각을 했다. 식용유를 펴 바른 듯한 튜브가 수면을 미끄러지는 동안, 나는 숙연해졌다.

#2

　　내 뒤통수에는 손바닥만 한 지도가 있다. 원형 탈모다. 50원짜리 동전 크기에서 시작된 원형 탈모는 간도 지방이 포함된 한반도 모양으로 확장되었다. 50원짜리 크기가 여기저기 생기더니 경계가 허물어지고 손바닥, 정말 손바닥만 한 한반도가 대규모 간척 사업을 내 뒤통수에서 하고 있었다.

　선생님, 한 달 후에 남미로 떠나요. 그 전에 머리털이 날 수 있을까요?

　청담동 최고의 탈모 도사, 릴렉스 피부과 원장은 신선처럼 웃었다.

　선생님은 왜 이렇게 피부가 좋나요? 매일 관리받죠?

뒤통수가 따끔, 주삿바늘 속의 차가운 액체가 두피를 파고들었다.

아니요. 아무것도 안 하는 게 피부에 제일 좋아요.

대한민국 최고의 귀족은 재벌도 관료도 아니다. 피부과 의사다. 아무 짓도 안 했지만, 머리숱은 빽빽했고, 피부의 모공은 죄다 숨어 있었다. 될 수만 있다면 그의 열두 제자 중 한 명이 되어 그를 증언하고, 널리 알리고 싶었다. 아무 짓을 안 해야 모든 것을 갖게 된다는 완전체의 증언에 나는 어떻게든 낮아지고, 굴복하고 싶었다.

병약한 머리털을 위해 주입한 주사는 메조테라피라고 했다. 영양제로 생각하라고 했다. 냉장고에서 꺼내는 걸로 보아 음식처럼 유통 기간이 있는 모양이었다. 도사님의 무표정함은 완전체에게나 허락되는 자신감이었다.

백 프로 장담은 못 해요. 그래도 한 달 안에 머리털이 조금씩 나지 않겠어요?

머리털보다 급한 건 희망이었다.

조윤기도 우리 병원에서 관리받아요.

도사님은 불쑥 SBS 수목 미니시리즈 주인공 조윤기 이야기를 꺼냈다.

조윤기, 가발이에요. 부분 가발. 정말 감쪽같죠? 친구 후배라고 하니까, 재미 삼아 해 주는 기예요.

이런 말을 듣기 위해 내가 백만 원을 들여 이곳에 온 것이다. 치료비를 깎아 주는 것보다 나보다 잘난 사람도 비슷한 고통에 허우적댄다는 것이 나를 안도하게 했다. 연예인은 자주 내 삶에 영향을 미쳤다.

나는 연예인 때문에 직장을 그만두었다.

#3

지오디(god) 건은 제가 책임지겠습니다.

〈쎄씨〉, 〈에꼴〉, 〈키키〉, 〈신디 더 퍼키〉, 〈피가로〉는 모두 지오디
를 인터뷰했다. 〈유행통신〉만 못 했다. 중철지*에서 〈유행통신〉만
지오디가 없었다. 지오디 담당은 나였다. 나는 중철지에서 연예인
인터뷰와 별자리 점, 심리 테스트 등을 주로 썼다. 연예인 인터뷰는
후배 한 명과 반반씩 나눠서 담당했다. 담당이라 함은 평소에 열심
히 매니저들과 연락하는 걸 의미했다.

---

* 잡지 제본 형태가 '중철'을 한 형태라 그렇게 불렸다. 시간이 지나 제본 방법이 바
뀌었지만 계속 그렇게 불렸다.

여보세요. 어떻게 지내세요? 밥보다 술 한 잔 어떠세요? 가고 싶은 나라 없어요? 홍콩? 방콕? 베니스? 베니스 좋다. 베니스 한 번 가요. 화보는 베니스가 좋죠. 이런 전화를 일로 해야 했다.

나는 드물게 남자 기자였다. 장점도 있고, 단점도 있었다. 장점은 매니저들이 잘 기억해 준다는 것이었고, 단점은 대부분이 남자인 매니저들에게 살갑게 대하는 게 어색하다는 거였다. 여자 기자들이 피칸 파이나 브라우니를 들고 촬영 현장에 나타나면 나는 그날 저녁 네이버 지식인에 피칸 파이가 뭔지 물어야 했다. 여기자들은 인터뷰가 끝나고도 조잘조잘 연예인들과 친분을 쌓아갔지만, 나는 인터뷰가 어서 빨리 끝나기만을 바랐다. 얼굴은 활짝 웃지만, 엉덩이는 땀으로 축축했다. 사교적인 인간이 아니란 걸, 이 일을 하면서야 알았다. 낯선 사람을 불편해했고, 마음에 없는 칭찬을 지껄이는 걸 힘겨워했다.

드라마 〈이브〉로 탑을 달리던 채림을 만나러 가는 날이었다. 어떻게든 인터뷰를 해야 한다는 생각에 압구정동 나폴레옹 제과점에서 피칸 파이를 사 들고 촬영 현장으로 나섰다.

바쁘시죠?

좀요.

매니저님, 인터뷰 좀 어떻게 안 될까요?

페이지를 늘려 주면 생각해 볼게요.

페이지는 걱정 마세요. 피칸 파이 좀 가져왔어요. 나폴레옹 게 맛있

더라고요.

뭘 이런 것까지.

채림 씨 어디 계세요? 제가 직접 드리고 싶어서요.

매니저는 하얀색 밴 안으로 들어갔다. 밴의 문이 열리고, 생각했던 것보다 훨씬 키가 크고, 청순한 채림이 공주처럼 발을 땅바닥에 내디뎠다. 나는 활짝 웃으며 피칸 파이를 주었다. 보나 마나 입술은 바르르 떨렸을 것이다. 분당 율동공원이었다. 빤한 인사를 주고받고 헤어졌다. 나는 공원 화장실로 들어갔다. 활짝 웃을 때 입술이 얼마나 떨리는지 확인하고 싶어서였다.

안녕하세요.

아무도 없는 화장실에서 안녕하세요를 했다. 역시 입술은 약간 떨렸고, 믿을 수 없이 커다란 고춧가루가 앞니에 달라붙어 있었다.

피칸 파이.

조심스럽게 발음해 보았다. 눈여겨보지 않았다면 안 보일 수도 있는 위치다. 그런데 채림은 왜 웃었지? 고춧가루 때문이었을까? 그냥 웃은 거겠지. 연예인은 늘 그렇게 웃잖아. 해석은 그만! 아냐, 그냥 웃은 게 아니야. 정말 왜 웃었지? 혐오와 연민을 반반씩 섞어

겨우 웃은 걸까? 해석은 그만하자니까. 조인성, 송혜교, 배용준, 권상우 앞에서 난 고춧가루를 보인 적이 없었을까? 그들은 내 고춧가루를 보고 웃고, 나는 그저 그 웃음이 고마워서 굽실굽실 따라 웃었던 건가?

　먹고사는 일은 언제나 지겹다. 일이 지겹다고 고춧가루를 잇몸에 남길 필요는 없었다. 그런 치욕도 모자라서, 이제 지오디가 나의 자존심을 무너뜨렸다.

#4

새 앨범이 나와서 많이 바쁘시죠? 한가할 때 연락 주세요.

나는 땀으로 진득한 손바닥에서 전화기를 떼어 냈다. 지오디가 인터뷰에 응해 줄 리가 없지. 해도 〈쎄씨〉 정도만 할 거야. 〈보그걸〉과 〈엘르걸〉이 창간하고 중철지는 하락세였다. 뱀 같은 연예인 매니저들은 하락세인 중철지를 누구보다 잘 알고 있었다. 지오디는 최고 인기 그룹이었다. 감히 인터뷰 시간 좀 내달라고 말할 용기가 안 났다. 짧은 통화였는데도, 나는 식은땀을 흘리고 있었다.

새 앨범이 나오면 연락 주겠답니다.

그래? 중국 씨만 믿을게.

편집장이 나를 믿는 한 달 동안 지오디는 앞에 열거한 다섯 개의 중철지와 인터뷰를 했다. 지오디의 매니저는 중철지의 하락세를 몰랐거나 홍보를 미친 듯이 해 보자고 독하게 마음먹은 모양이었다. 〈유행통신〉 편집장은 같은 날 발행된 경쟁지를 찬찬히 훑어보고 있었다. 〈유행통신〉은 그달 트윈 케이크 모양의 라디오가 별책 부록이었는데 초판이 매진이었다.

역시 표지는 이렇게 정면으로 꼴아봐야 해요. 표지 모델이 엉뚱한 곳을 보면 안 팔린다니까요. 어딜 보는 거야, 애는? 〈유행통신〉이 최고야. 김태희 눈에서 광선 나왔어.

영업부 오 부장은 경쟁지 표지를 비웃으며 〈유행통신〉을 칭찬하고 있었다. 나는 사표를 들고 서 있었다. 지오디를 홀로 놓친 나는, 입 다물고 있을 수만은 없었다.

지오디 건은 제가 책임지겠습니다.
지오디가 왜?

책임지겠다는 내 말에 편집장은 눈을 깜빡였다. 오 부장과 추가로 5천 부를 찍어야 하나 말아야 하나를 의논 중이었다. 지오디는 나만 심각한 문제인 모양이었다. 괜히 자책했다. 하긴 무능함은 보편적인 문제다. 대부분이 무능하다. 유능한 사람은 강박증에 손톱을 파먹고, 남을 의심하고, 배려할 줄 모른다. 나는 무능하니까 진행비를 30만 원 안에서 해결하고, 무능하기 때문에 마감 때마다 사다리를 타자고 한다. 편집부 기자 중 나이가 많은 편이지만 사다리를 그리고, 세븐일레븐도 솔선수범 내가 간다. 후배들이 좋아하는 삼각 주먹밥과 전자레인지 떡볶이와 조청 유과, 콜드 오렌지 주스도 잊지 않고 챙긴다. 나는 제법 장점이 많은 기자다. 이 굴욕감은 나만 굴욕하면 되는 문제다.

한 달을 더 채우면 퇴직금도 받는다. 1년을 채워야지, 경솔했다. 마감도 끝났으니 홀가분하게 며칠 농땡이도 치고 말이지. 2주 후에 부분 가발인 조윤기와 말레이시아 화보 촬영도 예정돼 있다. 죽이 잘 맞을 경우 우린 탈모 고민을 나누며 쿠알라룸푸르 메르데카 광장에서 양꼬치를 뜯을 것이다.

책상 위에 있는 트윈 케이크 라디오 몇 개를 가방에 담았다. 어머니는 공짜라면 무조건 좋아하시니까, 트윈 케이크 라디오로 〈여성 시대〉를 들으며 걸레질을 하실 것이다.

자리로 돌아온 나는 뒤통수를 한 번 더듬었다. 손바닥이 완벽하게 들어가는 크기였다. 어디까지 커질 것인가? 허물어지기로 약속한 빌딩이, 약속보다 빨리 무너지고 있었다. 나라는 빌딩은 예정된 폐허였다. 머리카락만 빠지면 끝일까? 아닐 것이다. 체중 감소, 저혈압, 소화 불량, 역류성 식도염, 불면증, 두통…. 나는 매일매일 시들어갔다.

　잠깐 고조된 안도감이 낱낱이 분해되었다. 분명 어제보다, 지난 주보다 원형 탈모는 커져 있었다. 무너지기 전에 탈출한다.

　지오디
　god
　갓

　신의 계시다. 신의 계시로 사표를 낼 것이다. 단, 퇴직금은 챙겨야지. 그러니까 한 달 후, 장렬히 그만둘 것이다. 세묵참페이는 그렇게 오게 되었다.

#5

        처음엔 건강한 혈관의 헤모글로빈처럼 튜브는 순조롭게 흘렀다. 콧노래를 부르고, 미지근한 물에 손가락도 걸쳤다. 누군가가 나를 봐 주기를 바랐다. 이름도 모르는 정글의 나무들이 양쪽에서 나를 호위했다. 선글라스에 버무려진 하늘은 평범했지만, 원숭이의 울음소리가 보완해 주었고, 흐르는 물은 그냥 물빛이었지만 이곳이 과테말라였으므로 상관없었다. 현대 자동차에서 연말 보너스로 2천만 원을 받았다는 창근이랑 정교수가 될 확률이 높다는 수남이는 특히, 이 장면을 봐야 한다. 나는 더 이상 불행하지 않다.

  턱!

턱? 뭔가에 걸렸다. 나무다. 강변에 뿌리를 박은 나무가 길쭉하게 물 위로 누웠다. 누운 나무는 가지로, 잎으로 내 앞길을 가로막았다. 빠져나오면 된다. 흥분으로 일을 키울 필요는 없다. 간단하잖아. 나무통은 가는 전봇대 정도의 둘레였다. 나무통을 살짝 들고 통과하면 된다.

나무에 바짝 다가가서 고개를 아래쪽으로 집어넣었다. 계획대로 나무를 들어 올리려고 했지만, 꼼짝도 안 했다. 그래서 나와 튜브가 잠시 잠수해서 나무를 통과하는 걸로 작전을 수정했다. 나무 밑으로 들어가는 게 간단치 않았다. 튜브가 너무 컸다. 일단 머리통부터 집어넣었다. 머리통을 집어넣는 순간, 물은 사악한 정체를 드러냈다.

퉁!

튜브가

퉁!

몸에서 떨어져 나갔다.

퐁!

선글라스가 뒤를 쫓았다. 나는 나무를 안았다. 꼭 안았다. 강은 굶주림에 눈이 뒤집힌 갈치떼였다. 오로지 나 하나를 기다리며 아가리를 벌리고 기다렸던 것이다. 물살은 내 발을 물어뜯으며 빨리 튜브처럼, 선글라스처럼, 그렇게 자신들의 아가리로 빨려 들라고 다그치고 있었다. 이 나무통을 놓치면 나는 죽는다.

지오디 인터뷰만 성사됐다면, 그냥 잡지사에 다녔다면, 탈모가 심해지지 않았다면, 과테말라에 안 왔다면, 튜브를 안 빌렸다면⋯. 역시 가장 후회가 되는 건 튜브였다. 수영을 할 줄 안다고? 나는 수영을 못 한다. 그럼 스위스 여자애들 앞에서 못 한다고 해? 죽어도 그렇게는 못 한다. 답은 하나였다. "Yes, I can." 설령 수영을 한다고 해도 죽을 것이다. 이런 급류를 수영 따위로 어쩔 수 있단 말인가? 그럼 죽어야지. 그 전에 비명이라도 질러 보고.

아유다 메(Ayuda me, 구해 주세요)!

스페인어다. 스페인어로 목숨을 구걸하다니. 아, 멋있다!

뽀르 파보르(Por favor, 제발요)!

제발이란 말을 붙여 보았다. 뽀르 파보르으으. 생판 상관없는 외국어인데, 뽀르 파보르엔 부패한 생선에 서식하는 살모넬라균처럼 간절함과 지질함이 가득했다. 왜 과테말라였냐고? 이왕이면 멀리 아주 멀리, 내 탈모의 원흉인 스트레스의 근원에서 멀어지고 싶었다. 달라진 환경이 두피를 혼란스럽게 하면, 모근을 뚫고 머리카락이 솟아나지 않을까 희망했다.

관심도 없던 자연을 찬양하면서 휴대폰과 인터넷이 없는 세상에서, 유기농에 가까운 인간으로 부활하고 싶었다. 베트남산 물소뿔 빗으로 머리통을 피가 날 때까지 비벼도 보았고, 부황으로 피를 쭉쭉 뽑아 보기도 했다. 머리카락은 나지 않았다. 대한민국은 지옥이었다. 탈모의 공범이었다.

이제 이 나무통을 놓고, 나는 물살에 뜯겨 나갈 것이다. 흘러가던 두 명의 스위스 아가씨는 몇 번이고 나를 뒤돌아보았다. 키가 작은 아가씨는 울부짖듯 비명을 지르며, 손을 나에게 뻗쳐 보기도 했다. 닿을 리가 없지만, 죽어가는 한 남자를 위해 뭐라도 하고 싶었던 모양이었다.

죽음과 나, 1 대 1의 대치다. 나는 뚜렷하게 존재했다. 나무통을 놓았다. 물이 기도 속으로 우수수 쳐들어오고, 그걸 꼼짝없이 다 들이켰다. 구역질이 나는데, 물이 계속 들어왔다. 나는 이렇게 죽을 것이다. 팔을 휘저었다. 수영을 못 했지만, 팔과 다리를 열심히 흔들었다. 그리고 고개를 들었다. 핵실험으로 파생되는 핵구름처럼 좌우로 대칭된 물살이 일렁이며 다가왔다. 웅장하다. 멋지게 파묻혀, 부서지듯 사라질 것이다.

갑자기…

허둥대는 게 귀찮아졌다. 그래 봤자 안 될 것이다. 잠깐 발악해 보지만, 패배는 기정사실이었다. 그래서 귀찮았고, 기권하고 싶었다. 생의 마지막 30초는 다들 이런 기분일 거야. 귀찮음! 죽음 앞의 깨달음은 귀찮음이다. 인간이 목을 매면 사정을 하고, 변을 본다. 몸 안에 있는 모든 찌꺼기까지 다 토해내고 죽는 거지. 구구한 해석이 가능하겠지만, 귀찮음이 이유일 것이다. 모든 구멍을 다 열어 버리는 것이다. 내려놓음의 궁극은, 몸에서 똥이 새는 것이다.

툭!

반건조 오징어처럼 흐르다가 다시 한 번 나는, 뭔가에 걸렸다. 걸렸다기보다는 굵직한 몽둥이가 머리통을 강타했다. 흐르면서 나무통에 또 한 번 걸린 것이다. 왜 이렇게 많은 나무들이 물을 향해 누워 있는 거지? 강가엔 생선 가시처럼 성가시게 나무들이 누워 있었다. 그래서 튜브를 타는 동안엔 최대한 강가에서 멀어져야 하는 거였다. 죽을 때가 되어서야 요령 하나를 깨우쳤다.

나무통을 다시 잡았다. 내 수명은 몇 초 더 연장되었다. 가만, 왜 그렇게 비관적으로 생각해? 물가로 나온 나뭇가지의 길이는 3m 정도. 이 나무를 쫓아 땅까지 가면 된다. 왜 그 생각을 못 했을까? 3m 저쪽엔 이승인데 과장이 심했다. 죽음을 단정 짓다니 멍청하고, 비겁했다.

물살은 여전히 맹렬했고, 손톱 하나는 이미 날아갔다. 핏물이 강물을 따라 연기처럼 풀어지고 있었다. 살 수만 있다면 소설을 쓰겠어. 소설을 쓰고 싶다는 욕구가, 살고 싶다는 욕구만큼이나 강렬해졌다. 줄다리기를 하듯 나무를 몸 쪽으로 당겨 보았다. 몸이 한 뼘, 물가로 움직였다.

살 수도 있겠다.

한 뼘 한 뼘, 나는 땅으로 향했다. 땅은 그렇게 멀지 않았다. 마침내 땅을 딛고야 말았다. 갑작스러운 평화였다. 살 수 있겠다고 생각하자마자 살았다. 낮은 풀이 무성했다. 선글라스가 없는 탓에 뭉개지고, 불분명한 세상이 내 앞길을 약간 방해했다(도수가 있는 선글라스였다).

길은 보이지 않았다. 사람이 거닐었던 흔적이 없었다. 흐르는 물소리는 여전히 미친개였다. 퉁퉁, 커다란 코카콜라 페트병이 급류에 휘말려 튕기는 꼴을 봐 버렸다. 페트병은 손가락도 없고 의지도 없으니까. 내가 저 꼴이 될 리가 없지. 살았지만 두려움은 여전해서 나는 뛰기 시작했다.

아유다 메!

사람의 목소리가 듣고 싶어졌다. 살았다는 확신은 타인에 의해서 증명되어야 한다. 맨발에 닿는 것들은 풀과 흙과, 가시와 자갈과

개미였다. 설령 지뢰여도 뛰었을 것이다.

아유다 메, 뽀르 파보르!

나는 울고 있었다.

#6

키가 작은 원주민 두 명이 소리를 지르며 뛰어다니는 나를 찾아냈다. 숙소에서 잡일을 맡아 하는 이들이었다. 스위스 아가씨들이 동양 남자 다 죽게 생겼다고 난리를 피운 모양이었다. 그들을 따라 다시 물가로 내려왔다. 강가에 커다란 튜브가 보였다. 내가 잃어버린 튜브였다. 튜브까지 찾아내다니, 작고 단단한 그들의 등짝이 믿음직스럽기만 했다.

이런 사고가 드물지 않았는지, 인부들의 표정은 무덤덤했다. 약간은 귀찮아하는 것 같기도 했다. 덜덜 떨고 있는 나에게 그중 한 명이 튜브를 내밀었다. 강을 건너야 한다고 했다. 눈앞은 나를 죽이려던 사나운 물살 그대로였다. 이걸 어떻게 건너? 나는 고개를 저었다. 자기들을 꽉 잡으라고 했다. 죽어도 못 건넌다고! 나는 비명을 질렀다.

괜찮아, 괜찮아.

그들은 괜찮다고, 자기들이 튜브를 잡고 있겠다고 했다. 못 하겠다. 죽어도 못 하겠다. 어떻게 빠져나온 물인데. 저 악마 같은 물살은 또다시 나를 물어뜯을 것이다. 그들은 설득을 포기하고, 저항하는 나를 물속으로 밀어 넣었다. 나보다 훨씬 작은 몸뚱이로 그들은 나를 이끌기 시작했고, 나도 재빨리 그들을 도와 튜브 안에서 발을 굴렀다.

원주민들의 얼굴이 수면 아래로 사라졌다. 너무 깊고, 물살은 너무 셌다. 물속에서 그들은 안간힘을 쓰며 한 발 한 발 강 건너로 향했다. 야생마 한 마리를 거뜬히 끌고 갈 수 있을 정도의 힘이 우리에겐 필요했다. 나는 있는 힘을 다해 발을 저었다. 강한 물살에 언제 또 떠내려갈지 몰랐다. 몸체가 모두 물속에 사라진 원주민 둘은 내 튜브를 놓지 않았다. 한 발, 한 발!

괜찮아, 괜찮아.

앞의 남자가 "푸우"하고 얼굴을 내밀더니, 나를 질질 끌며 스페인어로 괜찮다고 했다. 괜찮다는 말은 내겐 신앙과 같았다. 나는 그 말을 믿고, 빌고, 받아들였다. 제발, 제발, 조금만, 조금만 더. 첨벙

첨벙 소리를 내며 내 다리는 엉망진창 휘젓기만 했다. 그리고 발이 닿았다. 발이 닿는 곳에 십여 명의 사람들이 보였다. 그중에는 나와 함께 튜브를 탔던 스위스 여자 둘도 있었다. 모두 우리 숙소에 묵는 이들이었고, 내가 서 있는 곳이 바로 숙소였다. 튜브를 타고 내려오면 강변에 있는 숙소로 도착하게 되어 있었던 것이다. 전혀 몰랐던 사실이었다. 튜브와 물살과 내 목숨만 생각했다. 당연한 걸 모르고 산만한 게 나였지만, 대신 풍부한 감수성과 재기발랄한 아이디어가 넘치는 천재 역시 나였다.

스위스 여자아이 중 키가 큰 쪽이 천재에게 커다랗고, 보송보송한 수건을 내밀었다. 수건을 받자마자 나는 막대기처럼 고꾸라졌다. 종아리에 쥐가 난 것이다. 원주민 중 한 명이 쥐가 난 나의 다리통을 90도로 세우고, 발바닥을 꾹꾹 눌렀다. 너무 아팠다.

악악, 나는 비명을 질렀고, 원주민은 펌프질을 하듯 내 발바닥을 땅 쪽으로 밀었다. 어어어, 다리의 마비가 풀리기 시작했다. 어어어, 온몸을 감싼 전류가 일거에 회수되는 느낌이었다. 허벅지가 떨렸고, 다음으로 어깨가 떨렸다. 바짓가랑이에 김이 모락모락 올랐다. 오줌이었다. 허벅지는 계속 떨렸고 종아리의 쥐는 말끔하게 나았으며, 수영복은 뜨겁게 젖고 있었다.

그리고

나는

죽었다.

영국, 프랑스, 독일, 브라질, 스위스, 벨기에서 온 젊은 여행자들은 내 분수 쇼를 관람했다. 손으로 오줌이라도 가리는 순발력조차 없었다. 그래서 소설을 쓰지 않겠다.

나는 살았으나, 죽었으니까.

이걸 어떻게 살았다고 보겠는가? 운명과 약속한 소설은 없던 걸로 한다. 나는 화가 많이 나 있었다.

#7

　　대신 남미 여행기를 썼다. 과테말라 세묵참페이에서 죽을 뻔한 이야기도 썼고, 아르헨티나에서 소매치기를 만난 일도 썼다. 여행기가 제법 팔리면서 인터뷰에, 사인회에 방송 출연까지 했다. 그런 삶을 꿈꾼 건 아닌데, 많은 사람이 나 같은 삶을 꿈꾼다고 했다. 진심으로 부럽다고 했다. 분당 서울대 병원의 삼십 대 의사는 원래는 나처럼 살고 싶었노라고 담배를 깊이 빨았다. 나는 이미 모든 걸 이룬 셈이었다. 뭉클했다. 나는 누군가에게 주목받고, 부러움을 받는 사람이면 족했다. 나는 중국으로 향했다. 아시아 여행기를 쓸 것이다. 남이 부러워하면, 그게 내 꿈인 것이다.

　　준우 형이 죽었어.

칭다오에서 시작한 중국 여행이 한 달을 넘기고 있을 때였다. 대학 동기 인주는 영산강 방조제 근처에서 준우 형이 가드레일을 들이받았다고 했다. 조선소 서문 입구와 헷갈려 사고가 잦은 지역이라고 했다. 장례식에 올 거면 메일을 받는 즉시 오라고 했다.

준우 형은 과 선배였다. 과 선배이면서 영화 동아리 선배이기도 한 준우 형이 내게 연락을 한 건 1년 전이었다. 영화를 같이 만들어 보자고 했다. 나에게 시나리오를 써 보라고 했다. 내가 1학년 때 준우 형은 2학년이었다. 나는 재수한 선배들만 좋아했다. 내가 재수를 했기 때문이었다. 동갑에게 선배라고 부르는 게 싫었다. 준우 형은 재수했다는 사실만으로 나를 사로잡았다. 동기들에 비해 늙어 보이는 얼굴과 슈퍼 타이를 듬뿍 넣고 세탁한 것 같은 하얀 아놀드 파마 양말, 짙은 수염 자국과 떡진 머리. 이거다 싶은 카리스마가 있었다.

영화 동아리에서 에이젠슈타인과 타르코프스키의 영화에 대한 세미나가 있는 날이었다. 동아리건 과에서의 크고 작은 모임이건 세미나는 많았다. 책을 정해 주거나 프린트를 나눠 주면 그걸 읽고 무슨 소리든 해야 했다.

타르코프스키 영화 〈노스텔지아〉의 롱테이크와 에이젠슈타인 영화의 혁명적 도구로서 가지는 예술적 한계가 세미나의 주제였고, 감히 이딴 걸 어떻게 아느냐고 말할 수 없는 신입생들은 입에 바람을 넣어가며 누군가가 무슨 소리만 해 주길 기다렸다. 정적을 깬 건 나였다.

목적을 이루기 위해선 그만큼의 상상력이 중요하죠. 어떻게 선전할 것인가? 그건 상상력의 문제죠. 선전하고 싶다고 다 선전이 되나요? 잘 선전했으면 그걸로 된 거죠. 한계가 없는 예술이 어디 있나요?

아무것도 모르면서, 밤낮을 주절거릴 수 있는 내 능력을 아주 약간만 써 보았다. 긴장감과 타인의 시선은 내 혀를 날름날름 도마뱀처럼 요동치게 한다.

너, 이 영화 봤어?
네, 봤어요.

못 봤다, 이 새끼야! 당황해서 그렇게 대꾸할 뻔했다. 난 못 봤다. 세미나에 참석하기 전에 프린트를 읽어 보라고 해서 읽었고, 세미나에 왔다. 아무 말이나 하라고 해서 했다. 나는 추궁이 아니라 칭찬을 들어야 했다.

줄거리가 뭔데? 러시아에서 선전물이 뭔지 알고 지껄이는 거야?

억울함이 이만저만한 게 아니었다. 준우 형은 과실 바닥에 누워 뒹굴다가 왜 시비를 거는 것일까? 술을 마시고, 방구석을 뒹굴뒹굴하는 걸로도 충분히 멋진 선배다. 나를 짓밟지 않아도 그의 권력은 영원할 것이다. 준우 형의 목구멍에서 발효하던 막걸리의 유산균 몇 마리가 내 콧구멍을 파고들었다.

러시아 왕정이 몰락할 즈음, 전함에서 벌어지는 다양한 부조리의 총체적 예를 보여 주는, 일종의 사회극이잖아요.

내 세 치 혀는 물러설 곳이 없었다. 프린트에서 그런 비슷한 문구를 본 것 같았다. 혀는 비극을 예감하고 한층 발랄하게 요동쳤다.

뭔 개소리야?

준우 형은 개소리라고 했다. 내 개소리를 개소리라고 지적할 권리는 그 누구에게도 없다.

세상에서 가장 쉬운 게 남 씹는 거죠. 씹는 게 쉬우니까 껌이 싼 거예요. 링 안으로 들어오세요. 링 바깥에서 무슨 소리를 못 하나요?

내 주둥이는 한없이 분했던 것이다. 선배는 입 말고, 주먹도 살았다는 걸 보여 주려고 아놀드파마로 휘감은 길쭉한 발로 성큼 다가왔다.

선배님, 오해세요. 제 말은요!

나는 재빨리 반성했다. 준우 형의 주먹이 내 얼굴 정면으로 날아왔다. 동아리방에서 코피를 흘리는 최초의 신입생이 되는 순간이었다.

나와, 씨발놈아!

더 때리고 싶은 모양이었다. 나는 천천히 일어섰다.

선배님, 그건 정말 오해세요.

#8

　　　　밖으로 끌려 나간 후 준우 형은 내 멱살을 잡았지
만, 곧 멱살을 놔 주었다. 준우 형은 담배 한 대를 꺼내 물었다. 그의
주먹이 부르르 떨리고 있었다. 손등이 살짝 부어 있었다. 얼마나 세
게 때린 걸까? 공간과 시간을 인식하는 순간이 있다. 태양을 빙그
르르 돌면서 자전까지 하는 지구 위에서, 나를 꼿꼿하게 세운 중력
을 느끼는 순간은 초라해질 때다. 내 치욕의 무게를 조금이라도 가
볍게 하기 위해, 자아는 공중으로 붕 떠오른다. 쪼그라든 나를 바라
본다. 간만의 공중 부양이었다. 중력의 힘은 나와 준우 형만 물고
늘어질 작정인가 보다. 나의 몸은 움직일 수가 없었다.

　술 좀 사 와!

준우 형은 만 원짜리를 내밀었다. 그제야 숨통이 트였다. 자아는 찰싹 제자리를 찾았다. 그 어색함을 단돈 만 원으로 끝장내다니. 한여름 찜통 같은 재수 종합반에서 세숫대야에 발을 담그며 〈실력 정석〉을 훑었던 재수생 선배는 이토록 성숙했다. 소주와 치토스, 오란씨 파인애플 맛을 사 왔다. 준우 형은 이 새끼 안주 고를 줄 안다며 내 머리를 쓰다듬어 주었고, 나는 잔돈을 돌려주려다 그냥 주머니에 묻어 두었다. 수사자의 우두머리가 무리에서 이탈한 하이에나를 핥아 주는 갸우뚱한 순간이었다. 그게 우리의 인연이었다.

준우 형은 동아리 후배들이 수군대는 단 하나의 남자였다. 재수할 때 종로학원 서울대 반에서도 킹카였다고 했다. 여자들이 말하는 킹카는 뭘까? 꽤 큰 키와 나쁘지 않은 피부에 무테안경과 아놀드파마 양말, 납작해진 랜드로버(영에이지일 수도 있다)에 서울대 반(결국 서울대는 못 갔다) 정도면 되는 건가? 동아리나 과에 그보다 잘생긴 남자는 몇 더 있었다. 그런데도 그는 독점적 지위에 있는 왕자였다.

당시 그의 술주정, 술주정 후에 후배들에게 걸었던 뜻밖의 전화, 동아리방에서 자는 얼굴의 옆선, 자다가 일어나 두 손으로 세수하듯 얼굴을 비벼대는 손가락, 목이 늘어진 GAP 셔츠, 동아리방 어딘가에 던져 놓았던 안경을 더듬거릴 때의 떨리는 속눈썹까지 감시되고 추앙되었다. 여자들은 부끄러움을 포기하고 집단 최면으로 그를 열망했다.

동아리 방에 있는 낡은 노트엔 온통 '그' 혹은 '바람'에 대한 이야기였다. 아무것이나 쓸 수 있는 〈언집〉이라는 노트에 여자들은 준우 형 이야기만 써댔다. 20년이 지나고, 사실 '그' 혹은 '바람'으로 불리던 남자가 중국이 너였어란 반전을 기대했지만, 그런 반전은 없었고 나는 내가 생각했던 것보다 훨씬 더 인기가 없었다.

술자리, 세미나, 카페, 밥집에서 붙박이였던 나는 아예 없는 남자였다. 아니야, 나도 그때 거기 있었어. 당연한 사실을 나는 주장해야 했다. 에이 무슨 소리야, 넌 없었어. 서른이 되어서 만난 동기들은 나를 부정했다. 진짜야? 중국이, 너 거기 있었어? 그녀들은 진지했다. 내게 복수를 하는 걸까?

그런 글 좀 그만 싸질러! 재수 없어. 특히 초록색 볼펜 좀 쓰지 마. 언집이 시체 종아리처럼 파랗잖아. 안암동의 한 술집에서 스물한 살 나는 여자 동기들을 공격했었다. 한 명의 동기 여자애는 울었고, 한 명은 내게 김치 접시를 던졌다.

나는 피라니아였다. 브라질 아마존에서 피라니아 낚시를 한 적이 있었다. 피라니아는 생각보다 작고, 생각보다 평범했으며, 생각보다 멍청했다. 낚싯바늘에 매달린 닭고기 껍질을 덥석 물었으며, 결국 매운탕의 육수로 분해되었다. 피라니아가 아마존에서 사라지지 않을 수 있었던 건 물어뜯기 때문이었다. 도망치지 않았고, 자기보다 작은 것만 상대하지 않았다. 물어뜯었으므로 피라니아가 되었다. 스물한 살 나는 닥치는 대로 물어뜯었다. 그들이 나를 잊을 만큼 살살 물어뜯지 않았다. 그런데 어떻게 나를 기억 못 한다는 거지?

#9

준우 형의 일대기를 몇 줄로 정리하는 게 죄스럽지만, 그의 이야기가 소설의 중심이 아니기에 정말 몇 줄로 요약하겠다. 그의 인간적인 방황과 고뇌 등은 알지 못한다.

그는 당시 〈영화저널〉이라는 영화 전문 주간지의 학생 기자였다. 무가지로 세상에 나온 〈영화저널〉은 당시 영화에 관심 좀 있다는 이들에겐 선망의 잡지였다. 한겨레신문에서 〈씨네21〉이 발간되기 전까지 영화지로는 최고의 영향력을 행사했다. 학생 기자가 별로 할 게 없다는 건 중요하지 않았다. 어떻게 그런 곳에 응모할 생각을 다 했을까? 안암동 촌구석도 충분히 큰데 말이야. 그는 매주 신촌, 홍대에서 학생 기자들과 세미나를 하고, 학생 기자들에게 허락된 기사를 취재하러 다닌다며 영화 평론가나 영화 제작자를 만나러 다녔다.

　요즘 시나리오를 쓰고 있는데….

　아주 가끔 얼굴을 비치는 게 전부인 준우 형은 학교 앞 술집에서 담배를 깊이 빨았다.

　영진공에 시나리오 한 번 내 보려고. 당선이야 되겠어? 군대 가기 전에 좀 열심히 살아 보고 싶어서.
　어떤 이야기인데요?

　가정교육학과의 아람이가 먼저 물었지만, 누구라도 궁금했을 것이다.

　이야기는 없어. 틀에 박힌 내러티브 말고, 다른 식으로 실험해 보고 싶어. 유치하다고 볼 수도 있겠지만, 새로움을 위한 새로움은 왜 안 돼? 헝클어지고 엉망인 시나리오를 써 볼 거야.

　다들 고개를 끄덕이거나, 정 그에게 동의하지 못하는 이들은 술잔을 입으로 갖다 대거나 했다.

　그런데 선배, 틀에 박힌 내러티브는 쓸 수 있나요? 쓸 수 있다면 그런

말, 해도 되죠. 그런데 졸라 입만 산 사람들이 많잖아요. 자기는 하지도 못하면서 나불나불 양아치처럼 비난하는, 정신이 거지인 사람, 밑천 없는 사람 말이에요. 그죠? 형은 그런 사람 아니죠? 아닌 거죠?

내 의지와 상관없이 뱉어진 말이었다. 재차 강조하지만 혀는 확실히 나와 분리된 독립된 생명체였다. 하지만 뱉어진 말에 스스로의 관점이 정리되기도 하는데, 그렇게 말을 뱉고 보니 정말 준우 형이 좀 같잖아 보이긴 했다.

건배!

준우 형은 건배를 외쳤다. 나는 그와 가장 멀리 있었지만, 얼른 다가가서 그의 잔에 짠하고 부딪혔다. 우리는 영화다, 찍고, 뽑고, 놀자. 이런 구호를 함께 외쳤다. 알죠? 쟤 또라이잖아요. 선배가 참으세요. 아람이가 선배에게 원샷을 권했다. 준우 형은 늘 주인공이었다. 왜 준우 형이 주인공인가? 내가 더 천재다. 내가 주인공이 되어야 한다.

까고 있네.

보통은 좆 까고 있네지만, 그건 선을 넘는 행위다. 나는 선을 넘지 않는 선에서 이 화목한 분위기를 망치고 싶었다. 까고 있네의 대상도 준우 형이라기보다는 아람이었다. 아슬아슬하지만, 나는 상식선에서 까불고 있었다. 술에 취해 구불거리는 준우 형이, 휘청이는 탁자 위에서 성큼성큼 뛰었다. 몇 개의 쇠젓가락이 높이 튀었고, 재떨이 위에 있던 돼지 등뼈도 튀어 올랐다. 그의 발을 보다가 등뼈로 잠깐 시선을 옮기는 순간, 그의 발이 내 얼굴로 날아왔다.

퍽!

물어뜯으므로 나는 존재했다.

#10

네 남미 여행기를 봤어. 문장이 재밌던데 로맨틱 코미디 한 번 써 볼래?

싫어요!

20년 만의 전화였다. 준우 형이었다. 나는 싫다고 했지만, 좆 까고 있네라는 말을 더 하고 싶었다. 대들고 얻어맞으며 선배 후배 했으니 끈끈한 사이일 수도 있다. 하지만 나는 그날 턱뼈가 으스러졌다. 하악골절이라고 했다. 의사는 이 정도면 살인이나 마찬가지라며 내 잇몸에 티타늄을 박았다. 고통과 연관된 모든 자극이 자석에 모인 쇳가루처럼 내 잇몸 쪽으로 파고들더니, 신경세포 하나하나에 싸대기를 갈겼다. 의사는 내 턱에 대고 망치질을 했다(전신 마취

였는데도, 그 장면이 분명히 기억에 있다).

돈 이야기가 오갔다. 어머니는 천만 원을 준우 형의 아버지에게 받아내셨다. 두 번에 걸쳐 5백만 원씩 받아내신 것이다. 단성사 골목에서 금은방을 하는 준우 형의 아버지는 벌렁 드러누운 어머니에게 두 번째 5백만 원을 주실 수밖에 없었다. 어머니는 5백만 원의 잔금을 회수한 날 배스킨라빈스에서 파인트 한 통을 병실로 사 들고 오셨다. 치료비 빼면 남는 것도 없다며, 어머니는 내 머리통을 쓰다듬으셨다. 꽁꽁 언 아이스크림을 푸다가 분홍색 스푼이 부러졌고, 어머니와 나는 하나의 스푼으로 아이스크림을 먹었다. 어머니는 아들, 파이팅 하며 계속해서 내 입에 피스타치오 아몬드를 넣어 주셨고, 나는 스푼을 같이 쓰고 싶지 않다는 말을 못 해 안절부절못했었다. 태어나서 처음으로 배스킨라빈스를 먹은 날이기도 했다.

다행히 준우 형은 다시 전화하지 않았다. 대신 준우 형이 있는 영화 기획사 직원이 이메일을 보내왔다. 공문과 계약서 양식까지 같이 보냈다. 준우 형이 아니니까 찬찬히 읽어 보기로 했다. 열 개의 영화를 기획 중이라고 했다. 재벌 아들이 돈을 댄다더니 이 회사, 젖과 꿀, 현금이 삼위일체가 되어 흐르는 천국이 분명했다. 할리우드의 메이저 제작사를 꿈꾸는 이 회사는 실험 영화에서부터 블록버스터까지 다양한 레이블을 소유한 콘텐츠 기업을 꿈꾸고 있었다. 파워포인트로 장원급제를 한 게 분명한 실력자의 공문은 수려

한 그래프들로 꾸짖듯 모니터를 가득 채웠다.

내가 아는 시나리오 작가 이름도 그곳에 있었다. 착수금은 5백만 원. 경력이 없기 때문에 5백만 원이지만 시나리오가 완성되고, 영화화가 결정되면 2천만 원을 더 주겠다는 내용이었다. 영화화가 안 될 경우에도 다섯 번의 원고 수정을 했을 경우에는 5백만 원 추가 지급을 약속했다. 선금만 주고, 나 몰라라 하는 충무로 기획사가 한둘이 아니었다. 나는 독립영화 한 편 만든 게 경력의 전부였다. 최소한 천만 원이 생기는 일이다. 천만 원이라는 액수는 평온한 내 가난을 들쑤셔 놓았다.

나는 이 돈을 준우 형에게 돌려줄 것이다. 내 구역질 나는 과거와 이별하는 거지. 어머니가 받아낸 천만 원은 늘 나를 따라다녔다. 입을 벌리지 못해 입술을 벌리고, 이 사이로 동원 참치죽을 쪽쪽 빨아대던 고통과 참담함에, 천만 원은 무난한 합의금이었다. 하지만 치료비, 입원비를 제하고도 5백만 원이 남았다.

금성 싱싱 냉장고와 한국형 숯불구이 전자레인지가 주방에 놓여졌고, 나는 홍콩을 다녀왔다. 내 생애 최초의 해외여행이었다. 그 돈의 일부는 런던으로 어학연수를 가는 데까지 쓰였으니 어쩌면 여행 작가로의 내 삶은 그 천만 원에서 시작된 것일 수도 있다.

런던에 있을 때 준우 형의 친형과 같은 곳에서 영어 공부를 했었다. 광고 감독으로 꽤 유명한, 여배우와 스캔들도 있었던, 스타일 끼얹은 거지처럼 생긴 남자였다.

안녕하세요?

어, 그래! 너도 여기 다니니? 어머니는 안녕하시고?

어머니를 들먹였다. 친구도 아니고, 동생의 후배 어머니 안부가 정말 궁금했을까? 천만 원을 달라고 아버지 금은방에서 드러누웠던 네 어머니는 잘 먹고 잘사시니? 이게 묻고 싶었겠지. 평범한 안부 인사로 웃고 넘길 만큼 나는 멍청하지 않았다.

며칠 후부터 그는 나타나지 않았다. 차를 렌트해서 남프랑스를 휘젓고 다니는 중이라고 한국인 학생들이 수군댔지만, 나 때문일 것이다. 나랑 같은 학원에서 공부하는 게 싫었을 거야. 내 이유가 전부는 아니겠지만 큰 일부겠지. 내가 인사할 때, 적잖이 놀라던 눈동자를 똑똑히 기억한다.

어떻게 알아? 누구야? 친구로 보이는 다른 한국인들이 나를 보며 궁금해했었다. 그들도 나를 피했다. 누구야 했을 때, 내가 답했다. 준우 형의 학교 후배라고. 아, 그래요? 오, 준우랑 친해요? 시답지 않은 이야기도 몇 마디 나눴다. 그런데 다음날 눈인사가 고작이었다. 눈인사뿐이라니. 안녕하세요, 아니면 굿모닝이라도 했어야 하는 거 아닌가? 나의 진짜 이야기를 푸짐하게 들었겠지. 나와 마주하니 구역질이라도 났던 거야?

내가 먼저 인사를 하면 되지 않느냐고? 경계의 대상이 되고 나면 이미 선택권은 없다. 상이든 벌이든 주어진 것만 넙죽 받아야 한다. 누구는 피해의식이라고 할 것이다. 하지만 소외되어 본 자는 소외의 기운을 정확히 감지할 수 있다. 내가 등장했을 때 차분해지는 공기, 말수가 적어지고, 행동과 눈짓으로 대화를 대신하는 교활한 비밀 결사. 미리 작전을 짠 것도 아닌데, 일사불란하게 합의된 행동으로 나를 분리해 내는 그들의 습성을 나는 꿰뚫고 있다. 나는 런던의 트래펄가 광장 지하철역에 가끔 등장하는 바퀴벌레와 다르지 않았다.

천만 원이 생긴다면, 준우 형의 계좌로 바로 입금할 것이다. 구질구질한 과거를 청산해야 한다. 하루 동안 나 자신을 힘들게 자제시킨 후에 다음날 '한번 해 보겠다'라는 이메일을 보냈다. 영화사에선 로맨틱 코미디를 써 달라고 했다. 로맨틱 코미디라, 이건 어떨까?

늘 잘생겼다고 칭찬받고 자란 못생긴 남자가 있다. 남자는 그대로 쭉 못생기게 커 버렸지만, 자신은 세상 누구보다 잘생겼다고 생각한다. 그런데 못생긴 남자만 좋아하는 여자가 있다. 그녀는 못생긴 남자를 봐야 이성으로 느껴지는 여자다. 자신이 진심으로 잘생겼다고 생각하는 남자를 못생겨서 좋아하는 여자. 아냐, 뭔가 어설퍼.

이런 건 어떨까? 꿈에서만 만나는 남녀가 있다. 그들은 늘 꿈에서 만난다. 깨어난 세상에서 둘은 절대 만나지 못한다. 꿈속에서만 만나는 연인. 현실 속에서는 연애를 할 수가 없다. 현실에서 둘이 서로를 찾는 것이 이 영화의 핵심이다. 지루하진 않을까? 코미디가 아니라고 딴지 걸까? 아이디어는 좋은데 그걸 채울 내용이 빈약한 것 같긴 하다.

이러면 어떨까? 꿈속에서 그들은, 그들의 연애를 방해하는 악당을 죽여 버리는 거야. 꿈에서 깨어나 보니 TV 뉴스에서 인천 앞바다에서 발견된 악당의 시체가 속보로 전해지고 있는 거지. 꿈은 더이상 꿈이 아닌 게 되는 거야. 그들은 이제 서로를 찾아서, 이 의문을 해결해야 한다. 결말은? 결말은 쓰다 보면 나오겠지. 틀이 괜찮으면 결말도 괜찮아진다.

길중국. 너 인마, 천만 원짜리에 갇히기엔 너무 아까운 놈.

오랜만에 각성한 천재는 몸을 떨었다.

기대 좀 할게. 넌 미친놈이니까. 한 번만 제대로 미쳐 봐!

준우 형의 전화였다. 알겠다고 답했다.

#11

　　　답이 없어서 이렇게 메일 보내요. 다섯 번째 수정 본 거 지난달에 보냈잖아요. 엎어졌어요? 엎어졌어도 5백은 받을 수 있는 거죠? 상황만 이야기해 줘요. 괜히 숨기고 그러지 않아도 돼요. 일단 5백은 입금해 주실 수 있죠? 그것만 입금해 줘요. 당장 해달라는 건 아니고, 언제 줄 수 있는지만 말해 줘요. 어머니가 임플란트를 하셔야 한다고 해서요.

　　준우 형이 죽기 전에 내가 보낸 메일이었다. 그때 나는 리장이란 곳에 있었다. 중국의 서쪽 끝 윈난 성에서 나는 〈Stay〉란 책의 원고를 마무리하고 있었다. 여행을 떠나, 눌러앉은 사람들을 인터뷰 중이었다. 몰리라는 미국인 변호사와의 인터뷰 원고를 정리하다가 약간은 충동적으로 그런 메일을 보냈다.

춤을 보여드릴까요? 그녀는 춤을 보여 주고 싶어 했다. 춤을 춰 주면 좋죠. 좋은 사진을 찍을 수 있겠다 싶었다. 그녀는 벌떡 일어섰다. 비명처럼 들리는 티베트 음악에 맞춰서 그녀는 조금씩 움직이기 시작했다. 춤을 가르쳐 주던 티베트인 남편이 도망친 이야기를 하던 중이었다. 속 시원하게 남자 욕을 해 주길 바랐다. 자기를 배신한 남자, 그에게서 배운 춤, 증오를 모르는 답답한 천사의 춤은 길었다. 이때쯤이면 끝내겠지 하는 순간을 여러 번 넘기면서 춤은 계속됐다.

나는 시계를 자주 봐야 했다. 소금 간이 안 된 물김치 같은 사람, 비슷해질 수도 없는 사람. 이해할 수 없는 사람의 인터뷰였다. 고치고 또 고쳐도, 맘에 드는 글이 나오질 않았다. 열 번은 고쳤을 것이다. 열 번째 원고, 그 원고의 마지막 문장을 고쳤다. 메일로 보내려는데, 마지막 문장까지 정성껏 고친 문서가 보이지 않았다. A4 용지 두 장 분량의 원고가 사라진 것이다. 이상하다. 그럴 리가 없는데, 한 시간 이상 벌게진 얼굴로 노트북 키보드를 두드리다 원고가 날아갔다는 결론에 도달한 나는 끓어오르는 분노를 어딘가에 싸질러야 했다. 그래서 준우 형에게 메일을 날렸다.

그리고, 준우 형이 죽었다.

정말 죽었을까? 돼지 등뼈를 튕기며, 내 턱뼈를 부쉈던 남자가 정말 죽었을까? 리장의 공기가 건조해서 재채기를 몇 번 했다. 눈물이 나오려다 말 것 같아서, 눈을 힘차게 깜빡거렸다. 나왔다. 몇 방울! 이거면 되나? 눈물 몇 방울은 확실히 재채기 때문이었다. 이쯤에서 울어 줬으면 좋겠는데, 울음이 나오지 않았다. 내가 보낸 메일엔 한 문장이 더 있었다. 형한텐 별거 아닌 시나리오일지 몰라도, 저는 글을 쓸 때 목숨을 걸어요, 라고 썼었다. 목숨이란 단어를 넣었다. 목숨이라니. 나는 목숨을 걸고 글을 써 본 적이 없다. 천재는 굳이 목숨까지 끌어다 쓸 필요가 없다.

준우 형이 나를 무시한다고 생각했다. 입금이 안 되었으면 가타부타 말이 있어야지. 직원과 여러 차례 이메일이 오가긴 했다. 저희도 결정을 기다리는 중입니다라니. 내가 그런 말만 듣겠다고, 시나리오를 쓴 줄 알아? 직원과 따지는 건 시간 낭비였다. 아니! 준우 형을 공격하고 싶었다. 나는 여전히 피라니아였다.

준우 형은 나를 때린 그해, 영진공에 시나리오가 당선됐었다. 흥행엔 실패했지만, 시나리오 원본을 읽은 사람들은 하나같이 멍청한 감독을 원망했다. 조급한 데다가 진지하고, 자기 성찰을 혐오하는 감독이 시나리오를 망쳐 놓았다며, 한 평론가는 원 없이 감독을 조롱했다. 준우 형이 천재 작가라고 했다. 천재? 준우 형이 쓴 시나리오 내용은 이랬다.

별 볼 일 없는 아마추어 작가가 납치당한다. 납치당한 작가는 1억 원짜리 시나리오를 써야 한다. 공모전에 당선 한 번 못 해 본 이 남자는 왜 자기가 납치되었는지 모른다. 1억 원짜리 시나리오를 쓰기 위해 남자는 이야기에 대해서 생각한다. 매일 2분 정도 분량의 시나리오를 쓴다. 납치한 사람도 시나리오 작업에 가담한다. 재미에 대해, 이야기에 대해 이야기를 나누며, 어느 순간 둘은 함께 울고 웃기 시작한다. 시나리오가 완성되었지만, 1억 원짜리 공모전에 당선되지 못한다. 주인공 남자는 납치범에 의해 죽는다.

신문과 TV에서 극찬했던 준우 형의 시나리오 원고는 이런 내용이었다. 이게 명작이야? 어떤 감독이 만들어도 쓰레기였을 테지만, 평론가들은 버선발로 환영했다. 10분이면 끝장날 것 같은 스토리를 촘촘하게 잘 짜 맞춰 놓았다는 것이다.

천재라니? 뱀 같은 평론가들이 들고 일어서면 천재인 건가? 천재란 생전에 인정받기 불가능하다. 하찮은 평론가들과 간사한 대중의 입맛에 맞춘 다시다 같은 글을 써야 한다. 천재? 자기네보다 잘나 보였겠지. 천재는 쉽게 파악될 리 없다. 천재란 질서를 보아야 한다. 그 시대의 질서를 보고, 미래의 질서까지 지배해야 한다. 그 질서는 저렇게 쉽게 해독되는 것이 아니다.

어디가 촘촘하다는 거야? 왜 그 사람을 납치했는데? 구구절절 이유를 설명 안 해서 간결하다고? 이런 게 진짜 우화라고? 납치가 되었으면 탈출할 생각을 해야지, 갇힌 채 얼씨구나 창작의 재미에 빠져? 그게 클라이맥스야? 납치범이 감명받아 눈물을 흘리는 장면은 역사에 길이 남을 닭살 아닌가? 감독이 음악을 남발해서 망쳐놨다고? 그러면 감동하라고 몸부림치는 그 장면에서 음악을 뺄까?

관객은 그걸 기대하는 거야. 선댄스 영화제에 출품할 영화와 상업 영화는 달라야지. 진부한 걸 알면서도 음악을 쏟아붓는 감독의 마음을 알아? 돈 되는 영화를 만들라며 감독을 닦달하는 프로듀서들한테 너희들이 당해나 봤어? 한 명의 선동자가 기가 막힌다고 하니, 기가 막힌 시나리오가 된 거지. 반항할 용기도 없는 자판기 커피 같은 평론가들 같으니라고.

가짜 천재의 탄생은 늘 허술하고 감정적이다. 그럼에도 불구하고 준우 형이 나를 성질나게 한 건, 그릇을 만들었다는 거다. 그냥 허무맹랑한 이야기를 포스트모던하게 흩뜨려 놓은 게 아니라 이야기를 구성했다는 것이다. 빤한 내러티브가 싫다던 작자가 이야기를 배열했다는 게 열불이 났다. 입만 살았어야 할 준우 형이 제법 골고루 기본은 하는 인간이었던 것이다. 그런 준우 형을 굴복시킬 수 있는 기회였다.

준우 형을 깜짝 놀라게 할 시나리오를 쓰고 싶었다. 초고만으로도 초짜가 쓴 게 맞나 싶을 만큼의 완성도를 보여 주고 싶었다. 대중이 바라는 대로, 대중이 원하는 딱 그만큼의 글쓰기. 수준을 낮추는 게 굴욕적이지만 불가능한 건 아니었다. 호떡에 설탕을 한 스푼 더 넣으면 된다. 그게 대중과 평단의 입맛이다. 그들은 내 계산대로 환호할 것이다. 몇몇은 날 보고 천재라고 하겠지. 딱 천재 소리 들을 정도로만 쓰겠어. 적당히 신선하고, 적당히 상투적인 거 말이야. 멍청한 것들…. 내 작품부터 빨리 진행하자며 재벌 2세는 조급해하겠지.

보란 듯이 초고를 보냈었다. 바람과 달리 한 번, 두 번, 세 번, 네 번, 다섯 번, 수정을 요청해 왔다. 마지막엔 준우 형이 메일로 상황을 설명했다.

나는 네 번째로 그냥 갔으면 했는데, 이번엔 윗선에서 빠꾸시켰어. 미안하다. 조금만 더 고생하자.

그럼 세 번째까지는 준우 형이 보기에도 부족했다는 거야? 감히 나를 지적해? 준우 형을 굴복시키기는커녕, 오히려 그의 보호 아래 연명하는 털도 안 마른 병아리였다니…. 나는 준우 형이 싫었다. 먼저 일을 하자고 해 놓고, 또다시 나를 20년 전의 미운 오리 새끼로 되돌려 놓았다. 그래서 목숨이란 단어를 썼고, 준우 형은 죽었다. 나 때문일까? 내가 쓴 메일 때문일까? 장례식에 가야 하나? 일단 내일은 호도협 트레킹이 있는 날이다. 일본인 친구와 함께하기로 한 트레킹이다. 내가 안 간다면 그도 안 갈 것이다. 리장에서 가장 해 보고 싶었던 중요한 일정이다. 준우 형의 장례식에 안 갈 핑계로는 너무 허접해서 괴로웠다.

비행기 표를 검색해 봤다. 리장에서 성도, 성도에서 서울로 가는 비행기 표가 있었다. 평소엔 저렴했던 중국 동방항공 비행기 표는 급할 때는 역시 대한항공이나 아시아나와 별반 차이가 없었다. 한 달 여행 경비를 날려야 했다. 그래서 안도의 한숨을 쉬었다. 가고 싶어도 돈이 없다. 내 가난은 그 누구도 인정할 수밖에 없는 사실이었다. 통장의 돈을 탈탈 털면 비행기 표야 살 수 있지만, 부조금을 꿔야 한다. 돈을 꾸고, 체구가 비슷한 후배에게 양복과 구두를 빌려야 했다. 장례식에 참석한다는 건, 누가 봐도 억지스러웠다.

한결 마음이 편해졌다. 누구라도 납득할 것이고, 고스톱판을 벌이며 친구들은 중국이도 왔으면 좋을 텐데, 하나 마나 한 정도의 아쉬움만 표할 것이다. 어차피 장례식은 형식이다. 언젠가 나도 죽는다. 죽음은 삶의 절차지, 러시안룰렛처럼 운 없는 이에게만 당겨지는 매정한 방아쇠가 아니다.

안 갈 것이고, 홀가분했다. 아니, 홀가분해질 것이다.

12

　　　호도협으로 오르는 길은 가팔랐다. 서두르면 하루 만에 보고 내려올 수도 있다고 했다. 서두를 것이다. 정신 나간 사람처럼 꾸역꾸역 달리듯 오를 것이다. 허벅지에 마비가 와서 픽픽 쓰러지고, 죽어도 못 해를 연발하다가 죽어 버릴 것이다.

　　함께 여행하는 일본인 타쿠야를 한참 앞서서 성큼성큼 걸었다. 첫날 다섯 시간, 둘째 날 네 시간 정도 걷는다. 호도협 트레킹은 2박 3일이 일반적이다. 그걸 하루에 끝낼 것이다. 값을 치를 것이다. 죽음 근처의 고통으로 나를 괴롭히며 준우 형을 추모할 것이다. 전기톱으로 허벅지 뼈를 긁는 듯한 통증이 왔다. 고통스러운가? 죽음과 비교할 만한 고통인가? 안 죽어 봐서 모르겠다.

　　성가시게 강렬한 햇빛이 각막을 또렷하게 한 번 지졌다. 고통스

러운가? 그만 물어봐! 지겨운 죄책감, 개새끼야. 걸었다. 걸으면 걸
어진다. 고통은, 내가 정한 것이다. 내 망상이, 내 거짓이 고통을 정
의했다. 여전히 말랑말랑한 아픔일 뿐이다. 더욱 괴로워야 한다.

길을 잘못 든 것 같아!

뒤처져서 〈론리플래닛〉을 펼쳐보던 타쿠야는 고개를 저었다. 입
술 사이로 흰 거품이 지저분했다. 귀밑까지 빨개져서는 가쁜 숨을
나눠 쉬고 있었다.

이리 줘 봐!

베개로 쓰면 딱 좋을 두께의 가이드북이었다.

이게 뭐야?

*뭐긴, 책을 거꾸로 돌려 봐. 그러면 더 쉬울 거야. 여기가 우리가 올
라온 길이야. 알겠어? 이쯤에서 오르막이어야 하는데, 우린 오른쪽으로
난 길로 가고 있잖아.*

알아들을 것도 같았지만, 확실하게 다가오지는 않았다. 공간 지
각력이 약한 나는 지도만 보면 머리가 아파왔다.

밥부터 먹자!

방향치인 나에게 타쿠야의 설명은 허기를 자극했다. 여기서 밥을? 타쿠야는 되물었다. 싫다는 완곡한 표현이다. 잠시 잊었다. 밥이라니. 쉬었다 가다니. 나는 지금 준우 형을 추모하는 중이다. 진심을 담아 한 걸음, 한 걸음. 순례에 어울리는 고통으로 내 종아리를 괴롭힐 것이다.

타쿠야가 앞서기 시작했다. 나에겐 돌과 나무일 뿐이지만, 타쿠야는 나뭇가지에서 리본을 찾고, 돌덩이에서 빨간 페인트 자국을 찾아냈다. 호도협 트레킹은 쉬운 트레킹에 속하지만 스물여덟 개의 굽잇길은 제법 악명이 높다. 스물여덟 개의 굽잇길, 보통 28밴드라고 부른다.

이제부터 28밴드야, 각오해!
씨발, 밥부터 먹자고 했잖아.

나도 모르게 한국말이 튀어나왔다.

씨발? 욕했지?(Sibal? You say fuck you to me by Korean?)

호도협은 차마고도의 일부다. 차마고도. 인도와 티베트로 중국의 차가, 중국으로는 티베트의 말이 전해졌던 무역로다. 헛디디면 천 길 낭떠러지인 길로 그렇게 차와 말을 실어 날랐다. 뾰족한 옥룡설산은 너무 전형적이고, 가도 가도 보이는 풍경은 같았다. 28밴드. 28이란 숫자가 어이없었다. 열 개 정도에서 끝나야지, 28이라니. 27밴드에 도달하면 28은 영겁의 블랙홀로 도망가 버릴 것이다.

나를 밀어!

열 굽이째를 돌면서 세는 걸 멈췄다. 밑으로는 떨어지면 죽는 게 아니라 새로운 세상으로 이동할 것만 같은, 그만큼 비현실적인 낭떠러지가 펼쳐졌다.

한국말로 하지 마!(Don't speak Korean!)
제발 나를 밀어, 저 낭떠러지로!
또 욕했지?(You speak Korean slang again?)
아냐, 씨발!
나 씨발이 뭔지 알아. 너 또 욕했어!(I know what sibal means! You say fuck you again!)

영어로 말했으면 피부부터 내장까지 진지함으로 조합된 이 일본인은 진짜 나를 밀었을 것이다. 호도협으로 가는 날 아침, 신한은행으로 5백만 원이 들어와 있었다. 영화사에서 입금한 돈이었다. 죽기 전에 영화사에 전화라도 한 통 한 거야? 준우 형한테 돈 내놓으라고 했고, 준우 형이 죽었고, 돈이 입금되었다. 무릎을 꿇고, 무릎으로만 산을 올라도 나는 용서받지 못할 것이다.

그래서 소설을 쓸 것이다.

어차피 시나리오는 날아갔다. 대단한 천재인 줄 알았던 나는, 다섯 번 시나리오를 고쳐 쓰면서 아니란 걸 알았다. 수정을 요구하는 그들을 경멸했고, 그들이 뭘 원하는지 몰라 죽고 싶었다. 준우 형이 죽었고, 내가 천재가 아니란 걸 알았다. 그래서 소설을 쓸 것이다. 준우 형이 죽었는데 왜 소설을 쓰냐고? 모르겠다. 그냥 쓰겠다. 참회의 글은 아닐 것이다. 책을 내면 인세도 내 돈이고, 명성도 내 것이 된다. 어머니 임플란트만 해도 5백만 원으론 부족하다.

아, 내가 이 말을 했었던가? 준우 형의 시나리오에 등장하는 별 볼 일 없는 시나리오 작가 이름은 중국이었다. 길중국. 이 미친 새끼는 내게 전화 한 통 없이 이딴 짓을 했던 것이다.

2부

미아리

"소망을 이루기 위해선, 불행해져야 하는 걸까?
나는 불행할 것이다. 아니, 불행해져야 한다.
이 무서움은 피할 수도, 피해지지도 않을 것이다."

#13

       일단 떠오르는 것부터 써 보겠다. '일단 떠오르는 것'들이 인상적인 것일 테고, 내 기준으로 중요한 기억일 것이다. 어머니는 나만큼 기억력이 좋은 사람이 없다고 하신다. 세상 모든 어머니들이 자식을 과대평가하지만, 내게 남다른 구석이 있긴 했다. 어머니가 콧노래로 이미자의 '섬마을 선생님'을 흥얼거리실 때, 나는 가사를 넣어 불렀다. 한두 마디만 부르다 마는 게 아니라 끝까지 또박또박 불렀고, 어머니는 콧노래를 멈추고 내 가사에 의지해 함께 '섬마을 선생님'을 불렀다. 한글도 깨우치지 못한 내가.

  이 망할 여편네.

TV 드라마에 나오는 대사였다. 어머니 친구들이 가게로 놀러 와 사과를 먹고 계셨다. 어머니는 내 뺨을 때리셨다. 나는 그저 어른들을 웃겨 보고 싶었을 뿐이었다. 어머니는 어깨에 힘까지 넣어서 뺨을 갈기셨다.

이 망할 여편네, 어디서 남편한테.

나는 '어디서 남편한테'를 붙여 보았다. 그게 완전한 대사였고, 남편과 아내가 부부싸움 중인 장면이었으므로 상황도 맞아떨어졌다. 내가 남편 역할을 훌륭히 재연한 것이다. 어머니는 빗자루를 찾으셨고, 어머 애한테 왜 그래? 아줌마들은 어머니를 말리셨다. 친아들을 지키려는 사람들이 아줌마들이라니. TV를 아예 보지 못하게 하시든지, 철없는 아이가 드라마 속 대사 좀 좋아 했다고 뺨까지 맞아야 하는 걸까? 애는 안 되고, 어른이 하면 되나? 그때 나이가 다섯 살 정도였는데, 나는 논리적이었다.

말로 해요, 말로. 왜 때려?

다섯 살짜리 입에서 그런 말이 튀어나왔다. 어머니의 빗자루가 끝내 내 엉덩이를 갈기고, 아주머니들도 어머 너, 무슨 애가 말을 그렇게 밉게 하니? 하시며 어머니 편으로 돌아섰다. 어른들을 웃기고 싶었다는 좋은 의도는 아무도 알아주지 않았다.

아버지가 프로야구를 보실 때였다. 나는 채널을 돌렸다. 야구의 룰을 모르는 사람에게 야구는, 코딱지만 한 공을 무턱대고 숭배하는 사이비 종교 같았다. 던지고, 받고, 때리는데 그 공이 너무 작았다. 방은 심각해졌고, 나는 냉장고의 계란처럼 외로웠다. 그래서 채널을 드르륵 돌렸다(그때는 채널을 시계 방향으로 돌리는 TV뿐이었다). 다른 채널에서 뭘 하나 궁금할 수도 있는 거 아닌가? 아버지 역시 뺨을 때리셨다. 나는 붉어진 뺨을 데리고 밖으로 나와야 했다. 아버지의 표정이 단호해서, 울지도 못했다.

엄마가 외할머니한테 만 원 줬어. 형한테 준 보약, 5천 원도 넘는 거래.

어머니가 외삼촌의 고등학교 등록금을 대준 걸 알게 된 아버지는 어머니보고 당장 나가라고 하셨다. 아주머니들 앞에서 나를 때린 어머니였으므로 나는 펑펑 우는 어머니가 불쌍하지 않았다. 그렇다고 어머니를 골탕 먹이려고 고자질을 한 건 아니었다. 혀는 내 몸의 어떤 기관보다 독립적이어서, 신경이나 뇌의 명령에 내킬 때만 따를 뿐이고, 눈치 없이 나불거릴 때가 많았다.

어머니에게 뺨을 맞고 작심하고 일러바쳤다기보다는, 서운한 기억이 혀에 남아 있다가 홀로 활약했다고 보는 게 맞을 것이다. 맞을 것이다가 아니라 맞다. 혀는 나보다 더 삐뚤어졌다. 내 죄의 90%는 혀에서 나온 것이다. 혀를 감싼 껍질이 나일 뿐이지, 혀는 몸뚱어리의 일부로서 종속을 전혀 받아들이지 않았다.

너는 어미 등에서 한시도 안 떨어질라고 했지. 아주 징했다!

어머니의 기억 속 나는 유난스러웠다. 어머니가 안 보이면 서럽게 울었던 기억이 어렴풋이 난다. 누구나처럼 어머니를 좋아하는 아이였다. 형은 늘 문을 박차고 나가 71년생 친구들과 어울렸고, 나는 홀로 남겨졌다. 나는 어머니의 보호 아래서 좀 더 기다려야 했다. 문을 박차고 나가 봤자, 어울릴 친구도 없었다. 어머니에게 의존적이었던 건 어머니뿐이었기 때문이다. 형과 비교해서 덜할 뿐이지, 어머니는 나를 사랑하셨다. 만약 동생이 있었다면 동생은 나보다 더 모자란 사랑을 받았을 것이다. 공정하게, 순서대로 사랑하셨음을 의심한 적은 없다.

나는 1973년 9월 2일에 태어났다. 음력 8월 4일이다. 성당에서 세례명을 고를 때도, 8월 4일이 축일인 성 요한 마리아 비안네 사제를 택했다. 다들 바오로, 요셉 등의 세례명으로 흔해질 때 나는 처음 들어본 세례명이라며, 한 번씩 되물어 오는 호사를 누릴 수 있었다.

그런데 전지전능한 네이버에서 생일을 음력으로 변환해 보니, 내 음력 생일은 8월 6일이었다. 음력이나 양력 생일 중 하나는 잘못된 것이다. 양력 생일이 오류라면 나는 한 번도 제대로 된 생일을 가져 본 적이 없는 셈이 된다.

아닌데, 8월 4일이 맞는디!

71

어머니는 음력 8월 4일에 태어난 게 틀림없다고 하셨다. 언제 태어났느냐도 불확실한 둘째. 몇 시에 태어났는지까지도 헷갈리는 덕에 내 사주팔자는 보나 마나 한 것이 되어 버렸다. 그게 내 위치였다. 생일잔치도 변변히 차려 주신 적이 없었다. 생일은 장남까지였다. 잡채를 하고, 갈비를 재는 사치는 장남만으로도 벅차셨을 것이다. 생일잔치 때 집으로 친구를 초대하고 선물을 받았던 적이 단 한 번도 없었다. 초대할 친구도 없었으니 묻히듯 지나가는 생일은 오히려 다행이었다.

이름도 그랬다. 형의 이름이 한국, 내 이름이 중국이었다. 형은 한국을 빛낼 위인이 되라고 한국이었다. 내 이름은 중국이었다. 중국을 빛낼, 중원의 무림고수가 되라고 지어진 이름은 물론 아니었다. 부모님은 자식을 셋은 두실 생각이셨다. 가운데 중(中) 자를 써서 중국이라고 지으신 게 분명했다. 젊은 선생이 지어 주었다고 하는데, 부모님께서 내게 그런 정성을 들이실 리가 없었다. 태어나지도 않은 막내가 남자였다면 종국이었다. 길종국, 마칠 종(終)을 써서 길종국. 얼마나 멀쩡한 이름인가. 혹시 생길지 모르는 동생을 나는 오랫동안 질투했다.

엄마, 딸이면?

언젠가 어머니가 내 귀지를 파 주실 때였다.

마리, 마리. 끝 말(末), 기쁠 희(喜)를 써서 말희라고 할라 했는디, 너무 촌년 같응게, 마리로 할라 했재.

비단장수 왕 서방, 짜장면으로 불리는 둘째 아들 이름은 얼마나 고민하셨을까? 어머니의 갑작스런 하혈로 빛을 보지 못한 막내는 딸이었다고 한다. 마리. 이렇게 근사한 이름도 있을 수 있구나. 동화 속 공주님 같은 이름이었다. 미아리의 공주가 되었을 마리는, 하늘 나라에서 나비처럼 나풀거리며 까르르 봄처럼 살고 있을 것이다.

나는 73년생. 71년생의 동생이다. 대한민국 건국 이래 가장 많은 아이들이 태어난 71년. 가장 많은 장남이 71년에 태어났다. 71년생은 73년 동생을 세트처럼 장만했다. 장만이란 단어를 인간에게 함부로 쓸 만큼, 73년생은 자존감이 낮을 수밖에 없었다.

70년도에 결혼해 71년도에 첫 애를 순산한, 세상 71년생 부모들의 일방적 사랑이 나를, 73년생을 음지에서 기생하게 했다. 71년생의 어머니들은 71년생 맏이에게 미쳐 있었다. 건국 이래 최대의 국민학교* 1학년생, 건국 이래 최고의 고입 연합고사 커트라인(서울의 경우 200점 만점에 남자는 145, 여자는 150점을 맞아야 인문계 고등학교 진학이 가능했다). 백만 명이 넘는 아들딸이 71년에 쏟아졌다. 이

---

*   1941년 일왕의 칙령으로 '국민학교'란 명칭을 사용하였다. '황국신민의 학교'라는 의미다. 1996년 일본의 잔재를 청산하기 위해 '초등학교'로 바뀌었다.

전에도, 이후에도 영원히 없을 베이비붐이었다.

특이한 건 73년생이 72년생보다 많다는 것이다. 인구 곡선이 72년에 꺾였다가, 살짝 반등하는데 이것도 설명이 가능하다. 71년생들의 동생인 것이다. 71년생들의 부모(한국 전쟁 전후에 태어난, 역시 베이비붐 세대다)는 71년생 첫째에 이어 '아들딸 구별 말고 둘만 낳아 잘 키우자'는 정부 정책에 따라 망설임 없이 73년에 둘째를 낳았다. 백만 명까지는 아니어도, 백만 명 비슷한 어마어마한 아기들이 태어났다. 하지만 73년생은 71년생처럼 압도적이지 않았다. 오히려 한 해 더 늦게 태어난 호랑이띠 74년생들이 버릇없이 으르렁거렸고, 초식동물 소띠는 으르렁거리는 어린 것들에게 주눅 드는 경우가 잦았다.

71년생은 돼지띠였다. 돼지는 71년생에게 꼭 맞는 동물이었다. 어디서나 우글거렸고, 어디서나 지랄 맞았다. 나는 라오스의 소수민족 마을에서 무시무시한 돼지 무리를 봤다. 똥은 물론이고 사람들의 오줌까지 받아먹기 위해 새벽부터 집집마다 기다리는 돼지들, 어미 돼지의 젖꼭지가 떨어질 정도로 빨아대는 새끼 돼지들, 똥 누는 사람 주변을 쿵쿵거리며 침 흘리는 돼지, 돼지들. 돼지는 이래서 돼지구나. 만족하는 법 없이 언제나 허기진 눈알을 굴리는 게 돼지였다.

73년생의 먹을 걸 빼앗고, 73년생의 딱지와 구슬을 탐했던 71년생은 돼지 외엔 딴 동물일 수가 없었다. 71년생들이 함께 꿀꿀거리면 적수가 없었다. 73년생만의 특혜도 있었다. 71년생의 보호막

아래서, 이인자로서 72년생에게 대들 수가 있었다. 선생님 집 아들인 태성이 형 때문에 더 그랬다. 자기보다 두 살이나 많은 쌀가게 집 아들을 돌로 찍는 사건이 있었다. 당시 골목대장 홍준이 형은 태성이 형의 돌에 찍혀 머리에 붕대를 감아야 했다. 71년생은 단지 쪽수가 많은 71년생이 아니라 태성이 형이 있는 71년생이 되었고, 야구나 발야구를 할 때 골목을 독차지할 수 있는 왕 중 왕이 될 수 있었다.

태성이 형은 동네에서 가장 좋은 양옥집에 살았고, 포르노 사진을 동네에 전파하는 선구자이기도 했다. 영어가 잔뜩 쓰인 포르노 잡지를 주머니에 쑤셔 넣고는, 딱지나 구슬을 받고 한두 페이지만 슬쩍 보여 주었다. 그럴 때면 먹고 있던 델몬트 후르츠 믹스를 친구들에게 들게 했다. 아무도 입을 대지 못했던 황홀한 깡통이었다. 노란색 파인애플이 저렇게나 많이 담긴 통이라니. 가겟집 아들이었던 나도 한 번도 보지 못한 사치품이었다. 부모님은 두 분 다 학교 선생님이었고, 태성이 형은 최고의 싸움꾼이자, 미아리의 왕이었다.

형이 송천 국민학교에 입학하던 날이었다. 흰색과 검정이 교차하는 체크무늬 마이와 짙푸른 색 부르뎅 아동복 바지를 입고, 가슴팍에 하얀 손수건을 달았다. 어른들이 양복에 넥타이를 매야 했다면 국민학교 1학년 학생은 손수건을 가슴팍에 달아야 했다. 콧물을 닦고, 얼굴의 땟국물을 훔치는 용도였다.

형의 얼굴은 로션으로 번들거렸고, 빗질을 여러 번 해서 가르마를 탄 머리는 왕자님 같았다. 영화에서 나오는 아역 배우처럼 부티가 흘러서 나는 불편했다. 소매 끝은 새까맣고, 콧물을 빨아먹는 나와 공통점이 너무 없었기 때문이었다.

　71년생 아이들이 운동장에 옹기종기 모여 있었고, 체구가 작은 형은 맨 앞줄에서 불안한 얼굴로 어머니 얼굴만 살폈다. 어머니도 같았다. 불안한 얼굴이었다. 눈앞에 보이는 아들이 71년생들 사이에서 묻히고, 사라지지나 않을까 시선을 떼지 못하셨다. 성의 없이 내 손을 쥐고 계셨다.

　어머니와 형은 서로 교신하고, 응원했다. 나는 있으나 마나 한 존재였지만, 고비사막처럼 광활한 학교 운동장에 71년생 돼지띠들이 돼지처럼 몰려 있는 걸 본다는 것만으로도 흥미로웠다. 만리장성을 처음 본 조선 사신들의 마음이 이랬을 것이다. 크기의 놀라움, 규모의 놀라움, 팽창하는 에너지의 놀라움이었다.

　71년생들의 전쟁은 그때부터였다. 함께 딱지치기와 다방구*를 하며, 순수한 연대에 기반을 두었던 동갑내기들은 성적과 싸우며, 미래의 성공을 선점해야 했다. 책장도 없는데 어머니는 삼성당에서 나온 백과사전을 방구석에 쌓아 놓으셨고, 동아전과의 비슷한 말 반대말을 물어보며 다그치셨다.

---

* 　　　술래가 달아나는 사람을 잡아 줄을 세우는 전통 놀이. 술래에 잡히지 않은 사람이 잡힌 사람에게 몰래 손을 대주면 모두 풀려난다.

국민학교에 들어가기 2년 전부터 형은 자주 맞아야 했다. 한글을 깨우쳐야 했는데, 그게 쉽지 않았던 것이다. 동화책이나 신문을 앞에 두고 어머니는 손가락으로 한 자 한 자 짚으셨다. 허락된 시간은 30초. 30초를 참아내신 어머니는 답을 못 찾는 형을 징벌하기 위해 빗자루를 드셨고, 형의 한쪽 팔을 잡아 올리셨다. 형은 감전된 개구리처럼 다리를 쭈욱 펴면서 잘못했어요, 잘못했어요, 했다. 그리고 엉덩이를 맞았다. 흡사 담요를 터는 것처럼 어머니는 형의 작은 엉덩이를 터셨다. 저러다 죽지 싶을 정도로, 형은 미친 듯이 아파했고, 그걸 지켜보는 나도 괴로웠다.

형은 턱없이 아파했다. 나도 맞으면 울기는 했지만, 형처럼 추접하게 기함하지 않았다. 저렇게 비명을 지를 정도라면 대여섯 대 맞고 죽어야 마땅했다. 형은 죽지 않고, 끝까지 빽빽거렸다. 내가 형을 싫어했던 큰 이유 중 하나였다. 그렇게 매질을 무서워하면서 그 매질을 나에게 조준했다는 것이다. 내가 아파하고, 괴로워할 때는 눈 하나 깜짝하지 않았다. 사람이 아니었다. 한없이 약하고, 용서를 구걸하는 아이가 더 약한 아이에겐 비열한 악마로 군림했다. 나는 한글을 깨우칠 필요가 없었다. 비슷한 말 반대말을 깨우칠 필요도 없었다. 어머니는 지치셨는지 나를 방치하셨다. 그래서 내가 더 미웠는지도 모르겠다. 만화 그림이나 끼적이는 내 자유가 괘씸했을 것이다. 형은 무던히도 나를 때리고 또 때렸다. 1등을 해야 한다는 어머니의 주문에 호응할 방법을 몰라 괴로웠겠지.

동아전과의 비슷한 말, 반대말을 외운다고 해서 받아쓰기에서 백 점을 받는 게 아니었다. 백과사전을 읽고 또 읽는다고 해서 반장이 될 수도 없었다. 구멍가게에서 하이타이와 미원을 파는 어머니는 뭐라도 해야 했기에 들들 볶으셨고, 마냥 뛰어놀고 싶은 아들은 매질의 공포와 싸우며 동아전과를 들고 있어야 했다. 그 부작용이 나에게로 향한 것이다.

71년생 형은 매일 나를 때렸다.

#14

우리 집은 가게를 했다. 구멍가게였다. 철제문이 껍질 문이었다. 껍질 문이란 표현이 어색하지만, 딱 껍질의 역할이었다. 네다섯 개의 문이었다. 함석 재질이었지 싶다. 나무로 틀을 만들고 함석을 덧댄 문. 병풍처럼 그 문을 하나씩 하나씩 덮거나 걷어냈다. 어머니가 바깥쪽에서 하나씩 껍질 문을 걷으면, 어두운 가게가 일순간에 환해지고, 그 환함이 가게 안쪽 끝에 있는 방에도 전해졌다. 껍질문 안에는 나무로 된 미닫이문이 있었다. 나무틀에 두꺼운 비닐을 휘덮었는데, 뿌옇긴 해도 안과 밖을 비출 정도는 되었다.

가게 바깥에는 쓰레기통처럼 생긴 아이스크림 통이 있었다. 뚜껑은 고무 재질이었다(우레탄이었던 것 같다). 뚜껑을 열면 그 안에 깐도리라든지, 쌍쌍바가 있었다. 손을 넣으면 팔을 휘감는 냉기가 좋았다. 미원 모빌이 미닫이문 바로 안쪽에서 대롱거렸다. 당시 미원(지금의 청정원)과 제일제당(지금의 CJ)의 판촉전이 치열했다. 없어도 그만일 것 같은 조미료 모빌은 대한민국 모든 구멍가게에 뿌려졌다. 하얀 모빌에는 미원이 주렁주렁 포도처럼 매달려 있었다. 미원은 바람에 씰룩거리고, 햇빛에 반짝였다. 보고 싶었던 적은 없었는데, 보고 있던 적이 잦았다.

그릇 전용 세제인 이뿐이 비누란 것도 기억난다. 분홍색이었고, 크기는 조금 작았던 것 같다. 딸기 향이 상큼해서 좋았다. 무궁화 빨랫비누, 하이타이와 함께 왼쪽 선반 아래쪽에 있었다. 쥐들이 비누를 좋아해서 밤새 갉아먹곤 했는데, 쥐의 이빨 자국이 선명한 비누들을 발견하면 어머니는 선반 밑으로 막대기를 집어넣으며 이놈 시키들, 이놈 시키들 하셨다.

쥐는 우리 삶에 바퀴벌레나 공룡보다 훨씬 가까이 있었다. 쥐덫에 꼬리가 걸린 채 찍찍거리거나, 천장 위를 우당탕거리거나, 부엌의 수챗구멍으로 고개를 내밀거나 했다. 밤이면 우리의 머리맡을 살금살금 기어 다녔다. '기어 다녔을 것이다'라고 애매하게 쓰고 싶지만, 쥐가 방안을 활보했음이 분명했다. 아침에 일어나 보면 180ml(지금 200ml 우유와 크기는 같은데 180ml가 들어 있었다) 우유갑이 뜯겨 하얀 피를 철철 흘리고 있었다. 유통 기한이 지나 농이나 닭겠다며 어머니가 방구석에 놔둔 우유였다. 감히 방까지 들어오다니. 방까지 쥐가 들어왔다는 사실에 어머니는 대로하셨다.

어머니는 부엌과 가게 곳곳에 쥐덫을 놔두셨다. 쥐약도 조물조

물 여기저기, 심사숙고해서 놔두셨다. 도둑고양이가 쥐약을 먹고, 부엌에서 옆으로 엎드려 죽어 있었다. 어머니는 고양이를 쓰레받기에 담아, 집집마다 붙어 있는 시멘트 쓰레기통에 버리셨다. 쥐약도 거둬들이셨다. 판단력이 고양이와 별반 다르지 않은 우리 형제가 혹시 쥐약에 손을 댈까 봐서였다.

집은 동물들의 피난처 같은 곳이었다. 집도 자연의 일부였다. 쥐와 고양이, 벼룩과 파리들이 함께 살았다. 가게 안쪽의 단칸방이 우리 집이었고, 냉장고 크기의 부엌이 붙어 있었다. 방도, 부엌도 작았다. 어둡기까지 했다. 쥐나 고양이가 좋아할 만한 방이고 부엌이었다.

특이하게도 나는 과자나 사탕을 좋아하지 않았다. 텁텁한 과자를 먹으면 입이 사막이 되는 것 같아 싫었다. 밀가루로 만든 먼지덩어리가 내겐 과자였다. 라면땅이나 뻥튀기를 좋아하는 71년생들에게 자기 몫을 뺏기고, 울며불며 애걸하는 73년생들이 한심하게 느껴질 정도였다.

과자와 라면은 가게 중앙의 가장 큰 매대를 차지했다. 나무로 만든 평상처럼 생긴 매대에는 과자와 라면이 원칙도 없이 엉켜 있었다. 티나크랙카, 사루비아, 계란과자 등을 공평하게 싫어했다. 새우깡도 싫었고, 건빵도 거들떠보지 않았다. 고소미와 인디안밥은 싫지 않은 정도였고, 카레 맛이 나는 비29는 예외적으로 약간 좋아했다. 세상의 모든 과자들을 분리하고, 절도 있게 싫어했다. 롯데 바니

드롭스는 싫었지만, 왔다 쵸코바는 좋아했다. 꼬마 아이가 활시위를 당기고 있는 노란색 포장지였던 걸로 기억한다. 포장지도 화려하고, 안에는 지금의 스니커즈와 유사한 초코바가 들어 있었다. 겉은 초콜릿이고 안은 캐러멜과 견과류가 덕지덕지 채워져서, 어떤 반항도 허하지 않는 부자의 맛이 났다. 홀로 귀족처럼 부드럽고 달콤했다. 그걸 먹는 순간, 미국의 주택가에서 야구 모자를 쓰고 백인 아버지와 캐치볼을 하는 입양아가 된 것처럼 황홀했다.

문밖엔 계란이 콩나물 옆에 층층이 쌓여 있었다. 깨진 계란은 맨 위에 올려놓고 싸게 팔았다. 매일 리어카로 계란을 싣고 오는 아저씨는 얼굴이 계란 흰자처럼 반짝였는데, 목소리도 해표 식용유처럼 매끄러웠다.

한 번은 아저씨의 수레에서 계란이 쏟아졌다. 계란이 산산조각 났는데, 어머니는 오렌지색 플라스틱 바가지에 흙바닥 먼지와 계란을 사정없이 쓸어 담으셨고, 계란 아저씨는 그것들을 두 손에 모아서 바가지에 함께 담아 주셨다. 어머니는 흙을 골라내고는 해표 식용유를 듬뿍 뿌린 후에 계란 프라이를 해 주셨다. 계란의 양이 너무 많아서 스페인식 오믈렛처럼 두툼했고, 바닥은 새까맣게 타버려서 맛이 썼다.

보통의 친구들은 한국 야쿠르트를 배불리 먹는 게 소원이었지만, 나는 계란을 배터지게 먹는 게 소원이었다. 반쯤 타 버린 계란 프라이는 평생 내 기억 속에 가장 완벽한 맛으로 남아 있다. 계란 아저씨가 끙끙대며 수레를 끌고 올 때마다 다시 한 번 계란을 쏟길 바랐지만, 그런 횡재는 딱 한 번뿐이었다.

계란 프라이.

어머니는 늘 계란 세 알을 부치셨다. 하나는 어머니 몫이었지만, 자식을 위해 양보하셨다. 71년생 악마는 피자를 자르듯 계란 프라이를 나눴다. 두 개의 노른자가 악마의 몫이었다. 한 개의 노른자와 좀 많은 흰자가 내 몫이었다. 모성애로 세 알을 부치셨다면 그 모성애가 잘 지켜지는지도 확인하셨어야 했다. 두 아들에게 계란을 양보하고, 어머니가 가게로 달려가고 나면 밥상은 무법 지대로 전락했다.

악마야! 악마 새끼!

내 혀는 남태평양의 날치처럼 제멋대로 날아올랐다. 악마란 단어도 왜 썼는지 모르겠다. 일요일마다 가는 교회 주일학교 선생님이 악마와 지옥 불에 대해 이야기해 주셨는데, 막연한 이미지가 입을 타고 튕겨 나왔다. 내 몫의 계란 프라이를 먹고 싶을 뿐이었다.

이, 악마!

악귀를 물리치는 고승처럼, 악령을 쫓는 신부처럼, 나는 악마라고 내질렀다. 입에서는 밥알과 침, 계란이 범벅이 되어 숨을 쉬기 힘들었지만 악마란 발음은 정확했다고 자부한다. 악마는 주먹을 내 볼에 꽂았고 어머니는 내 울음소리에 재빨리 등장해서 목장갑을 낀 손으로 형의 등짝을 때리셨다. 그리고 곧바로 내 엉덩이를 형보다 더 세게 때리셨다. 모성애는 한없는 사랑을 의미하지만, 공평함까지는 이르지 못했다.

우리는 가게까지 했고, 라면과 통조림이 넘쳤는데도 늘 먹을 걸로 싸웠다. 진주햄 소시지는 가게 안의 모든 통조림을 종으로 거느리는 왕이고, 왕비였다. 분홍색의 빨랫방망이처럼 생긴 걸 일정하게 썰어 계란과 함께 부치면 여태 맡아 본 적 없는 기묘한 고소함이 가게 안을 고급스럽게 채웠다.

크리스마스 때면 어머니가 머리맡에 비닐 포장도 안 벗긴 진주햄 소시지를 올려놓으셨는데, 그 어떤 선물보다 기쁘고 소중했다. 하나씩, 하나씩, 어머니는 두 개의 소시지를 주셨고, 그래서 싸울 일이 없었다. 온전한 내 것, 크고 아름다운 것을 차지한 기쁨은 이루 말할 수 없었다. 할당량이 정해지면 평화는 훼손되지 않는다. 규칙이 없으면 인간의 이기심이 관계를 들쑤셔 놓는 것이다.

삼양라면을 쿠웅짝짝 쿠웅짝짝 빠르기로 먹지 않는다는 이유로 젓가락에 이마를 찔려 본 적 있는가? 열 살 때쯤이었다. 내가 숨을 쉬지 않고 쿵짝짝쿵짝짝 쿵쿵 짝짝짝짝 먹었다며 형은 젓가락으로 내 이마를 찔렀다. 나는 입에 라면을 가득 물고, 침과 면발 일부를 흘리며 울었고, 어머니는 출동하셨다. 형과 나는 맞았고, 나는 형이 맞는 사이 열심히 씹었다.

　살아남겠다는 본능이 먼저였다. 열심히 살아낸다는 건 씹고, 소화시킨다는 걸 의미했다. 나는 늘 약하다고 생각했지만, 약함에 적응한, 멸종되지 않을 생명체로 진화 중인 것도 같았다.

#15

우리 집은 서울 미아리 안에서 다섯 번을 옮기며 다섯 번의 구멍가게를 했다. 나는 미아리 집창촌의 작은 구멍가게에서 태어났다. 방 한 칸에 가게가 딸린 단독 주택이었다고 한다. 방이 한 칸만 있는 단독 주택이라니…. 할머니는 싸고, 생계도 이을 수 있는 집을 미아리 집창촌에서 찾아내신 것이다.

어머니는 7남매 중 둘째, 딸로는 첫째로 전남 나주의 문방구를 겸한 구멍가게 집에서 태어나셨다. 음주 가무에 능한 외할아버지 때문에 가세가 기울었고, 먹는 입 하나 줄이려고 아버지와 결혼하셨다고 한다. 결혼 전에 아버지 사진을 보긴 하셨는데 맘에는 들지 않으셨다고 한다. 그러나 묽은 수제비죽을 7남매가 고개를 맞대고 퍼먹는 것보다는, 끼니를 확실히 보장받는 쪽이 낫다고 판단하셨다. 남편감의 외모를 논할 형편이 아니었던 것이다.

아버지는 키가 150cm도 안 되는 단신이셨다. 왜소한 체구는 사진으로 드러나지 않아서 어머니는 실제로 좀 더 실망하셨다고 한다. 이 남자랑 어찌 사나? 심란함은 잠깐, 어수선한 결혼식을 끝내야 했고, 남산을 포니 택시로 도는 신혼여행을 마쳐야 했고, 먹을 걸 내놓으라며 신혼 첫날부터 신혼 방을 점거한 아버지 친구들 수발을 들어야 했다. 어머니는 '인물이 밥 안 먹여 준다'는 어른들의 훈계를 하루 안에 받아들이셨다.

어머니는 내가 알고 있는 이들 중에서 가장 외모에 무심한 사람이다. 못생겨도 이리 못생겼을 수가 없다는 말을 자주 하셨다. 열등감의 낭비를 사전에 차단하셨던 것이다. 못생긴 촌년으로 스스로를 규정하시고, 그 규정 밖으로 절대 나오지 않으셨다. 혹시 예뻐 보일 때는 좀 없나? 보통의 여자들이 갖는 애달픈 미련이 전혀 없으셨다. 입이 튀어나오고 웃을 때 잇몸이 보이기에 추녀라 하셨다. 어머니가 미인과 거리가 멀기는 했다. 하지만 선언하듯 '추녀'도 아니라고 생각한다. 꾸미는 걸 포기한 평범한 어머니였다.

아버지는 작은 키에도 단단한 어깨 근육을 가진 분이셨다. 러닝셔츠 바람으로 철봉에 올라 다리 하나를 걸치고 몇 번씩이나 회전하는 걸 좋아하셨다. 지금도 아이들이 몰려들고 우와 우와, 대박 대박 하면, 아버지는 회전을 멈추지 않으신다. 일흔이 얼마 안 남은 나이시니 아버지의 자부심에 토를 달 생각은 조금도 없다. SBS 〈생활의 달인〉에 출연하고 싶으시다며 나보고 줄을 대 보라 하셨다. 나는 그런 줄이 없다고 했다. 사실 줄을 대지 않아도, 아버지 정도면 출연이 가능할 수도 있다고 본다. 나의 아버지가 PD와 방청객의 함성에 몰입해 스튜디오에서 멈추지 않고 빙글거리는 모습을 보고 싶지 않을 따름이다. 실제로 친하게 지내는 SBS PD도 없다.

아버지는 아기 때 심하게 아프셨다고 한다. 할머니는 바락바락 울며 보채던 아기가 더 이상 울지 않기에 무명천으로 돌돌 말아 방구석으로 밀어 놓으셨다고 한다. 죽은 줄 알았던 아기는 다시 옹알이를 하면서 바닥을 기어 다녔고, 어른이 되어서는 미아리 철봉의 일인자로 거듭나셨다. 그때 큰 열병이 아니었다면 아버지의 키가 160cm는 넘었을 거라고 할머니는 안타까워하셨다.

아버지는 두 형님과 함께 서울에서 술 도매상을 하셨다. 배를 곯아 본 적 없으니 어머니보다는 나은 형편이었다. 어머니의 사촌 오빠의 부인이 큰아버지의 부인(큰어머니)과 자매지간이었고, 그래서 둘의 형편을 잘 아는 어머니의 사촌 오빠가 주선해서 배필이 되었다고 한다. 먼 사돈 정도 되는 사람들이 알음알음으로 결혼하는 일이 당시엔 흔했다고 한다. 먹고살기 어려운 시절에 가게 딸린 집이 있으니, 어머니 입장에서 결혼은 괜찮은 선택이었다. 아버지도 적당한 여자와 평균의 삶을 누리면 됐으므로, 어머니 정도면 충분했다.

두 분의 결혼은 대한민국의 흔하디흔한 부부의 전형성을 띠고 있었다. 국민학교만 졸업한 아버지, 중학교를 졸업한 어머니. 한국전쟁 피난길에 기차에 매달려 칭얼대던 어머니와 이름 모를 열병으로 죽다 살아난 키가 작은 아버지. 그들은 흔한 신혼부부가 되어

신앙촌 담요를 덮고, 다음 해에 차질 없이 태어날 71년생 만이를
위해 번개표 형광등을 껐을 것이다.

#16

형은 집창촌 아가씨들의 사랑을 듬뿍 받았다고 한다. 해가 있는 시간이 무료한 아가씨들에게 형의 재롱은 따뜻한 의미였을 것이다. 형을 자기네 술집으로 데려가 맛있는 걸 사 주고, 화장을 시키고, 주머니엔 현금을 찔러 주었다고 한다.

보통의 어머니라면 창녀에게 아들이 끌려가는 걸 질색할 테지만, 어머니는 바쁘셨다. 연달아 태어난 내가 어머니의 등에서 떨어지기만 하면 울어댔고, 사창가의 창녀들과 기둥서방은 가게 앞 평상에서 화투를 치며 맥주와 마른오징어를 내놓으라고 보챘다. 장사와 살림, 육아가 모두 어머니의 몫이었다. 시골에서 올라온 순진한 이십 대 중반의 어머니는 깡패 손님들이 무서워 이를 딱딱딱 부딪치며 바들거리셨다. 아버지는 결혼 후 우유 배달을 시작하셨는데, 새벽 우유 배달을 마치면 무조건 잠이었다. 어머니는 창녀들이 큰아들을 데리고 가야 겨우 둘째에게 젖을 물리고, 아궁이에 연탄을 갈고, 곤로에 프라이팬을 얹고 가지와 멸치를 볶을 수 있으셨다.

첫 가게는 오래가지 않아 망했다. 조폭과 창녀들이 외상값을 갚지 않아서였다. 망한 가게는 어머니를 변화시켰다. 유리컵을 와삭와삭 씹으며(그걸 뱉어 상대방의 얼굴에 상처를 낸다고 한다) 외상술을 달라는 조폭 남자의 멱살을 잡고 길바닥에 패대기를 쳐 버리는 어머니로 성장하셨다. 또다시 굶는 공포에 시달릴 수는 없었다. 그래서 장소를 옮겨(그래도 미아리를 벗어나진 못했다) 두 번째 가게를 할 때는 한 달 이상의 외상은 받지 않으셨다.

어머니가 악바리가 되신 이유는 하나 더 있다. 어머니의 오빠였다. 7남매의 장남이자 형제 중 어머니보다 유일하게 나이가 많은 외삼촌이었다. 외삼촌은 직업 군인이셨다. 무슨 직책인지는 모르겠는데, 뇌물을 받다 걸렸다고 한다. 박정희 대통령의 부정부패 척결운동이 대대적으로 펼쳐지던 때였고, 외삼촌은 척결되어야 할 대상이었다. 해직된 외삼촌은 고향으로 돌아가 술에 빠져 사셨다.

어머니가 결혼하고, 외할머니와 외삼촌은 서울로 오셨다. 어머니가 있는 곳이 미아리니까 미아리에 터를 잡으셨다. 그때는 서울이 뉴욕 같고, 외계행성 같았으니 피붙이라도 있어야 맘이 놓이셨을 것이다. 술만 마시는 삼촌도 서울에 오면 술 안 마시는 새사람이 될 거라 외할머니는 기대하셨다.

삼촌은 미아리의 생태계를 교란시키는 황소개구리 같은 사람이었다. 가게에서 소주와 라면이 사라지고, 금고의 지폐가 줄어들었다. 외삼촌이 미아리 작은 구멍가게의 왕이 되려 하자, 어머니는 여전사가 되셨다. 이를 악물고, 허리에 양손을 올린 채, 수소처럼 삼촌을 밀어내셨다. 삼촌의 옷을 잡고 빙글빙글 돌다가 엎어뜨리는 기술은 날로 발전해서 두 번 반 회전 후 던지기로 대부분 삼촌을 내동댕이칠 수 있었다. 삼촌이 이년이, 이년이를 반복하다가 비실비실 사라지면, 어머니는 온몸을 떨며 손등에 난 상처에 침을 묻히시곤 했다.

삼촌은 내 성격 형성에 지대한 영향을 미쳤다. 일단 소리에 민감해졌다. 뭔가가 넘어지는 소리에 특히 그랬다. 비틀거리며 들어오던 삼촌이 쿵 하고 넘어지는 일이 많았다. 스스로 넘어지기보단 어머니와 몸싸움을 하다가 넘어지거나 부딪히거나 했다. 그 소리가 나면 동네 사람들이 몰려들었다. 사람들이 몰려들면 끝장을 봐야 했다. 술에 취한 삼촌은 늘 패대기쳐졌지만, 패대기쳐지기 전까지 어머니와 팽팽했기 때문에 걱정이 될 수밖에 없었다. 남자였고, 성인이었으니 정신 차리고 큰 주먹 한 번 휘두르면 어머니는 무참히 쓰러지실 게 분명했다.

쿵-.

가게 앞의 자전거가 쓰러지는 소리, 문짝이 바람에 덜컹거리는 소리, 업소용 냉장고의 윙 하는 소리가 모두 삼촌 소리처럼 들렸다. 어머니의 이를 악물게 하는 소리, 어머니의 사지를 덜덜 떨게 하는 소리, 그 소리가 언제 시작될지 쥐새끼처럼 촉각을 곤두세워야 했다.

쿵쿵-.

대부분은 삼촌이 아니었다. 그래서 더 끔찍했다. 어차피 생길 비극이라면, 빨리 닥쳤으면 했다. 하루에 삼촌이 두 번 오는 경우는 없으니 빨리 와서, 빨리 꺼져 주길 바랐다. 하루 종일 삼촌의 등장에 가슴을 졸이던 나는, 어머니와 소싸움을 하는 삼촌을 보며 곧 물러날 시간이 다가옴을 홀로 기뻐했다. 심장이 철렁하는 느낌을 아는가? 식도에서 창자로 이어지는 거뭇한 절벽으로 한없이 심장이 추락하는 기분, 딱 그 기분이었다.

쿵쿵쿵-.

발소리에 맞춰 내 심장은 번지 점프를 해야 했다. 푹 꺼지는 불쾌한 공포. 그 공포는 천천히 나를 길들이기 시작했다. 모든 소음에 예민해졌고, 죽음을 상상하는 조숙한 아이로 만들었다. 삼촌은 나에겐 죽음의 이미지였다. 알코올 중독으로 검어진 얼굴은 분장이 필요 없는 저승사자였다. 살아 있지만, 삶과 연관된 건 아무것도 없어 보였다. 똑같이 해가 비쳐도, 삼촌이 있는 곳만 덜 밝고, 축축해 보였다. 어머니가 몸싸움을 할 때 겁이 났던 건 삼촌과 함께 죽어 버릴 것 같아서였다. 삼촌에게 맞아서 죽을 것 같았다기보다는, 삼촌의 어두운 기운에 어머니가 휩쓸려 갈까 봐 겁이 났다.

어머니와 삼촌이 그렇게 다툴 때 아버지는 신문을 보시거나, 이발소에 놀러 가 이발소 주인과 고스톱을 치셨다. 아버지는 싸움에 개입하지 않으셨다. 신혼 초부터 6, 7년 동안 지속된 일에 진저리가 나신 것이다. 내가 어머니 배 속에 있을 때, 신혼방에 삼촌까지 함께 살았다고 한다. 어머니만 믿고 시골에서 먼저 상경한 삼촌은 일자리를 찾는다는 핑계로 그 좁은 단칸방에 엉덩이를 밀어 넣은 것이다. 그런 외삼촌이 이제는 하루가 멀다고 가게로 찾아와 돈과 술을 달라며 물건을 부수고, 떼를 썼던 것이다. 그렇게 흉하게 싸우고서도 비틀비틀 돌아서는 삼촌에게 계란 몇 알을 안기거나 5백 원짜리 지폐를 삼촌 바지 주머니에 넣어 주시는 어머니가 아버지께 곱게 보일 리 없었다. 5백 원짜리 지폐를 들려 보낼 게 아니라 소주병을 안겨 줬어야 했다. 그래야 삼촌이 빨리 죽을 텐데.

나는 어머니의 가족애가 원망스러웠다. 매일 반복되는 형의 주먹질, 술 취한 외삼촌의 폭력과 난동, 뺨을 때리시는 아버지, 형과 나를 빗자루로 두들기시는 어머니. 낙이 없었다. 그나마 텔레비전이 시작되는 오후 여섯 시가 가장 행복했지만, 삼촌이 다녀가지 않으면 텔레비전에 집중할 수가 없었다. 눈치를 많이 보고, 매사에 따지길 좋아하며, 잘 놀라고, 이불에 오줌을 지리는 내 성격에 삼촌의 영향력은 절대적이었다.

#17

어머니 말씀으로는 '보름달'을 내가 자주 훔쳤다고 한다. 혼자만 먹는 게 아니라 은정이에게 갖다 줬다고 한다. 우리 동네 유일한 목욕탕인 신애탕 아주머니의 고발로 범죄는 금세 들키고, 꼬마 도둑은 그때마다 잡혀 들어와 흠씬 두드려 맞았다. 빗자루로 엉덩이와 종아리 등을 고루 맞았다. 혼자 먹으면 덜 속상할 텐데, 은정이와 나눠 먹어서 때리셨다고 한다.

은정이란 이름은 내 기억 속에 여럿 있는데, 내 기억이 맞다면 그 은정이는 페인트 가게 딸이었다. 국민학교가 있고, 가까이에는 문방구가 있고, 우리 집(구멍가게)과 지물포, 쌀가게, 중국집, 페인트 가게와 약국이 띄엄띄엄 있었다.

은정이는 눈이 작고 까무잡잡하지만 예뻐장했다. 그 맛있는 보름달을 나눠 줄 정도였으면 예뻤을 것이다. 모든 73년생들이 콧물을 빨아먹고, 튼 손으로 코를 후빌 때 은정이는 깨끗한 얼굴을 하고 있었다. 손등이 트지 않고, 얼굴에 버짐이 없다는 게 마음에 들었던 것 같다.

은정이네 옆으로는 연탄가게와 솜틀집이 있었다. 그때는 솜틀집이란 게 있었다. 솜의 먼지를 털고 말려서 새것처럼 변신시키는 곳이었다. 문을 꼭 닫고, 솜이 눈처럼 풀풀 날리는 곳에서 마스크를 쓴 사람들이 이불솜을 말렸다. 연탄 가게와 페인트 가게를 곁에 둔 솜틀집이라니. 문을 닫아야 할 이유는 분명했지만, 연탄가게 아저씨는 솜틀집 먼지 때문에 천식이 안 낫는다며, 새까만 콧구멍으로 콧물을 홍홍 뱉어 내셨다.

아모레 아저씨도 그 주변을 어슬렁거리며 화장품을 파셨다. 계란 아저씨와 쌍벽을 이루는 부드러운 목소리로 아모레요, 아모레를 외치셨다. 아줌마들만 판을 치는 화장품 '가판(가정 방문 판매)' 시장에 아저씨는 독보적인 존재였다. 아저씨가 외치는 아모레요는 발성 없이 생목으로 꽥꽥대는 뻥튀기 아저씨나 찹쌀떡 대학생 형들과는 차원이 달랐다. 흉내 내고 싶은 독특함과 숙련된 부드러움이 있었다. 쥬단학, 쥬리아, 피어리스, 코티 아줌마들은 전혀 기억이 안 나는데, 아모레 아저씨만 기억나는 건 그 아름다운 발성 때문일 것이다. 나는 곧잘 아저씨 흉내를 냈고, 어머니는 하지 말라고 하셨다. 뺨을 한 번 세게 맞고 나서야 아모레 흉내를 그만두었다.

어머니는 미아리 현금을 다 쓸어간다며 아모레 아저씨를 시샘

하셨다. 아저씨는 아주머니들을 나란히 눕혀 놓고, 손가락을 돌리며 마사지를 해 주시곤 했다. 누군가의 집 마룻바닥에 일렬로 누운 아주머니들은 단 1분도 새침해지지 못하고 웃음보를 터뜨리셨다. 머리는 수건으로 정리하고, 얼굴엔 거즈를 붙이고, 그 위에 마요네즈 같은 영양 크림을 듬뿍 올린, 굉장한 장면이었다. 따가운 햇볕이 비켜 가는 유쾌한 마룻바닥에 등짝을 댄 아주머니들이 한결 젊어진 얼굴로 여고생처럼 꺄르르 꺄르르 하셨다.

확실히 나는 아주머니들의 세상에 자주 섞여 있었다. 아모레 아저씨의 마사지를 함께 받으며 아주머니들과 수다를 떨었다. 조금만 관리해도 이렇게 좋아지잖아요. 아모레 아저씨는 마사지 크림을 정성껏 닦아내셨다. 와, 정말 달라졌네요. 인기는 별로 없지만 성실해 보이는 홈쇼핑 호스트처럼 나는 성숙한 리액션에 재주가 있었다. 뭘 안다고 까불어? 어머니는 한소리 하셨지만, 그러고 마셨다. 어머니는 아주머니들 사이에서 말이 많아지는 나를 못마땅해하셨지만, 아주머니들이 나를 찾는 일이 잦아지자 받아들이는 모양새였다.

아주머니들은 모두 71년생 아들을 두고 있었다. 71년생 장남을 둔 어머니들은 계 모임을 했다. 나는 어머니의 계 모임 역시 자주 쫓아다녔다. 매번 계 모임에 따라오는 아이는 나뿐이었다. 어머니는 짬뽕을 주문하셨다. 내 걸 따로 주문하는 걸 허락하지 않으셨다. 아들이 짜장면을 원한다는 걸 알았지만, 어머니는 짬뽕을 포기하지 않으셨다. 불만이었지만 짜장면보다 못할 뿐이지 짬뽕도 짬뽕이었다.

계 모임 아주머니들의 이야기는 언제나 흥미진진했다. 계주였던 주홍이 형 어머니가 3년간 모은 곗돈을 가지고 사라졌는데, 택시 운전을 하는 상진이 형 아버지가 을지로 국도 극장 앞에서 아줌마를 발견하고, 머리채를 잡고 경찰서로 질질 끌고 갔다는 이야기였다. 아주머니들 중에서도 가장 예뻤던 주홍이 형 어머니가 덩치 큰 상진이 형 아버지에게 끌려가는 모습을 상상했다. 종선이 형 엄마가 절반만 먹고 놔둔 짜장면이 훨씬 흥미로웠지만, 주홍이 형 어머니의 머리끄덩이 사건이 결코 시시한 화제는 아니었다. 파리가 종선이 형 어머니의 짜장면을 마음껏 빨고 있었다.

어머니들의 계 모임은 내겐 천국이었다. 도통 먹는 것엔 관심 없는 아주머니들뿐이었다. 나녀 샴푸와 아모레 영양 크림 냄새가 진동하는 아주머니들 틈에서 나는 너무 잘 먹는다는 칭찬까지 들었다. 잘 먹는다고 칭찬을 듣다니. 많이 먹는다는 이유로 혹은 빨리 먹는다는 이유로 형은 나를 두들겨 팼다. 그래서 잘 먹는 건 죄인줄 알았다. 어른들의 세상에서, 나는 비로소 가치를 인정받을 수 있었다.

계 모임의 군만두는 오로지 내 차지였다. 차갑게 식는 동안 두세 개의 군만두는 새우처럼 조금씩 구부러지며, 내 젓가락질만 기다렸다. 배가 슬슬 불러왔다. 배가 불러 젓가락을 놓는다는 건, 내게 전혀 논리적이지 않았다. 더 이상 들어갈 수 없다면 알아서 토할 것이다. 혀에서 맛이 느껴진다면, 당연히 먹어야 했다. 중국집 종업원

누나가 커다란 다라이를 가지고 와서, 그릇들을 하나씩 비웠다. 어머니의, 우리의 짬뽕 그릇도 비워졌다.

다 안 먹었어요.

종업원은 멈췄다. 어머니는 종업원을 노려보셨다. 다 안 먹었어요를 좀 더 일찍 하셨어야 했는데, 어머니는 늦게라도 그 말은 꼭 하고 싶으셨던 모양이다. 이미 어머니와 나의 짬뽕은 죽어 있었다. 통 안에는 짬뽕의 시체들이 자신들의 일부분만 수면 밖으로 내놓고 창백하게 떠다녔다. 다라이는 갠지스 강처럼 삶의 이쪽과 저쪽을 성스럽게 상징하고 있었다.

......

종업원은 다라이에 쏟아낸 양만큼, 아니 그보다 많은 양의 국물을 짬뽕 그릇에 다시 따랐다. 무서운 일이 일어나 버렸다.

어때, 괜찮아! 다 우리가 먹던 건데.

한 아주머니가 그렇게 말씀하셨다. 깨끗하게 먹었잖아. 다른 아주머니가 거드셨다. 짬뽕의 시체는 다시 생기가 돌고, 창백한 오징어는 새싹이 튀어나올 것처럼 싱그러워졌다. 계 모임 아주머니들은 말을 멈추고, 내가 어떻게 하는지를 지켜보셨다. 식은땀이 났다. 펑 하고 사라지고 싶은 순간이었다.

나는 숟가락을 들었다. 그리고 어색한 냉기가 감도는 국물을 입으로 가져갔다. 어머니는 내 머리통을 쓰다듬으셨고, 아주머니들은 파출소에서 상진이 형 아버지가 주홍이 형 엄마의 따귀를 때린 이야기를 마저 하셨다.

어른 세계에 초대받은 유일한 어린이는 그들의 기대에 부응하고 싶었다. 그래서 두려운 마음으로 그 국물을 계속해서 퍼먹었다. 차갑고 맛없는 국물이었지만, 계 모임에 계속 초대받기 위해 내 앞에 주어진 임무를 어떻게든 잘 마치고 싶었다.

#18

　내가 살던 곳은 육교를 사이에 두고 미아 6동과 경계였는데, 미아 6동은 산동네였다. 평지인 미아 5동은 미아 6동에 비해 약간 더 잘 살았다. 동사무소가 있는 보록원 근처는 이 층 양옥집이 많았고, 숭인시장 안쪽엔 사립학교인 영훈 국민학교까지 있었다. 미아 5동에 사는 아이들은 자부심이 강했다. 산동네에 살지 않는다는 것이, 자부심의 이유였다. 6동 아이들은 5동 아이들에 비해 콧물이 더 지저분하게 말라붙어 있었고, 버짐도, 머릿니도 더, 더 많았다. 사나웠으며, 싸움을 잘했다.

　결정적인 차이는 똥간이었다. 당시 미아 5동과 미아 6동은 푸세식 화장실이 대부분이었다. 바닥을 깊이 판 저장고에 똥이 차곡차곡 쌓여 갔다. 그게 똥간이었다. 똥간이 적당히 차면 똥차가 그 똥

을 치워 갔다. 똥차에선 아저씨들이 날렵하게 튀어나와 똥이 가득
찬 집으로 출동했다. 커다란 똥국자로 똥을 퍼서 양동이 같은 것에
담았다. 양쪽에 한 통씩 메고는 똥차에 퍼 날랐다. 똥을 치우는 아
저씨들은 지금의 크록스와 흡사한 신발을 신고 있었다. 고무 재질
로 된 황토색의 구멍 송송 신발은 세척과 환기에 유리했을 것이다.

여름이면 똥간 바닥으로 구더기들이 흐물흐물 기어 다녔는데,
마치 바닥 전체가 움직이는 것처럼 역동적이었다. 비가 많이 오면
똥이 엉덩이에서 분리되는 순간 똥방울이 엉덩이까지 튀어 올랐
다. 가끔 꽤나 큰 생명체도 휘리릭 지나다녔다. 쥐였다. 무섭기도
했지만, 재빨리 뛰어다니는 모습은 놀라웠다. 조금만 방심해도 지
옥의 똥수렁으로 빨려 들어갈 테지만, 쥐들은 긴장을 놓지 않고, 성
공적으로 이쪽저쪽을 횡단하며 경계면을 신 나게 누볐다.

멍청한 아이들이 똥간에 빠지기도 했고, 돈이나 신발 등을 빠뜨
려 기다란 막대기를 빌리러 이집 저집 문을 두드리기도 했다. 신문
지, 〈선데이 서울〉, 〈주부생활〉 등의 잡지가 쇠꼬챙이에 꽂혀서 부
분 부분이 뜯긴 채로 있었고, 나프탈렌 냄새가 오래된 똥냄새에 섞
여 지옥의 향으로 콧구멍을 위협했다.

산꼭대기에 가까운 미아 6동은 겨울이면 똥차가 올라가질 못했
다. 그래서 똥이 범람해도 지켜볼 수밖에 없었다. 한겨울이면 똥도
얼음처럼 언다. 언 똥 위로 사람들이 또 똥을 누다 보면 똥은 원뿔
형태로 높아지고, 그게 얼어 가면서 누가 일부러 만든 것처럼 멀쩡
한 원뿔 모양이 된다. 청계천에 높이 솟은 보라색의 원뿔 조형물과

매우 흡사했다. 미아 6동의 산꼭대기 중 꼭대기에 외삼촌과 외할머니가 사셨기 때문에 나는 그 광경을 똑똑히 목격했다.

어머니는 나를 데리고 미아 6동 외갓집을 종종 방문하셨다. 여행 작가란 신분으로 꽤 많은 나라를 뒤지고 다녔지만, 70, 80년대 미아 6동 혹은 삼양동은 그 어떤 빈민가보다 심각했다. 산동네지만 산은 없었고, 동네만 있었다. 무허가 집들이 산을 먹어 버려, 산이 없어져 버린 것이다.

정식으로 허가받지 못한 집들은 커다란 쓰레기통 같았다. 당시엔 집집마다 쓰레기통이 있었다. 허리 높이까지 오는 김치 냉장고 정도의 크기였다. 구멍이 두 개였다. 위쪽에 있는 뚜껑으로 쓰레기를 버리고, 앞쪽의 구멍으로 쓰레기를 빼내는 구조였다. 무허가 집들은 시멘트로 지어졌는데, 담벼락엔 깨진 병들을 촘촘히 박아 도둑들을 경계했고, 광견병엔 안 걸렸겠지만, 미친 게 분명한 개들이 경우 없이 짖어댔다. 초인종도, 문패도, 변변한 문짝도 없는 집이 대부분이었다. 아이들은 모두 골목에 나와 싸우고, 울고, 뺏고, 빼앗겼고, 어른들은 싸우는 아이들을 길에서 때리고, 길에서 용서했다.

여름이면 온 가족이 골목에 나와 부채질을 하며 수박을 먹고, 마늘을 까고, 라디오를 들었다. 훈훈한 장면일 수도 있겠지만, 그 주변으로 한여름 똥냄새가 야트막하게 뒤덮고 있어서 미아 5동에서 자란 나는 코를 막고, 6동의 세계와 변별되도록 최선을 다했다.

외갓집의 주소는 산 백 번지였고, 산 백 번지는 미아 6동에서도 가장 꼭대기에 있었다. 그 산꼭대기에 사글세로 사셨으니, 서울에서 가장 가난한 사람이라고 봐도 무방할 것이다. 천장은 새끼를 밴 캥거루처럼 볼록 튀어나와 있었고, 벽은 습기로 우둘투둘했으며, 부엌은 동굴처럼 음산했다. 삼촌은 술에 점령된 채 코를 고셨고, 외할머니는 어머니의 손을 주무르셨다. 1·4 후퇴, 북한군의 기세에 밀려 부산으로 피난을 가야 했을 때 기차 위에 매달려 가던, 이제 막 돌을 지난 갓난쟁이 어머니는 동상에 걸리고 마셨다. 몸이 비쩍 마른 어머니는 손가락만 풍선처럼 퉁퉁했고, 외할머니는 그런 어머니의 손을 늘 속상해하셨다.

오줌에서 피가 나오는디, 곧 죽을 것 같아야.

외할머니는 삼촌이 죽을 거라고 하셨다. 어머니는 돌고래처럼 낑낑낑 울음을 짜내셨다. 삼촌이 죽는다는 기쁜 소식에 올바로 기뻐하는 이는 나밖에 없었다. 어머니도 슬프지만은 않았을 것이다. 어른이니까 형식상 우는 것이겠지. 슬픔은 뱀의 허물 같은 것이다. 언젠가 찢고, 버려야 할 껍질일 뿐이다. 저 울음이 끝나면 몸은 회복되고, 허물은 분리되어 썩고 사라질 것이다.

오줌이 마려웠다. 참다 참다 결국 외갓집 똥간의 문을 열었다. 거대한 똥 원뿔이 우뚝 솟아 있었다. 한겨울엔 정말이지 외갓집에 오는 게 너무 싫었다. 똥간 문을 닫았다. 동굴 같은 부엌의 수챗구멍에 잘 조준해 오줌을 쏘았다. 건강하고 맑은 오줌이었다.

피가 나오는 오줌은 어떤 오줌일까? 순수하게 피가 나오는 거라면, 오래 살 수 없을 것이다. 몸 안을 도는 피가, 매일 매일 콜라병만큼 생길 리가 없다. 피가 섞인 오줌이 아니라 피가 나오는 것이어야 한다. 그래야 빨리 죽을 것이다. 보통의 어른이 되는 건, 술주정뱅이가 되지 않는 건, 오줌에서 피가 나오지 않는 어른이 되는 건 생각보다 어려운 일이 아닐까?

오줌을 누면서 그런 생각을 했다. 보통의 어른이란 자기 돈으로 술을 마시고, 자기 힘으로 술에서 깨는 사람이어야 했다. 넥타이에 구두를 신고, 서류 가방을 들고 출근하는 회사원이어야 했다. 내 주위엔 그런 사람이 없었다. 보통의 사람들은 어디에서 사는 것일까? 보록원 근처의 이 층 양옥집에는 아마도 그런 사람이 살고 있을 것이다.

외삼촌이라고 여동생과 드잡이를 하며 술타령만 하고 싶진 않았을 것이다. 뭔가를 하고 싶어도 안 되니 포기했고, 여동생에게 떼를 쓰고 있는 것이겠지. 큰 이변이 없는 한 나도 술을 마시고, 저렇게 폐인이 될 것이다. 자식들에게 계란을 두 알씩 프라이도 못 해주는 집에서, 부모의 사랑마저 71년생에게 송두리째 뺏긴 73년생이 멀쩡한 어른이 된다면 그게 기적이고 이변일 것이다. 내 인생의 목표는 보통의 어른 되기, 삼촌처럼 안 되기였다. 아득한 목표처럼 느껴졌다.

몇 달 후, 삼촌은 정말로 죽었다. 왜인지 모르겠는데 장례식 때 나와 형은 집에 있었다. 어머니와 아버지가 없는 가게는 신의 자비가 구현되는 무료 급식소였다. 황도 캔이나 복숭아 넥타 정도만 빼면 모든 걸 다 먹을 수 있었다. 문이 닫힌 가게 안은 어둠의 질서로 평정되었는데, TV를 켜놓고 라면을 끓였다. 보통은 아홉 시면 억지로라도 눈을 감아야 했지만, 이날만큼은 우리 마음이었다.

라면 두 개를 끓이면서 계란 네 개를 넣었다. 내가 아무리 빨리 먹는다고 해도, 71년생 악마는 오늘만큼은 가만 놔둘 것이다. 몇 발자국만 걸어 나가면 보름달 빵과 연양갱이 있고, 초코바와 부라보콘이 있었다. 일찍 배가 부르는 쪽이 손해였다. 갑자기 쿵쿵쿵 삼촌이 문을 두드리며 쳐들어올 일도 없었다. 삼촌은 죽었으니까. 내가 그토록 기다리던 날이었다.

커다란 랜턴을 들고 가게 탐험을 시작했다. 전등을 켜면 되지만, 랜턴이 좋았다. 톰 소여처럼, 허클베리 핀처럼 동굴 깊숙이, 한 발짝 한 발짝 우린 전진했다. 번데기 통조림과 왔다 쵸코바, 마른오징어를 차례로 집어 들었다. 세상 그 어떤 71년생, 73년생들도 우리 형제처럼 모든 것을 갖진 못했을 것이다. 아궁이를 열고 연탄불 위에 오징어를 조심스럽게 올렸다. 기쁨에 겨운 웃음을 참기가 힘들었다. 오징어엔 사이다지. 내가 오징어를 굽는 동안 형은 칠성사이다를 꺼내 왔다. 딱! 병뚜껑에서 시원한 소리가 났고, 병뚜껑이 오징어 옆에 누웠다. 어쩌지? 형이 뚜껑을 집었다.

앗, 뜨거! 사이다를 든 형은 부엌 바닥에 미끄러졌고, 같이 미끄러진 나는 사이다로 질척한 부엌 바닥을 엉금엉금 기어야 했다. 오징어는 먹을 수 없을 정도로 타 버렸고, 병뚜껑은 불 속에서 흔들림 없이 병뚜껑으로 존재했다. 죽으면 저 병뚜껑처럼 불 위에서 달궈지는 걸까? 타지도 못하고 달궈지기만 하는 걸까? 아닐 거야. 아닐 거야. 삼촌의 죽음과 연결 지으려는 그 어떤 생각도 금지되어야 했다.

축제의 흥이 깨졌다. 비닐봉지 하나에 다 탄 오징어를 쓸어 넣고, 아궁이 뚜껑을 덮었다. 이상하게 병뚜껑이 신경 쓰였다.

#19

　　　잠든 형을 깨웠다. 오줌이면 부엌에서 어떻게 누
고 말 텐데, 똥이 마려웠다. 똥을 부엌 수챗구멍에 눌 수는 없는 일
이었다. 화장실은 가게 바깥쪽에 있었다. 악마 같은 형은, 투덜거리
며 일어났다. 혼자 가게 안에 남아야 하는 형도 무섭긴 매한가지였
을 것이다. 삼촌은 지금쯤 어디 있을까? 병뚜껑은 다 녹았을까? 아
니면 불 속에서 우리를 원망하며 달궈지고 있을까? 달궈진 뚜껑은
다시 병뚜껑이 될 수 있을까? 삼촌은 나 때문에 죽었을까?

　나는 고독한 비밀 하나를 품고 있었다. 어머니와 외갓집에 간 그
날 밤, 늦게까지 뒤척였다. 오줌에서 피가 나오는 삼촌, 삼촌은 죽
어야 했다. 저렇게 죽게 놔두면 안 되지라. 어머니는 삼촌을 삼양
사거리 용한 의원에 데려가 보자고 하셨다. 한의원이라니? 왜 살리

려는 거지? 어머니는 미친 게 분명했다. 삼촌만 가족인가? 나도 가족이다. 나는 삼촌 때문에 매일 불안해야 했고, 오줌을 가리지 못했으며, 손톱을 물어뜯었다. 삼촌의 안위만 걱정하는 어머니가 서운했다.

다음 날 나는 소주 한 병을 가슴팍에 넣었다. 소주 때문에 아픈 게 맞는 거라면, 소주를 더 마셔야 한다. 그러면 삼촌은 죽을 것이다. 선반에 있는 소주 한 병을 훔치는 건 일도 아니었다. 당황하지도 않았다. 죄책감과는 상대도 되지 않는 뜨거운 열망이 있었다. 내 꿈은 꼭 이루어야만 했다.

대낮에도 한밤의 저주가 상주하는 산 백 번지 눅눅한 방엔 삼촌이 홀로 누워 있었다. 외할머니는 보이지 않았다. 외할머니가 있었더라도 나는 태연히 소주를 삼촌에게 내밀었을 것이다. 삼촌은 늘 소주를 원했고, 원하는 걸 주는 건 죄가 아니다. 삼촌은 깊은 잠에 빠져 씩씩거리고 있었다. 삼촌 옆에는 작은 양은 주전자가 있었다. 뚜껑을 열었다. 물이 절반 정도 차 있었다. 수챗구멍에 물을 쏟아냈다. 뚜껑을, 뚜껑을 어떻게 따지? 뚜껑을 딸 만한 것이 없었다. 갑자기 미친 듯이 가슴이 뛰기 시작했다. 이쯤에서 어리석은 수작은 그만두라는 신의 계시였다. 죄책감이 봇물처럼 뿜어질 찰나였다.

어금니로 뚜껑을 꽉 깨물었다. 덜 여문 이빨, 그 덜 여문 이가 차가운 병뚜껑에 닿자 움찔거렸다. 턱 힘을 모두 병뚜껑에 집중했다. 툭, 뚜껑이 열렸다고 생각했다. 그런데 이가 찌걱거리는 소리를 냈다. 잇몸에서 짭짤한 피 맛이 느껴졌다. 여섯 살 아이는 화가 났다.

피를 본 아이는 신이 들린 듯 반대쪽 어금니로 병뚜껑을 깨물었다. 움찔거리던 병뚜껑이 열렸다. 신은 나를 돕고 있음이 분명했다. 아니, 한 아이의 열망이 모든 걸 가능하게 했다.

주전자에 콸콸콸 소주를 담았다. 소주만 있으면 눈치챌 것 같아 물을 부었고, 양이 너무 많아진 걸 의심할까 봐 다시 절반을 쏟아 냈다. 원래 있는 양이 얼마였지? 조금 더 덜어 냈다. 주전자는 거의 텅 비었다. 황폐해진 조급함이 만든 참사였다. 내 안에 작은 악마를 등장시켰지만, 악마는 멍청했고, 대안도 없었다. 허망하게 산 백 번지에서 도망쳐 나왔다. 그리고 삼촌이 죽었다.

야, 빨리 나와! 나도 똥 눌 거야.

혹시 중간에 또 나올 게 걱정이 된 형은 아예 똥을 누기로 마음먹었나 보다. 형이 똥간으로 들어가고, 골목은 어둠에 찌그러져 있었다. 어차피 오줌에서 피가 나왔다. 소주 때문에 죽은 건 아닐 거야. 주전자엔 소주도 거의 없었잖아. 하지만 아주 아주 약한 사람이면 주전자에 남은 한 잔의 술로도 죽을 수 있는 거잖아. 죽은 사람은 어디로 갈까? 혹시 병뚜껑처럼 그렇게 변하지 않은 채 누군가를 노려보며 우두커니 뜨거워지는 건 아닐까?

형, 빨리 나와. 빨리.

빨리 나오라는 말을 하면서 나는 주저앉았다. 무릎에 힘이 들어가질 않았다. 내 망상의 정점에는 늘 삼촌이 있었다. 나는 삼촌의 숨겨 놓은 아들일 거야. 모두가 비밀로 하고 있지만, 나만 빼고 모두가 아는 사실이겠지. 내 상상 속에서 나는 늘 삼촌의 아들이었다. 삼촌에게서 자유로워지고 싶었다. 분리되고 싶었다. 내가 절대 삼촌의 아들일 리 없다는 것, 그걸 증명해 내야 했다.

이제 삼촌이 죽었다. 증명은 필요 없어졌다. 그리고 나는 두렵고 춥다. 이 두려움과 추위는 언제까지일까? 소망을 이루기 위해선, 불행해져야 하는 걸까? 나는 불행할 것이다. 아니, 불행해져야 한다. 이 무서움은 피할 수도, 피해지지도 않을 것이다.

어린 살인자는 추운 골목에서 죗값을 셈하고 있었다.

3부

71년생, 73년생

"나는 졌다.
어머니에게 졌다. 어머니가 생각하는 가족,
어머니가 생각하는 사랑에 졌다.
흉내도 못 낼 마음의 크기에 나는 완벽히 졌다.
그리고 나는 내 운명에 졌다."

#20

　　　　형제는 싸우면서 자란다는 말이 있다. 거짓이다.
형제는 다투며 크는 게 아니라 동생이 맞으면서 자란다. 나는 73년
생 남자 동생을 대표해서 71년생 때린 형의 이야기를 하고자 한다.
보통은 어릴 때 이야기를 하면 차분해지지만, 나는 그게 쉽지 않다.

　*어머니, 왜 형 옷을 나한테 줬어요? 내가 형보다 더 컸잖아! 그리고
왜 형한테만 보약 사 줬어요? 내가 더 몸이 약했잖아.*

　　나는 방콕에서 살고 있다. 소설을 완성하기 위해 어머니께 수도
없이 전화했다. 어머니에겐 안부 전화였겠지만, 나에겐 자료 조사
였다.

네가 더 작을 때나 그랬제. 작아진 옷을 어떻게 너한테 입혔겠어. 보약? 너도 보약 먹었제. 네가 좀 약했어야지. 먼 소리다냐.

71년생의 만행을 온 세상에 까발리고자 하는 시점에, 내가 할 수 있는 최대한의 배려는 '사실만 쓰자'이다. 지금은 부에노스아이레스에서 가정을 일구고 사는 한 성인을 신이 내린 세 치 혀로 난도질을 할 참인데, 근거 있는 것들로만 채워야 하지 않겠는가 말이다. 그러니까 지독한 악행 중에서 나에게만 확실한-어머니는 동의하지 않는-사실은 제외할 것이다.

나한테는 보약 안 사 줬어요. 아버지랑 보약 때문에 싸웠잖아. 아버지는 쓸데없는 데 돈 쓴다고 뭐라 하셨고. 형 보약 먹인 건 확실히 기억하죠?

너도 사 줬을 텐디….

형은 상당히 폭력적이었다. 아주 어릴 때부터 그랬다. 내 기억 이전, 서너 살 때는 내가 더 폭력적이었다고 한다. 형이 어딘가에서 맞고 오면, 내가 형을 때린 아이를 찾아가 흠씬 두들겨 패 줬다는 것이다. 어머니가 여러 번 확실하다 했으니 사실일 것이다. 어쨌든 형은 아주 어릴 때부터 나를 때렸고, 나는 맞았다.

왜 맞았는가?

흔한 경우로는 명령 불복종이 있었다. 형이 뭘 시키면 나는 하지 않겠다고 했고, 주먹이 날아왔다. 처음부터 반항한 적도 있지만, 처음부터 들어준 적도 많았다. 불을 끄라든지, 라면을 끓이라든지 하는 명령은 군말 않고 했다. 물을 가져와라, 똥을 누러 가면서 신문지를 가져다 달라는 것도 했다. 청소를 하라는 건 안 했다. 나는 어질러진 방도 괜찮았다. 싫은 사람이 치우면 되는 것이다. 단칸방이었고, 두 명만 있어도 이미 방은 너저분해졌다. 깔끔한 방은 불가능했다. 더군다나 우유 배달을 끝낸 아버지가 작은 방의 구석을 차지하고 주무셨으므로 나머지 공간은 좁았다. 청소를 안 하겠다는 나를 때리면 나는 왜 때리느냐고 반항했고, 소리에 놀란 아버지는 우리 형제를 쫓아내셨다.

바깥세상은 나에겐 형벌이었다. 형은 어디에나 널린 71년생을 찾아 사라지면 그만이었다. 딱지치기나 구슬치기를 하는 71년생을 찾는 건 쉬웠다. 73년생은 보이지 않았다. 간혹 보여도 71년생들 옆에서 기생하는 수준이었다. 71년생들은 71년생이란 이유로 모두가 친구였는데, 나는 친구가 없었다. 73년생들은 나를 찾지 않았고, 나도 그들을 아쉬워하지 않았다. 산소통 없이 달 표면에 착륙한 암스트롱처럼 바깥세상은 낯설고 어지러웠다.

형의 말을 듣고, 좁은 방에서 사이좋게 지낼걸. 후회는 급히 밀려들었지만, 형은 사라지고 없었다.

21

　　　　　낮잠을 자다가 눈을 떴다. 형과 나는 눈이 마주쳤
다. 형은 매우 가까운 거리에서 나를 노려보고 있었다.

　흡!

　형은 뭔가를 빨아들였다. 그리고는 혼자 낄낄거렸다. 빨아들인
건 침이었다. 형은 자고 있는 내 얼굴에 침을 늘어뜨리는 걸 좋아했
다. 얼굴에 닿을 듯 말 듯 늘어뜨리고는 좌우로 흔들었다. 그러다가
내가 눈을 뜨면 흡 하고 빨아들이는 것이 재밌는 모양이었다. 내가
깰 때까지 그 짓을 하곤 했다. 입술을 닭똥집처럼 오므리고 조금씩
아래쪽으로, 동아줄을 내리듯이, 아래로 아래로 늘어뜨렸다. 내 코

나 입술에 거의 닿을 듯한 그 지점에서 놀이의 짜릿함은 고조되었다. 거기서 끝냈다면 나는 형의 재치 있는 장난에 한 번 웃고 말았을 것이다.

형은 늘어뜨린 침을 좌우로 흔들기 시작했다(내가 깨도 똑같은 짓을 했다). 형의 침은 질기고 탄성이 좋았다. 충치가 심하고 잡균이 어울려 사는 침은 차지다는 걸 알았다. 눈을 뜨면 나는 뭐야! 하고, 벽 쪽으로 몸을 돌렸다. 잠은 마저 자야 하는 거니까. 형은 그런 나의 어깨를 잡아채고, 바닥에 눕혔다. 두 무릎으로 내 어깨를 고정하고는 올라탔다. 그리고 침이었다.

침이 천천히 내려와 내 입술이나 인중에 닿았다. 기어이 닿았다. 나는 격렬하게 얼굴을 흔들었고, 계속 내려오던 침은 양 볼로, 귀로 흘렀다. 침의 줄기는 다행히 앙상한 편이었다. 형을 밀쳐 내는 건 불가능했다. 침이 몇몇 성분을 증발시키고, 본연의 침 냄새만이 목과 얼굴을 차갑게 식힐 때쯤 형은 나를 놔 주었고, 쉿소리를 내며 웃었다. 사실 나도 좀 웃겼다. 처음엔 싫고 화가 났는데 반복되다 보니 형의 입장에서 나를 보았다. 불쾌함이라든지 굴욕감은 빨리 떨쳐 낼수록 좋다. 형이 웃기면 나도 웃기다. 내 상황에 정확해지지 말 것. 굴욕의 유전자가 박힌 노예로서도 나는 얼마든지 잘살 수 있었다.

노예가 되어 자발적으로 굽실거리겠다는데, 멍청한 주인은 그런 노예를 결국 화나게 했다. 다이너마이트 놀이였다. 신문지나 잡지를 얇게 말아서, 자고 있는 내 발가락 사이에 심어 놓고 불을 붙였다. 나는 다이너마이트였고, 신문지나 잡지는 심지였다. 타들어 가던 불길이 발가락에 멈춰 지지직 지지직 했다.

　그 순간은 소설가로서 도전해볼 만한, 묘사에 심혈을 기울이고 픈 순간이기도 했다. 꿈과 피로로 채워진 수면의 정점에 멋대로 쳐들어온 불길이 살점을 도배하며 타올랐다. 먼저 도달한 고통에 가까스로 의식이 닿고, 의식도 놀라고, 고통도 놀라서 고통과 의식이 각자의 흥분으로 비명을 질렀다. 복잡한 자극이 정리되지 못한 채 눈을 떴다. 한참 달궈지는 발가락이 눈에 들어오는 순간, 코끼리도 때려잡을 정도의 분노가 개구리의 양 볼처럼 부풀어 올랐다.

#22

한 줌의 권력이라도 활용하고 싶어 하는 건, 어린 나이라고 다를 리 없다. 71년생은 73년생을 복종시킴으로 희열을 느꼈다. 73년생 동생이 있다면 누구라도 왕이 될 수 있었고, 노예들을 비교하며 낄낄거릴 수 있었다. 71년생들은 무서운 게 없었다. 70년생들에게도 대들었고, 72년생들도 짓밟았다. 하지만 또래 사이에서는 권력이 세분화되었다. 싸움을 잘하거나, 키가 큰 아이는 그렇지 못한 아이를 지배할 수 있었다.

형은 71년생들 사이에서는 키가 작은 축에 속했다. 맞거나 뺏기거나 하는 쪽이었다. 인기는 많았지만, 손해를 보거나 항복을 선언함으로써 관계가 유지되는 약자였다. 나란 존재는 형에게 너무도 필요한 제물이었다. 권력을 확인할 수 있는 유일한 안식처였다. 내 키가 빨리 커가는 게 형을 더욱 자극했다. 그 어떤 73년생도 71년생 형보다 크지 않았다. 내가 그 질서를 가장 먼저 깰 후보자였다. 얼굴도 키도 무럭무럭 커졌다. 더 크기 전에 충분히 때려 두고 싶었을 것이다.

맞는 것보다 억울한 건 어른들의 편애였다. 형의 폭력성에 대해선 어머니만 아셨다. 귀엽고, 잘생기고, 사랑스럽고, 어른이 보호해주고 싶은 아이는 내가 아니라 형이었다. 얼굴이 넙적하고, 눈이 작고, 여섯 살 아이가 기이할 정도로 팔자주름이 깊게 패인 나는, 그 어떤 동정과 연민도 수혈받지 못했다.

나는 형의 폭력을 고발했다. 어머니에게 고발했다. 어머니는 형을 벌했지만, 나보고 너도 똑같다며 벌을 주셨다. 똑같다니? 먼저 침을 뱉고, 종이 심지로 발가락을 달군 악마와 일방적으로 당한 내가 똑같은 놈이라니?

나는 점점 내성적인 아이가 되었다. 맞고 나서도 발랄하다면 사이코패스다. 나는 정상적으로 어두워진 것이다. 말수가 줄고, 혼자 공상을 즐겼다. 너는 왜 이렇게 말이 없니? 라고 묻는 어른이 종종 있었는데, 묻고는 내 대답을 기다리지 않았다. 일회적이고, 형식적인 질문이었다. 진짜 궁금해하는 대상은 모두 형이었다. 앞으로 뭐가 되고 싶니? 뭘 먹어서 이렇게 귀엽니? 앞니가 빠졌는데도 귀엽네! 그런 편애는 내 입을 효과적으로 다물게 했다.

나는 내가 못생겼다고 인정하는 걸 두려워했다. 인정하는 순간, 못생긴 생명체로 평생을 살아야 할 것 같았다. 내가 못생겨서 사랑받지 못하는 게 아니라, 형이 장남이어서 애정을 독차지하는 거라고 생각하는 게 좀 덜 아팠다. 장남이니까 형에겐 프로스펙스 운동화를 사 주고, 내겐 타이거즈 운동화를 사 준 것이다. 형은 백만 명의 71년생들 사이에서 기죽으면 안 되는 장남이었다. 어머니도 아버지도 형의 폭력성을 알았을 것이다. 알아도 어쩌겠는가? 이 집의 대를 이을 왕자는 큰아들이었다. 맞는 동생을 구제할 방법은 없었다. 안 그래도 또래보다 덩치가 작은 큰아들이었다. 어디 가서 기죽지 않는 큰아들이 되기 위해선 동생을 짓밟아야 했다. 기 안 죽는 연습을 어느 정도는 해야 했다.

종이를 돌돌돌 말아서 이를 쑤시다가 내 어깨나 허벅지에 문지르는 것도 형이 좋아하는 괴롭힘이었다. 썩은 이빨 사이에서 나는 악취를 킁킁 맡다가 그걸 내 몸에 문질렀다. 내가 가장 싫어하는 장난이었다. 피부에서 닭살이 오돌오돌 돋았다. 피부는 냄새와 무관하게 시원해졌다. 내 몸도 곧 형의 이처럼 썩을 것이다.

하지 마, 하지 마, 하지 마!

하지 마를 세 번 하고, 형이 또 한 번 낄낄거리고 문지를 때 '씨발새끼'라고 했다. 주무시고 계시던 아버지가 눈을 부릅뜨셨다. 뭐라고 했어? 씨발새끼요라고 답했다. 내 죄는 크지만, 형의 죄만큼 크지 않다. 아버지는 내 뺨을 때리셨다. 나가라고 했고, 나는 나왔다. 골목 옆 쓰레기통에 앉아서 눈물을 꾹꾹 참았다. 씨발새끼가 옆으로 와서, 썩은 종이로 한 번 더 내 어깨를 쓰윽 했다. 그리고 71년생 무리 사이로 숨어 버렸다.

핥아!

또 하나의 일화를 소개하고자 한다. 이 책을 읽는 독자들의 상상력에 질문한다. '핥아'가 집행된 상황을 그려 보라. 무엇을, 왜 핥으라고 했을까? 아무도 짐작 못 할 것이다. 형은 발바닥을 들어 올리고, 나에게 명령했다. 핥아! 나는 형과 눈이 마주쳤다. 농담이지? 나는 눈으로 물었다.

핥아!

형은 작은 방의 네로 황제였다. 연산군이고 광해군이었다. 나는 도리질을 했다. 형은 눈빛을 거두지 않았다. 아무래도 핥아야 할 듯했다. 나와 한 공간에 있을 때, 형은 초조해했다. 나를 괴롭히지 않으면 미칠 듯이 불안한 모양이었다. 다리를 떨고, 콧구멍을 씰룩이면 그건 신호였다. 마음의 준비를 해야 했다. 좁은 방이 답답해서 저러는 걸까? 방이 좁으면 나가면 되지. 나가기만 하면 71년생은 구운 김에 뿌려진 소금만큼이나 흔할 텐데 말이다.

나는 핥았다.

핥을 수밖에 없었다. 포기를 일찍 배운 편이었다. 형에게 맞는 것과 형의 발을 핥는 것 중엔 핥는 쪽이 나았다. 치욕스러웠지만 치욕도 처음에나 치욕이지, 차츰 치욕은 내 일상이 되었다. 그땐 다들 그렇게 사는 줄 알았다. 미치도록, 죽을 만큼 핥는 게 싫진 않았다. 모든 게 막연했다. 안갯속의 덤불 같은 치욕이었다. 가족 간의 치욕은 그다지 큰 상처가 되지 못했다.

다시!

형은 제대로 핥으라고 했다. 나는 발꿈치부터 발가락까지 속도를 줄여가며 핥았다. 짭짤한 맛과 축축한 땀이었다. 형은 웃고 있었다. 웃음을 참으려고도 하지 않았다.

갑자기 지금, 글을 쓰는 지금, 안갯속 덤불이 정체를 드러냈다. 덤불 위로는 파리가 윙윙거리고, 뿌리부터 말라 버린 덤불은 기괴한 모양으로 양팔을 벌리고 있었다. 덤불 속은 시궁창이고, 흉가였다. 인도 콜카타의 공중 화장실이고, 중국 계림의 도살장이었다.

노트북을 껐다.

나는 현재 방콕에 살고 있다. 방콕에는 터미널 21이라는 쇼핑몰이 있다. 그곳 5층에는 푸드 코트가 있다. 보통 30밧(1천 원)이면 팟타이(볶음 국수)나 쌀국수를 먹을 수 있다. 생과일주스도 39밧(1천2

백 원)이면 된다. 창가 자리에선 방콕 시내가 한눈에 보인다. 주로 관광객들이 창가 자리를 선점하고 책을 읽고, 아이폰의 노래를 돌려 듣는다. 대각선 테이블에 앉은 서양 노부부가 눈에 들어왔다. 〈론리플래닛〉을 펼쳐 놓고, 방콕에서 꼭 봐야 할 곳을 체크하고 있었다. 이삼일의 촉박한 시간 속에서 방콕을 봐야 하겠지. 여행자들은 늘 밝다. 늙은 남편은 주름진 손으로 여자의 손등을 지그시 누른다. 촉촉함이란 전혀 없는 마른 두 손이 포개져서, 늙은 사랑의 모범을 푸드 코트에서 뽐내고 있었다. 그 어떤 애정 표현에도 거부감이 있는 나는, 창밖으로 시선을 돌렸다.

핥아!

사실 나는 안 핥겠다고 했다. 못 핥겠다고 했다. 그리고 맞았다. 몇 대 맞고 핥았다. 맞았고, 맞고 나서 굴복했다. 푸드 코트 음료 코너로 갔다. 생수와 콜라 중 뭘 마실까 하다가 생수를 골랐다. 찬 생수를 들이켜고, 다시 콜라를 주문했다. 콜라는 싱거웠다.

이딴 글을 꼭 써야 하는 걸까? 내가 글을 쓰는 방식은 단순하다. 머릿속에 있는 굵직한 사건 몇 개를 중심에 놓고, 그 중심에서 곁가지를 치는 식이다. 흔히 있는 형과 동생의 갈등을, 내 이야기 속에 녹여 내고 싶었다. 사이사이 허구가 첨가되더라도 굵직한 것들은 진짜여야 한다. 그 진심이 이야기의 힘이 되어 줄 것이다. 그래서 굵직한 일들을 골라냈다. 굵직한 걸 고르는 건 너무 쉬웠다. 아니,

너무 많았고 다 굵었다. 선별하지 않아도 모두 자극적이었다. 이야기를 반추하면서 웃고 치유가 되었으면 했는데, 치욕스럽고 더러웠다. 솔직해지는 건 여행기면 족했다.

자리로 돌아와 노부부에게 시선을 고정했다. 남편이 부인에게 발바닥을 핥게 하거나 부인이 이를 쑤신 종이를 남편의 어깨에 문질렀다면 지금 그들은 방콕에서 〈론리플래닛〉을 펼치고 오순도순 여행을 누리지 못했을 것이다.

도저히 못 쓰겠다. 형의 발바닥을 핥았던 과거는 나만 입 다물면 되는 것이다. 다음 소설은 나답게 참신한 거짓말로 상상력을 곱게 갈아 짭짤하게 조리해서 내놓을 것이다.

23

아르헨티나 비행기 표를 끊었다. 명목은 아르헨티나에 살고 있는 형님네 방문이었다. 결혼하자마자 아르헨티나로 떠난 형님네였다. 나이를 먹으니, 씨발새끼는 형님이 되었다. 예전의 광적인 악마는 사라지고, 동생에게 가끔 용돈까지 부쳐 주는 성인이 되었다. 그렇다고 내 마음속 원한이 누그러진 건 아니었다.

소설을 포기한 나는 방콕에서 김치와 게장 담그기에 열을 올렸다. 새로운 재능을 발견한 것이다. 태국어도 배우는 중이었다. 같은 반 친구들에게 김치를 담가 돌렸다. 중국에서 패션 디자이너로 일하는 요요는 김치를 절반만 먹고, 아예 먹지 않았다고 했다. 김치가 줄어드는 게 견딜 수가 없었다는 것이다. 일본 외교관의 부인인 치에코는 1천 밧(3만 원)에 1kg을 사고 싶다고 했다. 조선 왕실에서 먹는 대장금 김치라고 거짓말을 하긴 했지만, 김치를 돌리고 난 후에 나를 보는 친구들의 눈빛은 확실히 달라져 있었다.

내 길은 소설이 아니라 김치였다. 김치 볶음과 갈비, 김밥 등을 만들어 친구들에게 돌렸다. 맛있다는 칭찬이 그렇게 재미날 수가 없었다.

나는 방콕이 좋았다. 도시 사람들이 바쁘고 냉정한 거야 어디나 비슷하지만, 그래도 방콕 사람들은 느릿하고 천진한 면이 있어서 유칼리나무 잎을 깨작거리는 코알라 같았다. 천 원짜리 쌀국수는 한 번도 맛없던 적이 없었고, 어디서나 에어컨의 축복이 반기는 방콕에서, 여름의 습기와 짜증은 얼씬도 못 했다. 이게 내 삶이다. 나는 재주는 있으나 끈기는 없다. 끈기는 사실 가장 중요한 재주다. 나는 재주가 없는 사람이다.

소설에 집중하며 키보드에 글자를 찍는 동안 나는 숨을 고르게 쉬지 못했고, 밥을 먹으면 체했다. 우연이겠지만 무좀이 심해지고, 두피도 가려워졌다. 오후만 되면 머리가 개기름으로 곱게 떡이 져 있었다. 쓰고 있는 존슨즈베이비 샴푸는 나와 맞지 않는 게 분명했다. 무엇보다 건강이 걱정되었다. 글쓰기는 나를 병들게 하고, 탈모를 도지게 할 것이다. 그러니 안 쓰겠다는 것이다.

나는 빈둥대며 살 것이다. 귀를 자른 고흐처럼, 반미치광이가 되어 소설에 목매고 싶지는 않다. 초반에 소설의 완결에 연연하지 않을 거라고 말한 건 현명했다. 이미 무책임을 선언하고 시작했으니 죄의식을 느낄 필요는 없을 것이다.

한국으로 빨리 올 수 없니? 엄마가 너무 아파!

어머니의 문자 메시지였다. 급히 전화를 했지만 어머니는 전화
를 받지 못하셨다. 저녁에 아버지와 겨우 통화가 되었다. 감기에 노
환이 겹쳐 폐렴과 전신 마비 증세를 보인다고 했다. 피를 뽑고, MRI
를 찍었지만 별다른 이상은 발견하지 못했다는 이야기에 마음을
진정시키고 전화를 끊었다. 방콕에 있는 내가 걱정할까 봐 말은 안
했지만 사실 구급차에 실려 응급실까지 다녀왔다는 말은 다음날
어머니께 직접 들었다. 어머니는 가래가 끓는 목을 억지로 가다듬
으시면서 지금은 괜찮다는 말을 세 번 정도 더 하셨다. 돌아가셨을
수도 있다는 생각이 들자 정신이 번쩍 들었다.

손자를 한 번 보기는 해야겠는디 말이다잉!

어머니는 콜록거리면서 손자 이야기를 꺼내셨고, 나는 에어 캐
나다 부에노스아이레스 비행기 표를 즉시 알아보았다.

성인 세 명, 에어 캐나다, 인천-부에노스아이레스.

어쩌면 마지막 효도가 될지 모른다는 생각이 들었다. 효도는 언
제고 내가 형편 되면 그때 하리라. 그전까지는 자식 된 도리를 차일
피일 미루는 파렴치한 연체자였다. 어머니와 아버지는 그 누구보

다도 건강하셨으니까 내 방식은 별 탈 없이 유지될 수 있었다. 하지만 내가 안심하는 동안 부모님은 늙어 갔고, 시간은 빠르게 소멸되고 있었다. 부모가 늙는다는 걸 인지하려면 자식도 늙어야 한다. 내 주름은 육신의 소멸을 의미했고, 그 육신의 소멸이 부모에게도 찾아옴을 자각할 수 있었다.

아버지는 늘 면도를 하면 세면대 좀 깨끗이 정리하라고 하셨다. 나는 알았다고만 했다. 내 눈엔 안 보였다. 머리카락도, 물때도 보이지 않았다. 매일 똑같은 화장실이었고, 수염 부스러기는 안구를 통해 시신경에 도달하지 못했다. 한 귀로 흘려들었기 때문이었다. 나이 마흔이 되니 부모님의 말씀이 들렸다. 물때가 보이고, 변기 속 찌꺼기가 거슬렸다. 한꺼번에 철이 드는지 죄책감이 나를 옥죄었다.

세 명의 성인이 아르헨티나에 가기 위해선 천만 원 정도의 돈이 필요했다. 일 년에 두 번 인세를 받는데, 내년 치까지 가불해 달라고 출판사에 졸랐다. 출판사 측은 내 책이 해가 갈수록 덜 팔리기 때문에 예측하기 어렵다고 했다. 나는 제발 해달라고 했고, 5백만 원이 통장에 들어왔다. 은행 잔고 2백만 원을 합쳤다. 다음 달엔 EBS 테마기행 출연료와 잡지 연재 원고료가 추가로 들어온다. 그렇게 비행기 값이 얼추 채워졌다.

신한카드로 비행기 티켓을 결제했다. 에어 캐나다는 보기 드물게 서비스가 엉망이었지만(친구는 에어 캐나다를 '에어 개나다'라고 했다), 대신 후한 마일리지까지 덤으로 주는 은혜로운 항공사이기도 했다. 사촌 형님들과 이모들이 형에게 주라며 돈을 부쳐 주셨다. 그

돈으로는 밥솥과 전기장판, 노트북과 믹서기를 샀다.

이코노미석으로 인천에서 부에노스아이레스까지 가 본 사람들은 어이없는 괴로움에 헛웃음이 날 것이다. 인천, 밴쿠버, 토론토, 칠레 산티아고, 부에노스아이레스. 이 모든 도시를 다 거쳐야 부모님은 손자를 만나실 수 있다. 밴쿠버에서 짐을 찾고(이민 가방으로 세 개였다), 입국 심사까지 해야 한다. 그 짐을 짊어지고, 공항 컨베이어 벨트 어딘가에 정확히 얹어 놓아야 한다. 올 때는 토론토에서 짐을 찾아야 한다. 토론토 공항 카트는 공짜가 아니어서 캐나다 현금이 필요하고, 캐나다 동전이 있을 리 없는 여행자들은 카트 없이 무거운 짐을 들쳐 메고 필사적으로 뛰는 풍경을 연출해야 한다.

공항을 이리 뛰고 저리 뛰면서 폐활량과 분노를 제때 늘릴 수 있었으며, 메이플 시럽이나 연어 같은 건 다 뱉고 싶을 만큼 캐나다를 저주하게 된다. 40시간의 장거리 비행이 그 연세에 얼마나 힘드실까? 걱정을 많이 했었다. 어머니와 아버지는 한국 전쟁을 치른 세대답게, 뭔 일 있었냐는 듯 이코노미석에서 꿋꿋하게 잘 주무셨다. 나만 이코노미석에서 탈출을 꿈꾸며 괴로워했다.

예전보다 에어 캐나다의 서비스가 정상에 가까워져서 적잖이 놀랐다. 50대로 보이는 승무원 아주머니에게 와인을 좀 더 달라고 하면, 아예 여러 병(손바닥 크기 정도로 작다)을 내 테이블에 올려 주었다. 괜찮은 항공사가 되었고, 가격까지 생각하면 세계 최고의 항공사였다. 공치사가 아니라 진심으로 에어 캐나다는 개선되고 있었다. 와인을 배불리 먹고, 악몽도 꿔가며 꾸역꾸역 잤다. 그렇게

131

부에노스아이레스에 도착했다. 71년생 악마는 늙고 뚱뚱해진 얼굴로 활짝 웃고 있었다.

올라!

#24

　　　　　　5년 만에 만난 형이었다. 적개심을 잃지 않으려
고 노력했다. 발바닥을 핥으라고 했던 형, 매일 때렸던 형, 자는 나
를 깨워 라면을 끓이라던 형, 배구 연습을 하자며 배구공을 내 뺨에
내리꽂던 형, 그런 형이었다. 멀리 떨어져 산다고, 나이가 마흔이
넘었다고 해서, 바보처럼 화해하고 싶지 않았다.

　손자가 생전 처음 보는 어머니와 아버지를 좋아할까? 형은 운전
을 했고, 부모님은 아직도 담배를 피우는지부터 물으셨다. 곧 끊겠
습니다. 이질감이 드는 말투였다. 공손하고, 다정했다. 늙었다고 성
자가 되어 버린 걸까? 나도 형보다 형님이라 부르는 게 편한 지경
이 되었다.

　형님이 사는 아파트는 낡은 건물이었다. 이만하면 그래도 부에

노스아이레스에선 꽤나 괜찮은 아파트라고 했지만, 백 년도 더 된 듯한 엘리베이터는 성인 네 명이 들어가자 꽉 찼다. 엘리베이터는 이중 미닫이였다. 창살을 닫고, 그다음 문을 닫아야 움직였다. 이 정도면 〈TV쇼 진품명품〉에서 가격을 쳐줄 만한 골동품이었다. 아버지는 거지 같다며 냉정하게 불평하셨다.

현관이 열리자마자 손자가 나타났다. 네 살짜리 사내아이는 남미의 피를 이어받아 소리를 지르며 부모님께 탱고처럼 달려들었다. 예상치 못했다. 볼을 비비고, 뽀뽀를 하고, 껑충 뛰면서 망설임 없이 부모님 품으로 파고들었다. 부모님 평생 최고의 순간을 골라야 한다면, 지금이었다.

우리 가족은 한동안 매일 초대를 받았다. 친구, 형님의 회사(의류 공장이다) 사장님, 고등학교 선배, 내 책의 독자(남미에서 나란 존재는 한국인에겐 한물간 B급 가수 정도로 유명하다)들이 차례로 우리와 함께했다. 점심 저녁 쉴 틈 없이 만찬이었고, 고맙습니다를 해야 했다. 형님의 인기는 놀라웠다. 70년대 미아리 창녀촌의 인기남은 대륙을 넘어 그 인기를 유지하고 있었다. 현지에서 인연을 맺은 페르난도와 살바토레까지 보게 되자 형님이 더 대단해 보였다. 스페인어도 능숙하지 않은데, 교민들은 물론이고, 아르헨티나 현지인들까지 형님을 찾았다.

BMW 520d를 세워놓고, 집 앞에서 우릴 기다리던 페르난도는 73년생이었다. 영화관을 몇 개씩이나 가지고 있는 부자였는데, 별장으로 우릴 초대했다. 티그레라는 곳으로 아르헨티나 부자들의 별장이 모여 있는 곳이었다. 마을이 화려한 건 아니었다. '아르헨티나의 베니스'라고들 하는데, 그런 별명이 오히려 이곳을 더 초라하게 만들었다. 그냥 유원지로 보면 될 것이다. 물이 있고, 배가 있고, 여행자와 거주자들이 있었다. 따뜻한 볕 아래서 사람들은 개와 새와, 꽃과, 녹지와 어울리고 있었다.

페르난도의 집은 티그레보다 대단했다. 주택가는 저택들이 띄엄띄엄 있었고, 눈부신 잔디밭과 키 큰 나무들이 담 안에서, 담 밖의 더 높은 나무들과 마주하고 있었다. 마침 조경사들이 나무를 다듬고 있었다. 생전 처음 벤츠를 타 봤다는 말로 우리 형제를 부끄럽게 하던 아버지(아버지 BMW요, 벤츠가 아니라. 나는 몇 번이고 정정해 주었다)는 페르난도가 권하는 와인을 여러 잔 마시고는, 철봉이 어디 있느냐고 하셨다.

다행히 철봉은 없었지만, 예의가 눈치 없이 많은 페르난도는 부인과 올라갈 만한 나무가 있는지 상의하고 있었고, 그 사이 아버지는 올라갈 만한 나무를 찾아내셨다. 아버지는 나무 쪽으로 향하다가 수영장에 빠지셨고, 형님이 들어가 아버지를 꺼내 오는 동안 아버지는 전라도 사투리가 섞인 늙은 한국인 억양으로 그라시아스, 그라시아스(고맙습니다)하셨다.

형님이 대단한 부자가 된 건 아니었지만, 부자보다 더 대단해 보였다. 나비넥타이에 이브닝드레스를 입은 페르난도 부부는 내가 선물로 준비한 진로 소주를 와인잔에 따르며 기뻐했다.

미스터 길은 우리에게 온 선물이죠. 비가 오는 날이었어요. 그때 우리는 공원 앞에 차를 주차하고 싸우는 중이었어요. 웃지 마세요. 신이 있느냐로 싸웠어요. 페르난도는 무신론자거든요. 믿고 싶은 것만 믿는다나요? 믿고 싶은 것만 믿지 않는 사람이 어디 있겠어요. 그런데 웃는 거예요. 싸울 때 웃는 사람이 제일 싫어요. 나만 옳지만, 너도 옳다고 해줄게. 그 표정 아시죠? 그래서 저는 차 문을 열고 나갔어요. 그때 봤죠. 미스터 길은 달리기를 하고 있었어요. 라플라타 강변에서 혼자 달리기를 하는 거예요. 단거리 달리기를 하는 것처럼 열심히 뛰는 거예요. 정성을 다해서 뛴다는 느낌이 들었어요. 웃고 있는 거예요. 그 웃음을 보셨어야 해요. 걷는 사람도 없는, 빗소리에 차 시동 소리가 안 들릴 정도로 내리는 비에, 그 남자 혼자 행복해 보이더군요. 신은 그곳에 있었어요. 굳이 말싸움을 할 필요가 없었던 거예요. 제가 졸랐어요. 페르난도에게 저 남자와 함께 차라도 마시자고. 질투가 많은 페르난도가 지금은 저보다 더 좋아하지만요.

형님은 달리기를 못 했고, 한국에서 한 번도 비를 맞으며 뛰는 걸 본 적이 없었다. 게다가 무신론자였다.

생활비는 떨어져 가는데, 다니던 옷 공장이 망했어. 갑갑하더만. 버스 타고 아무 데나 내렸어. 비가 오는 거야. 빨리 뛰었지. 비가 오는데 걷냐? 그런데 BMW가 나를 쫓아오는 거야. 졸라 쫄았잖아.

페르난도의 아내 라우라도 73년생이었다. 이 와중에 나이를 왜 따지는 걸까? 마흔이 다 되어도 나는 여전히 미아리의 어둑한 시절에서 벗어나지 못하고 있었다.

형님은 물에 빠진 아버지를 모시고 가 샤워를 시키고 옷을 갈아입혔다. 두툼한 수건 재질의 목욕 가운이었는데, 그걸 입은 아버지는 격하게 신분 상승이 된, 귀족처럼 우아해 보였다. 발바닥을 핥게 했던 악마는, 불 종이로 발가락을 지졌던 죄인은 능숙하게 자신의 죄를 세척 중이었다. 형은, 형님은 더 이상 내 용서가 필요치 않았다. 그게 나를 화나게 했다. 피곤했다. 내 적개심이 갈 곳을 잃었다. 파티고 뭐고 쉬고 싶었다.

부에노스아이레스만 가면 나는 자유인이 될 줄 알았다. 형님과 형수님이 알아서 부모님을 대동하고 매일매일 다닐 줄 알았다. 하지만 형님은 직장에 나가야 했다(한국인 의류 공장에서 영업과 관리를 한다). 부에노스아이레스는 치안이 좋지 않은 게 아니라 치안 자체가 없다. 시내 쪽은 그나마 나은데, 형님이 거주하는 아베자네다(서울로 치면 의류 도매 상가가 있는 동대문 정도다)는 납치와 폭행이 일상이었다. 살인도 종종 일어났다. 형님도 늦은 밤 돌에 맞아 쓰러졌다고 했다. 지갑과 스마트폰을 빼앗기 위해 누군가 형님을 돌로 후려친 것이다. 그런 곳이니 함부로 나갈 처지가 못되었다.

아파트 베란다는 철창이 처져 있었다. 아이들의 추락을 막기 위해서라지만, 감옥처럼 메말라 보였다. 그런 곳에 우리는 하루 종일 갇혀 있어야 했다. 부에노스아이레스에서 예정된 한 달을 어떻게 채울 수 있을까? 방이 두 개인 좁은 아파트였다. 부모님과 조카는 거실 TV 앞에서, 나는 작은방에서, 형수님은 큰방에서 주로 있었고, 각자 자신이 머문 공간에서 화장실과 부엌을 가끔씩 들락거렸다. 조카는 10분마다 나를 찾았고, 부모님은 10초마다 한 번씩 내가 있는 쪽을 바라보았(을 것이)다. 내 눈치를 보고 계셨다. 내 입에서 같이 나가요란 말이 나오길 기다리셨다. 초반 열흘은 초대와 만찬의 시간이었지만, 다음은 감옥살이뿐이었다.

이구아수폭포 다녀와라!

형님은 마치 큰 선심이라도 쓰듯 비행기 표를 내밀었다.

난 이구아수폭포 다녀왔잖아. 형수님이랑 형님이 가야지.
어떻게 가? 그럴 돈도 없어.

형님에 대한 반감이 샘솟기 시작했다. 돈을 쓰는 것보다 부모님과 24시간 붙어 있는 게 훨씬 힘들다는 걸, 형님은 모른다. 좋게 생각하자. 이구아수 쪽은 부에노스아이레스보다 치안이 좋으니까 여행 기분이 들 것이다. 늦은 밤 산책도 즐길 수 있다. 답답함도 어느 정도는 녹을 것이다.

나에게 이구아수폭포는 두 번째다. 여행이라고 생각하자. 사실 여행이잖아. 세계에서 가장 큰 폭포에 가면서 인상을 쓰는 사람이

지구에 몇 명이나 될까? 약간 기분이 나아졌다.

그리고 나의 두 번째 이구아수폭포 여행은 믿을 수 없는 순간을 우리 가족에게 선물했다.

#25

엄마, 콜라를 쏟았으면 좀 미안해하는 척이라도 해요.
청소하는 사람들이 치우면 되는 걸 가지고, 왜 나한테 짜증을 낸다냐?

부에노스아이레스의 국내선 공항에서였다. 어머니는 콜라를 바닥에 반 이상 쏟으셨다. 너무 담담한 표정에 나는 짜증이 났다. 알고 있다고 생각했던 가족의 다른 모습을 보는 것, 여행의 선물이자 고문이었다.

어머니, 아버지, 저거 보세요. 저게 다 강이에요.

비행기가 떴다. 나는 아르헨티나의 젖줄 라플라타 강을 가리켰다. 진한 땅콩잼 같은 물이 양상추 같은 숲 사이로 멋지게 휘어 있었다.

물이 저렇게 많은데, 왜 이렇게 생수 값이 비싸다냐?

또 어머니였다. 내가 아르헨티나에 오면서 부모님께 기대했던 건 아이처럼 해맑게 기뻐하는 모습이었다. 비행기가 좁다, 이게 무슨 냄새냐? 저기 앞에 앉은 사람들은 한국 사람이냐, 중국 사람이냐? 한 마디 한 마디가 부모님 입에서 나올 때마다 나는 인상을 쓰거나 주변의 눈치를 살펴야 했다. 넉살맞게 부모님의 기분을 맞춰 드릴 거라 자신했는데, 대부분의 말이 거슬렸다.

이 물 어디서 난 거예요?

호텔에 짐을 풀었다. 페트병에 든 물맛이 이상했다.

여기가 세계에서 제일 큰 폭포니께, 아들. 이구아수폭포 물이 사 마시는 물보다 더 좋지 않겠냐잉?
이 물 어디서 난 거냐고요?

세수를 할 수 있는 곳의 수도꼭지는 낮아서 페트병에 물을 담기가 쉽지 않았다.

141

호스, 호스로 담았제.

비데였다. 수동 비데. 어머니는 그걸 한 손에 들고 수줍게 웃으셨다. 동남아시아나 브라질에 가면 변기 옆에 작은 호스가 있다. 작은 샤워기라고 생각해도 된다. 변을 보고 항문의 똥을 털어내는 작은 샤워기였다. 어머니는 항문에 정조준하는 똥구멍 샤워기를 페트병에 대고 물을 담으셨다.

아아악!

나는 비명을 질렀고, 어머니와 아버지는 놀란 눈으로 나를 쳐다보셨다. 그렇게 소리를 지르고 나자 후회가 엄습했다. 자식 된 도리를 하기 위해 온 여행이었다. 기특한 소망이 누더기가 되어 버렸다. 문을 쾅 닫고 나가 버렸다. 이구아수폭포 여행 첫째 날이었다.

두 번째 날은 보다 큰 사건이 일어났다.

#26

       세계 최대 폭포인 이구아수폭포는 아르헨티나와 브라질에서 국립공원으로 지정해 관리하고 있다. 브라질 쪽이 아르헨티나 쪽에 비해 세 배 이상 넓다. 재미있는 건 3백여 개로 갈라지는 크고 작은 폭포의 3분의 2는 아르헨티나 쪽에 몰려 있다는 것이다. 그러니 여행자는 한쪽만 볼 수 없다. 국경을 넘나들며 두 나라의 이구아수폭포를 다 보아야 치실을 한 것처럼 개운해진다.

  아르헨티나 쪽 폭포를 보는 날이었다. 첫날 브라질 폭포를 보며 부모님은 모처럼 아이처럼 행복해하셨다. 5년 전, 14개월간 남미를 떠돌 때 아르헨티나 쪽 폭포를 보지 못했다. 열병을 앓았었다. 브라질 쪽도 간신히 보고 돌아섰었다. 인연이 닿는 곳은 다시 오게 되어 있다. 나는 굳게 믿었다. 그리고 보란 듯이 이구아수폭포와 재회했다. 감격해도 좋은 순간이었다.

3백여 개로 갈라진 폭포 중 가장 큰 '악마의 목구멍'은 부모님을 환호의 세상으로 끌어들인 폭포이기도 했다. 지진이 일어나면 이런 기분일까? 거대한 땅덩어리가 물과 함께 풍덩 풍덩 빨려 나가는 듯했다. 그걸 지켜보는 인간들이 함께 휩쓸려 가는 게 맞지 않나 싶을 정도로 엄청난 힘이었다.

피곤하고 짜증 나던 우리 셋은 힘을 내 소리를 지르고, 사방으로 튀는 물벼락에 온몸을 적셨다. 이게 여행이지. 언젠가 꼭 오고 마는 환희의 순간을 위해 지루함과 고통을 감내하는 것. 드디어 우린 과실을 따 먹고 있었다. 40시간의 비행기로도 모자라 국내선을 한 번 더 타고, 항문 샤워기로 받은 물을 마시며 악마의 목구멍에 오게 된 것이다.

아들아, 나는 저 배를 꼭 타야겠다.

배들이 폭포 밑으로 달려드는 풍경이 멀리서 보였다. 아버지가 처음으로, 뭔가를 하고 싶다 말씀하셨다. 아들은 기꺼이 배를 태워 드려야 했다. 기쁜 소식이 뒤를 이었다. 따로 돈을 낼 필요가 없다는 것이었다. 형은 항공권이 포함된 여행사 상품을 구매했는데, 폭포 밑으로 들어가는 뱃삯도 이미 치렀다는 것이다.

악마의 목구멍뿐만 아니라 크고 작은 아름다운 폭포들을 관람하고, 자연스럽게 배를 탈 수 있는 산 마르틴 폭포 선착장에 도착했다. 영화 〈미션〉의 촬영지라는 말에 가톨릭 신자인 어머니는 주님을 찾으며 성호를 그으셨다. 아버지가 꼭 타고 싶다는 배는 선착장에서 얌전히 우리를 기다리고 있었다.

신발을 벗고, 귀중품은 방수 주머니에 담고, 우리는 배 위에 올랐다. 우리만 빼고 대부분 중년의 백인이었다. 배낭 여행자는 이구아수폭포에 오더라도 배를 타기가 쉽지 않다. 돈 때문이다. 몇만 원정도의 돈이 아까워서 그냥 폭포만 보고 만다. 배낭 여행자였던 나는 부모님을 모시고 비싼 여행을 할 수 있게 됐다.

자연을 즐기는 내 자세도 사뭇 달라져 있었다. 무수히 날아드는 나비 떼와 이름도 모르는 나무와 짐승들을 더 눈여겨보았다. 주변을 돌아보는 것, 자극적인 풍경에만 몰입되지 않는 것. 아, 마흔이란 이런 건가? 신선까지는 아니어도 신선 예비 학교에 합격한 듯한 진화였다. 어머니와 아버지는 미얀마 산골 아이들처럼 예쁘고, 천진했다. 이 모습이다. 배는 폭포 밑으로 다가갔고 나는 그 순간을 놓치고 싶지 않았다. 카메라를 방수 주머니에서 꺼냈다. 카메라가 몽땅 젖을 테지만 그래도 찍어야겠다.

우리를 안내하는 가이드는 확성기를 들고, 익살맞게 승객들을 위협했고, 승객들은 지지 않고 폭포 밑으로 더 들어가 보라고 졸랐다. 우악스러운 물줄기가 정수리에 내리꽂혔고, 승객은 일제히 비명을 질렀다. 살면서 열 개 정도의 지독한 행복이 있다면 그 열 개중 한 개는 지금이었다. 나는 어머니와 아버지를 바라보았다. 아버지는 고개를 들지 못하고 계셨다. 아버지에겐 험하게 퉁겨지는 배와 인정사정없는 물줄기가 무리인 듯했다. 그래도 보셔야지. 이게 어떤 풍경인데.

아버지, 고개를 드세요. 괜찮아요.

어머니는 아버지를 따라 고개를 숙이셨다. 어머니와 아버지만 그러고 계셨다. 뒷자리의 중년 아주머니가 괜찮으냐고 스페인어로 물었다. 부모님이 알아들을 리가 없었다. 내가 대신 괜찮다고 했다. 너무 재밌으셔서, 너무 아름다운 풍경에 놀라셔서 그렇다고 둘러댔다. 부모님이 고개를 들지 못한다고, 착한 중년 아주머니는 지나치게 걱정하고 있었다.

나는 고개를 쳐들고 신나했다. 당신의 아들이라도, 세계인들과 함께 즐거워하는 것을 보여드리고 싶었다. 즐거운, 격정적인 뱃놀이였다. 흥분이 가시질 않았다. 충만한 하루였다.

배는 다시 선착장으로 돌아왔다. 어머니와 아버지는 일어서질 못하셨다. 승객들이 다 내리고도 부모님은 꼼짝을 안 하셨다. 어머니가 입을 여셨다.

우린 가장 나중에 내린다고 해라. 아버지가 똥 쌌다.

#27

띠이이이이~.

심장 박동기의 띠이이 하는 고주파 소음이 고막을 관통하는 기분이었다. 똥냄새 때문에 신속히 정신을 차려야 했다. 똥을 쌌다는 말이 스페인어로 뭐지? Shit, Shit. 나는 일단 영어로 숏숏거렸다. 똥! 똥! 미에르다, 미에르다. 생각이 났다. 스페인어로는 미에르다 (Mierda)였다.

몇몇 승객들이 우리 쪽으로 시선을 돌렸지만, 가이드의 통솔에 따라 모두 어딘가로 사라졌다. 확성기로 구성지게 승객을 위협하던 승무원은 눈만 깜빡였다. 아버지는 일단 배에서 내리셨다. 아버지가 앉은 자리는 다행히 물기 정도만 있었다. 아버지는 일행들이 올라간 계단을 몇 개 밟고는, 옆으로 빠지셨다. 풀이 몇 포기 나 있는 쪽에 숨으셨고, 그 사이 뿌직 소리가 한 번 더 났다. 아버지는 어어어 하셨다. 어머니는 아버지를 쫓아가 똥바지를 건네받으셨다. 물가로 내려와 척척 빨기 시작하셨다. 아버지는 그곳에서 남은 용변을 털어내셨다. 괜찮으냐고 물었던 중년의 여인이 어떻게 알았는지 다시 내려와 물티슈를 주고 갔고, 아버지는 그것으로 대충 몸에 묻은 분비물을 닦아내셨다. 점심이 화근이었다. 여행사가 안내한 식당은 규모는 컸는데, 아버지는 밥이 쉬었다고 하셨다.

아니에요. 원래 다른 나라 밥은 향이 좀 있어요.

내 일방적이고, 무책임한 말만 믿고 아버지는 그 밥을 다 드셨고, 그 밥이 문제를 일으킨 것이다. 뷔페식이었는데 그 밥을 퍼온 사람은 가족 중 아버지뿐이었으니, 그 밥이 상한 게 맞을 것이다. 어머니는 얼굴이 벌게져서는 아버지의 바지와 속옷을 주물주물 하셨고, 배를 조종하던 남자는 조종석에서 세숫비누를 건넸다. 어머니는 열심히 비누질을 하셨지만 똥냄새는 여전히 내 코밑으로 전해졌다.

나는 어머니 옆에서 발만 동동 구르다가 아버지 쪽으로 갔다. 괜찮아요? 괜찮다. 괜찮을 리 없는 아버지는 괜찮다고 하셨고, 나는 그 말이 사실이길 바라며 더 이상 다가가지 못하고 끙끙댔다.

띠이이이~. 머릿속에서는 요상한 고주파 소음이 계속됐다. 정신을 차려야 한다. 정신을 차리고 침착해야 한다. 지금 이 사태를 정리할 사람은 나뿐이다. 그래도 머릿속은 띠이이이거릴 뿐이었고, 정신을 더 차리면 줄행랑을 치고 싶을 것 같았다.

그때였다. 탈색된 오렌지색 머리를 한 아르헨티나 여인이 한 병의 주방 세제를 들고 나타났다. 아버지를 풀에서 나오라고 하셨다. 스페인어지만, 아버지는 그 뜻이 뭔지 이해하시고, 앞섶만 가린 채 수줍게 알몸을 드러내셨다. 여자는 아버지의 작은 몸에 주방 세제를 뿌리고는 아버지를 의무실로 데려갔다. 의무실이 계단 몇 개만 더 올라가면 있었던 것이다. 그렇게 가까이 있었는데도 눈에 띄지 않았다. 똥의 충격이 너무 커서였다. 그곳에서 아버지는 세제와 지하수의 도움으로 질긴 똥내를 한 번에 날려 버릴 수 있었고, 여자는 한 통의 세제를 더 담아와 아버지를 안심시키듯 열심히 뿌려댔다. 이런 일이 종종 일어나는 모양인지 여자의 표정엔 자신감이 넘쳤다. 어머니는 손을 덜덜 떨며 젖은 아버지의 바지와 팬티를 들고 그 광경을 지켜보셨다.

가족이었다.

아니, 부부였다.

40년 이상 산 부부에게서 느껴지는 결속력. 나는 이 상황이 부끄러웠지만, 어머니는 아버지가 걱정되셨다. 큰 차이였다. 아버지가 걱정되긴 했지만, 나는 이 상황을 어떻게 모면하나로 머릿속이 백지가 되어 있었다. 어머니는 달랐다. 당장 옷을 벗으라고 했고, 빨래를 했고, 아버지가 죽는 줄 알았다며 죽지 않고 똥만 싼 걸 감사하셨다.

졌다!

나는 졌다. 어머니에게 졌다. 어머니가 생각하는 가족, 어머니가 생각하는 사랑에 졌다. 흉내도 못 낼 마음의 크기에 나는 완벽히 졌다. 그리고 나는 내 운명에 졌다. 이쯤이면 항복해야 한다. 나는 내가 왜 아르헨티나에 왔는지 눈치챘다. 운명이 나를 이리로 이끌었던 것이다. 아버지의 똥 사건은 형의 똥 사건과 함께 소설로 완성하라는 계시였다. 아니, 명령이었다.

형의 똥 사건이 아버지만큼 충격적인 건 아니지만, 형은 일평생 똥과 싸우면서 성장했고 나는 그것을 지켜보았다. 아버지의 몸에서 향기로운 세제 냄새만 나자 나는 이 해피엔딩에 보은할 차례임을 인정해야 했다. 이구아수폭포에서 옷에 똥을 싼 아버지를 목격한 아들은 지구에서 열 명 이내일 것이다. 이걸 누가 사사로운 우연이라 할 수 있겠는가?

노트북을 켰다.

4부

똥

"나는 젤소미나가 되지 않을 것이다.
선인장이 될 것이다. 가시가 될 것이다."

#28

똥 이야기 전에 오줌 이야기부터 하겠다.

나는 오줌싸개였다. 어머니는 오줌에 엄격하셨다. 내가 거의 매일 아침 이불을 적셨기 때문이다. 오줌싸개는 똥싸개와는 차원이 다른 문제다. 훨씬 어렵다. 똥은 멀쩡한 대낮에 멀쩡한 정신으로 조절하는 것이다. 그런데도 실패하고 옷에다 똥을 싸는 형 같은 부류가 있다. 반면에 오줌은 잠과 싸워야 한다. 잠이 들면 그때부터 내 몸은 내 것이 아닌, 잠의 것이 된다. 이건 누구나 인정하는 것이다. 잠이 오줌을 명령하는데, 어린아이가 무슨 수로 벌떡 일어나 오줌을 누러 나설 수 있겠는가 말이다.

아침마다 성적표를 받듯이 나는 속옷을 확인했고, 그곳은 악마의 침샘처럼 축축했다. 밤새 깨어 있지 않은 이상 어떻게 내가 오줌보를 틀어막을 수 있단 말인가? 잠을 안 자려고도 해 봤다. 그러나 눈이 감겼고 아침이면 젖어 있었다. 웬만한 공포 영화의 사이코 킬러보다도 내 방광이 더 소름 끼쳤다.

아이의 막막한 고민을 어머니는 빗자루로 다스리셨다. 어머니는 잠이 덜 깬 아이를 일으켜 세우고 빗자루로 엉덩이를 열 대 때리셨다. 어머니의 냉정한 단죄가 절망으로 얼어붙은 엉덩이를 잘게 부쉈다.

하루는 어머니가 잠이 채 마무리되지 않은 나를 안으셨다. 볼에 입을 맞추시고는 어머니의 볼로 내 볼을 꾹 누르셨다. 내 엉덩이는 축축하게 젖어 있었지만, 어머니는 빗자루를 찾지 않으셨다. 어머니의 옷에 내 남은 오줌이 살짝살짝 옮겨갔다. 어머니는 목장갑을 끼고 계셨다. 그래서 오줌이 안 느껴지시는 것일까? 두려웠다. 어차피 맞을 빗자루 열 대가 잠시 연장되는 건 싫었다.

어머니는 나를 업고, 부엌의 안쪽 문을 열었다. 주인집으로 연결되는 통로였다. 단독 주택엔 주인이 살았고, 가게에 딸린 단칸방에 우리가 세 들어 살고 있었다. 가게의 부엌이 주인집과 키가 낮은 철문으로 연결되어 있었고, 보통 때 철문은 자물쇠로 잠겨 있었다. 어머니는 자물쇠를 풀고, 걸쇠를 오른쪽으로 미셨다.

철컹!

깨지지 않은 맨질맨질한 시멘트 바닥과 마당에서 방으로 연결되는 계단의 파란색 타일이 눈에 들어왔다. 밝은 세상이었다. 내가 있는 곳이 어둠의 세상임을 밝은 세상을 보니 알 수 있었다. 스페인 안달루시아 지방에서 무심히 엿봤던 이슬람식 정원과 비슷했다. 푸른색 타일이 곳곳에 박혀 눈이 시원했다. 살짝 언 파란색 파워에이드가 목젖을 타고 흐르는 듯한 청량함이었다.

마루에서 손톱을 깎던 주인집 아저씨가 어머니를 보자 엉금엉금 방으로 사라지셨다. 주황색 호스가 달린 수도는 꼭 잠기지 않았는지 물방울이 또르르 흘렀고, 호스는 노란색 고무줄로 꽁꽁 싸매져 고정되어 있었다. 고급스러운 냄새가 났다. 마루 냄새였다. 니스 칠한 마루는 화공 약품의 세련된 향을 담고 나에게로 흘렀다. 마를 기미가 보이지 않는 바지춤이 부끄러웠다.

어머니는 삐걱삐걱 철제 계단을 오르셨다. 작은 옥상에는 양말과 속옷, 바지와 티셔츠 등이 나일론 끈에 매달려 있었다. 대문 위쪽에는 크기가 다른 항아리들이 배를 내밀고 서 있었다. 하나씩 빨래를 거는 동안 나는 어머니의 목을 꼭 안았다. 바삭바삭 잘 마른 빨랫비누 냄새가 조금씩 진해졌다. 어머니의 가슴팍이 빨래로 가득 채워졌다.

엄마, 나 오줌 쌌다!

참을 수가 없었다. 밝고, 아름다운 세상 속에서 나만 지은 죄로 괴로워하고 있었다. 죄책감에서 자유로워지고 싶었다. 모든 것이 용서될 것 같은 찬란함이 있었다. 하얀 빨래와 멈칫거리는 바람과 옥상에서 바라보는 땅바닥. 어질어질하지만 언제까지고 머물고 싶은 공간과 시간이었다. 어머니는 한쪽 손으로 내 엉덩이를 안았다. 혹 바닥으로 떨어질까 봐 나를 추스르셨다. 밝은 기운은 모든 것을 화해시켰다. 나 역시 내일은 절대 오줌을 누지 않으리라. 감사함에서 파생되는 자발적 반성이었다.

어머니는 방에 들어오자마자 나를 바닥에 떨어뜨리셨다. 놓았다는 표현을 쓰기엔 좀 아팠다. 던졌다고 하기엔 조심스러움이 묻어났다. 나를 떨어뜨리시고 어머니는 빗자루를 드셨다.

#29

또 오줌 누면 몇 대라고 했어?

열 대!

열두 대, 오늘부터 열두 대라고 했지?

어머니는 털이 뭉텅이로 빠진 빗자루로 내 엉덩이를 내려치셨
다. 한 대 한 대가 꽂힐 때마다 방안이 조금씩 흔들리고, 머리통이
쑤셨다. 피하는 나를 고정시키기 위해 어머니는 내 한 손을 잡으셨
고, 나는 빗자루가 빗맞기를 바라면서 살짝살짝 엉덩이를 움직였
다. 마치 나무늘보처럼 길게 늘어져서는 비명을 질러댔다. 내일도
빗자루가 내 엉덩이를 갈겨댈 거라고 생각하니 목표가 분명해졌
다. 도저히 받아들일 수 없는 고통이었다. 하루라도 빨리 오줌싸개

에서 자유로워져야 했다.

실로 고추 끝을 묶어 보았다. 묶이긴 했는데, 고추 끝이 끝까지 다물어지지 않았다. 입을 벌리고 있었다. 꽉 묶어서 오줌이 고추 끝에서 풍선처럼 부풀어 터지면 어떻게 하지? 걱정이 되었다. 그러면 죽겠지. 죽을 각오를 하기로 했다. 그런 간절함이 없으면 원하는 걸 얻을 수 없을 거야. 제법 조숙해진 나는, 내가 얼마나 궁지에 몰려 있는가를 명심하기로 했다.

꿈속에서조차 난 초조하고 불안해했다. 꿈속에서 마주치는 사람들에게 나 오줌 눴어요?를 묻고 다녔다. 아니라는 답을 들을 때도 있었지만, 응, 눴어란 말을 들을 때도 있었다. 나는 아니란 말을 듣기 위해서 계속 묻고 다녔다. 나는 꿈속에서 좀비처럼, 강시처럼 같은 말만 되풀이하는 유령이었다. 응, 오줌 눴다니까. 꿈속의 누군가가 무표정하게 말했다. 나는 눈을 번쩍 떴다.

꿈속의 대답은 맞았다. 실로 묶인 고추는 맥없이 풀려 있었다. 홀로 커다란 죄를 마주하고, 고요한 새벽을 원망하며 웃통을 벗어 오줌을 닦아냈다. 오줌은 사라지지 않았다. 그래도 자야지, 밤새 젖은 담요를 애통해할 순 없었다. 공포에 찌든 채 남은 잠을 소비하기 위해 축축하게 눈을 감았다. 늙어 가는 인공위성 같은 절망이었다. 어떻게 해야 이 절망을 끝낼 수 있을까? 보다 확실한 방법을 생각해내야 했다.

자기 전에 네 번 정도 오줌을 눌 것. 내 몸 안의 수분을 모두 빼는 것. 아무리 생각해도 실패할 수 없는 작전이었다. 밤에는 요강을 쓰거나, 아니면 부엌의 수챗구멍에 오줌을 눴다. 부엌이라고 해 봤자 폭 1m, 길이 2m의 직사각형 공간이 전부였다. 모두가 잠들고 나면 작전은 시작되었다. 아홉 시가 되기 전에 일단 두 번을 눴다. 그때는 아홉 시면 대한민국의 모든 어린이는 자야 했다. MBC 화면에는 달이 그려져 있고(별도 몇 개 있었다), 착한 어린이는 지금 자라는 목소리가 나왔다. 몰래몰래 뉴스나 드라마를 훔쳐보긴 했다. 그래도 30분을 못 넘기고 쿨쿨 잠들었다. 아홉 시만 되면 잠은 막강해졌다. 깨어 있기 위해선 이를 악물고, 없는 코딱지도 여러 번 파야 했다. 아홉 시에 한 번, 방안에 불이 꺼지면 마지막 한 번. 이렇게 네 번 오줌을 눌 것. 내 계획은 이랬다. 이미 두 번은 눴다. 내 몸을 텅 빈 오뚜기케찹 통처럼 만들 것이다. 오줌싸개는 그렇게 자신의 운명을 개척했다.

오줌 눴어요?

나는 깜짝 놀라 일어났다. 네 번째 작전을 시작도 하기 전에 깊은 밤이 되어 버린 것이다. 나는 또 꿈속에서 힘없는 강시가 되어 아무나 붙잡고 오줌 눴는지를 물었고, 대답을 들을 수 없었다. 이렇게 묻고 다닐 때가 아니야란 각성이 꿈속에서 시작되어 나를 일으켜 세웠다. 바지는 뽀송뽀송했다. 늦지 않았다. 일어났다. 마지막 케찹 몇 방울을 짜내면 되는 것이다. 조심스럽게 방문을 열었다.

#30

　　밤은 어둡고 보이지 않았지만 그 어떤 존재보다
분명했다. 눈을 감아도 빛이 존재하듯, 세상의 눈꺼풀이 닫힌 시간,
밤은 그 순간을 기다려 존재하고, 움직였다. 바지를 내리는 순간에
도 부엌의 어둠은 끈기 있게 나를 응시했다. 방 속에서부터 이어진
어둠이 부엌에서도 천천히 돌아가고 있었다. 아궁이도, 곤로도, 찬
장도, 소쿠리도 어둠의 속도를 쫓지 못해 천천히 윤곽을 드러냈다.
가게 바깥에서 꺼질 듯 들어오는 얄은 빛이 내 오줌길을 안내했다.
정조준. 오줌이 아궁이의 솥단지나 도마 쪽에 튀지 않도록 조심스
레 짜낼 것이다. 한 방울이라도 나올 때까지 기다릴 것이다. 오줌싸
개가 되는 게 차라리 불가능했다. 제아무리 까다로운 오줌도 2, 3
분이면 지쳐서 기어 나오게 마련이다. 끝내 신호가 왔고, 오줌이 세

상 밖으로 나와 수챗구멍으로 기어들어갔다.

뭐지?

　바닥이 나너 샴푸에 나너 린스까지 한 머릿결처럼 반짝거렸다. 내가 흘린 오줌이려니 했다. 아니었다. 좀 더 두터웠다. 곤로가 놓인 선반 위에서 흘러나오고 있었다. 선반 뒷벽에는 도마와 국자가 매달려 있었다. 마음속 평화는 유지된 채 작은 호기심이 나를 톡톡톡 두드렸다. 어둠보다 더 큰 어둠이 선반 위에 있었다. 검은 물체였다. 손을 대 보았다. 부스럭, 소리가 났다. 비닐봉지였다. 비닐봉지 위에는 맷돌 두 개가 올려져 있었다. 맷돌은 무거웠다. 맷돌을 들려다 포기하고, 비닐봉지를 위로 올려 보았다. 면사포를 올리듯 조심스럽게 조금씩 위로 말아 올렸다.

　그곳에서 환한 빛이 나기 시작했다. 가래떡이나 물오징어 정도의 환함이었다. 가래떡이나 물오징어일 리는 없다. 그렇게 큰 오징어나 가래떡은 본 적이 없으니까. 정체를 짐작할 수 없었다. 그리고 그곳에선 많은 액체가 흘러나오고 있었다. 내 짐작이 맞다면 이건 비누일 것이다. 어머니는 집에서 빨랫비누를 만들어 쓰셨다. 양잿물을 섞어서 비누를 만들면 저런 색이었다. 하얗지만 노랗다고 해도 할 말 없는 색. 무슨 빨랫비누가 이렇게 크지? 이 궁금함이 해소돼야 잠이 올 것 같았다.

　불을 켰다. 붉은색 백열전구가 부엌 전체를 내가 원하는 만큼 비추었다. 그곳엔 찌그러진 비누 조각이, 마치 무슨 이야기를 하듯 웅크리고 있었다. 비누 맞겠구나. 꽤나 크게 만든 비누였다. 비누가 꼭 누군가의 얼굴처럼 보였다. 찡그린 비누였다. 나뭇잎이 새의 발자국처럼 보이듯, 달그림자가 토끼로 보이듯, 흔한 우연이었다.

그런데 이 기름은 뭘까? 왜 기름이 흐를까? 비누에는 잔털이 우둘투둘 솟아 있었다. 털이 있는 걸로 보아 비누가 아닐 것이다. 추측은 다시 이전 단계로 되돌아갔다. 털? 털이 있는 걸로 보아 짐승일 것이다. 이 정도 크기라면 닭은 아닐 것이다. 뭔가의 대가리일 것이다.

돼지 대가리였다.

우리 형제가 서로 더 먹겠다고 싸우는 눌린 돼지 머리였다. 돼지 머리가 삶아진 채 그곳에 있었다. 삶은 돼지 머리에서 나오는 기름이었다. 맷돌을 얹고서 피로에 지친 채, 맷돌을 내려 달라고 했다. 기름이라기보단 눈물이고 땀이었다. 죽었지만 감정이 남아 있는 게 아닐까? 나를 보고 있는 건 아닐까?

컹!

초롱이였다. 초롱이가 냉장고 옆쪽에서 컹 하고 한 차례 짖었다. 순간 돼지 머리의 주름 하나가 더 생기면서, 남은 기름을 눈꺼풀 위로 뿔룩 뱉어 내고 있었다. 살아 있는 것은 어떻게 죽는가? 죽음이 완전한 결별이 아니고, 죽음 뒤로도 긴 긴 여정이 남아 있는 게 아닐까? 어릴 적부터 천재인 나였지만, 너무 비범한 질문들이 돼지 대가리 앞에서 쏟아졌다.

불을 끄고 내 자리로 돌아온 나는 돼지의 소리 없는 비명을 무시하며 형 쪽으로 돌아누웠다. 심장이 신경질적으로 두근거렸다. 아침에 과연 내가 오줌을 안 쌀 수 있을까? 이젠 궁금하지 않았다. 돼지 대가리의 고통에 비해, 내 고민이 너무 하찮았다. 무섭다와는 전혀 다른 기분이 내 심장 부근을 맷돌의 무게로 지그시 눌렀다. 죽어서도 고통스러운 목숨이 나와의 공감을 원하고 있었다.

도마 위에서 잘게 조각나면, 저 괴로운 목숨은 나와 형이 좋아하는 '눌린 고기'가 되는 것이다. 부쩍 자란 느낌이 맷돌만큼이나 무거웠다. 나는 이제 더 이상 오줌싸개가 아니다. 당연한 내일을 확신했다. 성숙함이 주는 불쾌함을 끌어안고, 나는 꽤 오랫동안 뒤척여야 했다.

#31

       초롱이는 우리 집에서 가장 오래, 가장 가까이 함께했던 애완동물이다. 새끼 때부터 키웠다. 아버지가 먼 친척에게서 받아온 강아지였다. 까만 눈을 하고 온 가족의 발가락을 핥으며 꼬리를 흔들었다. 모두 초롱이를 좋아했지만 내가 가장 좋아했다. 초롱이는 잘생긴 개였다. 콜리견이 작아지고, 약간 턱이 짧아지면 그게 우리 초롱이였다. 잡종이었지만, 마르티스에 비견될 만한 백치미가 있었다.

  초롱이가 다 컸을 때였다. 이웃집에서 토끼탕 한 그릇이 왔다. 토끼탕을 먹어 본 적이 없는 우리 가족은 밥상 위의 토끼탕에 쉽사리 손을 대지 못했다. 아버지는 우리와 밥을 먹는 시간이 달랐다. 우유 배달을 하신 탓에 새벽 두 시에 기상을 하셨고, 낮 시간엔 주무셨다. 저녁 시간에도 주무셨다. 보통은 형과 나, 어머니가 함께 식사를 했다. 토끼탕은 형과 나, 어머니 모두가 거부했고, 결국 초롱이의 밥그릇에 채워졌다.

초롱이는 국물과 건더기, 고사리까지 순식간에 핥아 먹었다. 그리고 뼈에 달린 고기를 뜯고 있었는데, 신기했다. 그토록 맛나게 먹는 걸 본 적이 없었다. 먹는 모습이 예뻤다. 그릇을 살짝 내 쪽으로 당겨 보았다. 내 눈앞에서 사라진 짬뽕 생각이 나서 그래 봤다. 초롱이가 그런 기분이 들면 어떨까 궁금했다. 그런데 초롱이가 잇몸을 드러내며 으르렁거렸다. 나는 손으로 뼈다귀를 집었다. 좀 더 분명히 약을 올리고 싶어졌다.

초롱이가 내 손등을 드러낸 이로 물었다. 확실히 문 건 아니지만, 어쨌든 단단한 송곳니가 내 손등에 닿았다. 긁혔다. 잠깐 동안 머릿속이 배부른 비닐봉지처럼 텅 비워졌다. 초롱이는 늑대처럼 내 움직임에 꼬박 반응하며 으르렁거렸다. 으르렁거릴 때 눈에 흰자가 드러났다. 흰자에는 실핏줄이 선명했다.

개새끼!

개새끼. 짐승의 한계. 그래서 개새끼구나. 먹을 것 앞에서 주인을 무는 개새끼. 초롱아 하고 부르면 털과 혀를 동시에 휘날리며 내게 다가오던, 부메랑 같은 초롱이가 아니었다.

초롱아! 미아리 길바닥에서 초롱이를 부를 때면 나는 늘 사막을 상상했었다. 노란색의 대지에 먼지바람을 말고 다니는 회오리. 초롱이는 내게 그런 회오리바람이었다. 설마 오겠어? 부르면서도 늘 의심했고, 초롱이는 그 의심이 자라기 전에 무성한 나무처럼 달려들었다. 하지만 토끼탕 사건은 내게 회복될 수 없는 불신을 안겨 주었다.

초롱이는 이제 내 개가 아니었다. 어머니와 아버지, 형의 개일 뿐이었다. 도둑고양이가 차라리 나았다. 고양이는 주인을 물지 않을 테니까. 기껏해야 할퀴겠지. 할퀴는 건 사고지만, 무는 건 진심이다.

나는 초롱이를 외면했다. 내 외면이 초롱이에게 상처이기를 바랐다. 내가 놀란 만큼 초롱이가 괴로웠으면 했다. 동네를 어슬렁거리는 온갖 개들과 활개를 치며 어울리는 초롱이를, 헤프게 해맑아 보이는 초롱이를 나는 혐오했다. 못생긴 수컷 땅딸보와 교미를 하는 걸 목격하자 증오심은 더욱 타올랐다. 어떤 아주머니가 물을 뿌려 댔지만, 초롱이와 땅딸보는 붙은 채 바닷게처럼 옆으로 움직였다. 초롱이에겐 땅딸보만 있으면 되는 거였다.

증오가 무관심으로 변했고, 내 무관심은 완벽해졌다. 대부분의 기억 속에 초롱이가 지워져 있는 이유였다. 그러다 가끔 초롱이가 사고처럼 등장하면 추억하는 내가 깜짝 놀랄 정도로, 그렇게 초롱이에게 무심했다. 나에게 다가오지도 않고, 내 눈치도 보지 않으며, 내가 밥을 줘도 시선을 피하는 건 초롱이도 마찬가지였다. 초롱이도 나도 뒤끝이 꽤나 길다는 공통점이 있었다.

#32

　　　　　백과사전을 줄줄줄 외운다는 우리문방구 71년
생 아들은 미아리 71년생 어머니들을 광기로 몰아넣었다. 취미는
69년생 형의 교과서를 보고, 형의 시험지 오답을 고쳐 주는 것이라
고 했다. 백과사전을 줄줄줄 외운다는 건 뭘 뜻하는 걸까? ㄱ부터
ㅎ까지 분류된 모든 지식, 개똥지빠귀에서 히말라야까지 토씨 하
나 빼지 않고 인쇄된 문자 그대로 줄줄 외운다는 것일까? 진실이
중요한 게 아니었다. 71년생 어머니들은 진실의 일부분이라도 확
인하려는 의지조차 없었다. 71년생을 닦달할 구실로 이만 한 게 없
었기 때문이었다.

　교육에 관해서 어머닌 이미 유경험자셨다. 외삼촌 두 명은 어머
니의 감시 아래 새벽 공부를 해야 했다. 바쁜 외할머니를 대신해 남

동생들의 성적을 관리하셨던 어머니였다. 새벽 네 시에 어린 삼촌들을 깨워 교과서를 읽게 하셨다고 한다. 어머니의 두꺼운 손이 삼촌들의 등짝을 내리찍으면 졸던 삼촌들은 깜짝 놀라며 교과서를 한 줄 한 줄 읽어 내려가야 했다. 환갑이 다 된 외삼촌은 지금도 어머니를 독한 누님으로 기억하신다. 어머니는 열 달 배 아파 낳은 장남에게 이 모든 독함을 쏟아 부으셨다. 어머니는 자주 플라스틱 자를 활용하셨다. 형의 손바닥과 손등은 번갈아 가며 빨갛게 부어올랐다.

적다의 반대말은?

어머니였다.

많다.

형이 답했다.

그러면 크다의 반대말은?

....

형은 눈물을 뚝뚝 흘리고 있었다. 모르는 모양이었다.

적다랑 비슷해.

어머니는 힌트를 주셨다.

작다잖아. 맞지 엄마? 형은 키가 작다. 나는 키가 크다. 맞지?

형은 공포를 먼저 알아 버렸다. 어머니의 플라스틱 자가 형의 뇌를 마비시켰던 것이다. 뜨거운 사랑이, 선의로 가득 찬 열정이 한 아이를 시들게 했다. 내가 천재인 건 맞지만, 이런 사소한 걸로 증명하고 싶진 않았다. 단지 때리는 자와 맞는 자의 피로한 긴장감을 혀가 못 견딘 것이다. 못 견디고 함부로 지껄인 것이다.

어머니의 자가 다시 형의 손등을 짝짝 내리누르셨다. 형은 목이 상한 유니콘처럼 턱을 치켜들고 쇳소리를 내며 울었다. 어머니의 자는 좀 더 세게 형의 손등을 내리치셨다. 형은 감전된 개처럼 온몸을 바들바들 떨며 흉하게 울었다. 그래도 어머니는 형을 앉히고 손등을 한 대 더 내려치셨다.

어머니의 수업이 끝나고 형은 나를 노려보았다. 좁은 방엔 형과 나뿐이었다. 형은 나를 때릴 것이다. 가장 약한 모습을 들킨 자가, 조금이라도 반등하기 위해 기운을 모으고 있었다. 나도 일어섰다. 형의 눈빛을 받았다. 내 공포는 스스로 제거해야 한다. 내 의지로 오줌싸개를 끝냈다. 이제 형의 노예로서의 삶도 끝낼 것이다. 형은 두 팔을 휘저었다. 일단은 한 발 뒤로 물러섰다.

멍청이!

나는 멍청이라고 했다. 그리고 나는 발을 힘껏 공중으로 올렸다. 풍차처럼 두 팔을 휘젓던 형은 내 발끝에 배를 맞았다. 퍽 소리가 났으니 큰 타격을 입었음이 분명했다. 형 위로 올라타 형처럼 침 늘어뜨리기를 할 수도 있었지만, 이미 나의 자존심은 충분히 회복되었다. 배를 쥐고, 방바닥에 쭈그려 앉은 형은 눈동자를 좀 더 짙게 채웠다. 나를 엎어뜨리고, 킹콩처럼 소리를 지르며 두 주먹으로 내 얼굴을 때렸다. 열 대도 넘게 때렸다. 어머니가 놀라 방문을 열었고, 보통이라면 멈췄을 형이 어머니의 위협에도 멈추지 않았다. 어머니가 뜯어말리고, 나는 숨을 가다듬었다.

동생에게 맞은 형은 세상에서 가장 강한 존재로 돌변한다. 사냥에 쫓기던 야생 늑대가, 갑자기 돌아서서 쫓는 말과 사냥개를 물어뜯던 장면, 중앙아시아 어딘가를 소개하는 다큐멘터리에서 그런 장면을 보았다. 형은 그런 늑대였다. 나는 물어뜯기는 말이었다. 자존심이 훼손된 늑대는 어머니가 진정되었다고 믿는 그 순간 벌떡 일어났다. 내 코로 주먹을 날렸다. 코피는 물총에서 나오는 물처럼 찌이익 선명한 포물선을 그리며 장판으로 떨어졌다.

#33

유전이 터지듯 코피가 터졌다. 굉장한 구경거리였다. 어머니는 나를 무릎 위에 눕히셨다. 면수건으로 코피를 닦아 내셨지만, 이미 손수건은 핏물이 뚝뚝 흐르는 걸레가 되어 있었다. 형은 어딘가로 도망쳤다. 어머니는 나를 베개에 눕히고, 명약국 약사 아주머니를 불러오셨다. 약사 아주머니가 오실 때쯤 피는 솟구치는 게 멈췄고, 약사 아주머니는 약국에서 가져온 약 몇 개를 가져다 놓고는 사라지셨다. 어머니는 업어달라는 내 작은 목소리를 경청한 후 나를 업으셨고, 어머니의 등은 나의 식은땀으로 축축해졌다.

일이 너무 커져 버리니 형에 대한 미움보다는, 형이 지금쯤 어디에 있을까가 궁금했다. 어머니는 내 마음과는 다르셨다. 형을 가만 놔두지 않을 거라고 하셨다. 나를 눕히고 가게 밖으로 뛰어다니셨다. 가게를 비워 놓으면 안 되었지만, 폭력의 주범을 찾아내는 게 먼저였다. 오로지 응징해야 할 큰아들. 어머니의 충격은 이만저만이 아니었다. 73년생 동생의 오랜 고통을 이제야 깨달으신 것이다.

30분, 아니 한 시간을 헤매고 오신 어머니는 가게 문을 닫으셨다. 나무 문을 닫고, 껍질 문까지 닫으셨다. 가게 안은 밤처럼 아늑해졌다. 원시적 폭력에 만신창이가 된 둘째 아들을 보살피기 위해 가게 문을 닫으신 것이다. 내 머리를 짚어 보고, 더운 보리차를 먹이고, 달달한 해열제를 숟가락으로 떠먹이셨다. 내가 좋아하는 딸기 맛이어서 약간 황홀했다.

아버지에겐 아무 말도 하지 말아라잉.

몽롱한 머리통으로 어머니의 나직한 목소리가 성큼 느껴졌다. 네라고 대답하고, 나는 훌쩍 잠의 세상으로 떠났다.

아버지에겐 비밀이다잉.

갑자기 심장이 벌렁거렸다. 왜요? 꿈속에서 나는 어머니에게 따졌다. 아버지도 아셔야죠. 이 정도로 심하게 맞고 사는 걸 아셔야죠. 아버지는 내가 씨발이란 말을 내뱉은 아이로 알고 계세요. 내 코를 박살 낸 형의 정체를 아셔야죠. 진짜 씨발새끼 맞잖아요. 꿈속에서 어머니는 아무 말도 하지 않고, 그런 나를 덥석 안으셨다. 땀을 닦고, 보리차를 먹이셨다. 그 따뜻함이 끔찍했다. 눈이 떠졌다. 식은땀이 얼마나 났는지 담요까지 축축했다. 이런 대단한 폭력을 목격하고 어머니는 무슨 생각을 하시는 걸까? 온 가족이 형을 감시해야, 내가 보호받을 수 있다.

사방이 어두웠다. 몇 시지? 지금 나는 깨어 있는 게 맞나? 눈을 뜬 걸까? 감은 걸까? 잘 모르겠다. 머리가 너무 아팠다. 숨을 통과시키는 코가 빡빡했다. 눈을 뜬 게 맞았다. 방의 윤곽이 조금씩 진해졌다. 눈을 뜬 방에는 아무도 없었다. 다들 어디로 갔을까? 형광등부터 켰다. 가게 안은 조용했고, 초롱이가 뒤척이는지 쇠줄 소리가 차갑게 한 번 들렸다.

웅웅웅. 냉장고 소린 줄 알았는데, 머릿속에서 작은 기계 하나가 웅웅웅거렸다. 아무도 없는 밤, 머리가 부글부글 끓어올랐다. 다시 눈을 감으면 나는 죽을 것이다. 내가 흘린 피는 한 대접 양이었다. 드라큘라가 이빨을 꽂아도, 이만큼 빨아먹긴 힘들 것이다. 아, 드라큘라 생각은 또 왜 했을까? 홀로 있는 이 시간, 드라큘라는 이럴 때 오기 마련이다.

#34

       형과 어머니는 아버지를 데리러 간 것이다. 아버지는 서울우유를 배달하셨다. 아버지는 사장님이셨다. 공동 사장님 혹은 조합원이라고도 했다. 여럿이 갹출한 돈으로 대리점을 차려 공동으로 운영하셨다. 사장님들이 종로와 비원 일대에 서울우유를 배달했다.

  우리 형제는 만족했다. 학교에서 선생님이 아버지 직업을 물으면 우린 상업이라고 했다. 순간 선생님의 표정은 따뜻해지셨다. 그 순간이 좋았다. 우유 대리점을 하는 아버지라니. 국민학교 졸업에 체구가 작은 아버지였지만, 사장님이었다. 단, 아버지의 실제 모습은 절대로 알려지면 안 되는 것이었다. 형과 나는 우유 박스를 열 개 이상 싣고, 자전거 페달을 밟는 아버지를 발견할 때마다 시선을 피하거나 골목으로 숨었다. 한 발만 페달을 밟고 다른 발로 바닥을 구르다가 안장에 올라타는 모습은 우리 아버지만 아니라면 멋있다고 했을 것이다.

우리 형제는 길에서 아버지와 마주치면 절대 인사하지 않았다. 특히 신발이 문제였다. 아버지는 똥차 아저씨들과 같은 고무 신발을 신으셨다. 발가락이 다 드러나고, 뒤꿈치의 각질도 만천하에 드러나는 흉측한 신발. 아버지는 그런 우리를 못 보셨는지, 아니면 우리 마음을 이해하셨는지 자전거를 세우고 우리 이름을 부르거나 하지 않으셨다. 주로 주무시는 모습만 봐 왔던 터라, 깨어 있는 아버지는 약간 서먹하기도 했다.

나에게 어머니와 형은 비집고 들어올 틈이 없을 정도로 꼭꼭 붙어 있는 유기체였다면 아버지는 가족이면서도 친구나 이웃 아주머니들보다도 멀게 느껴지는, 그런데도 아버지고 그래서 아버지인 존재였다. 그래서인지 우린 큰 죄책감 없이 아버지의 존재를 부정했다. 일반 가정집에도 배달을 하지만, 주 수입원은 종로와 비원 일대의 다방이었다. 영업장에 우유를 대니까 아무래도 가정집만 상대하는 곳보다는 매출이 좋았을 것이다.

토요일이면 아버지는 중간 크기의 닭 두 마리를 사 오셨다. 고기였다. 고기는 미아리 아이들에겐 절대적 가치였다. 전기 구이 통닭이나 치킨은 열 살이 될 때까지 한 번도 먹어 본 적이 없었다. 먹어 보고 싶다는 간절한 열망도 없었다. 맛을 상상할 수 없어서였다. 어머니는 고추장을 듬뿍 풀고 닭볶음탕을 하셨다.

토요일 저녁 배부르게 닭고기를 먹고, 가족이 둘로 나뉘어 공기를 했다. 이상적인 가족의 유대감이 전형적으로 구현되는 순간이었다. 어머니는 다섯 알 공기를 모두 꺾으셨다. 나와 한 편이었기에 우린 늘 이겼고, 나는 껑충껑충 뛰며 좋아했다. 승리 때문이 아니라 행복해서였다. 행복이란 단어조차 모르는 나였지만, 행복에 필요한 모든 것들을 끼워 맞춘 레고 블록 완전체 같은 순간이었다.

오줌이 찔끔 나왔다. 행복하거나 무섭거나 너무 추우면 나는 오줌이 찔끔 나오거나 똥이 마렵다는 느낌이 들었다. 토요일은 행복이 붉게 달아오르는 시간이었다. 그런데 그런 토요일이 사라져 버렸다. 아버지가 노름에 손을 대시면서부터였다.

토요일, 아버지는 밤늦게까지 고스톱을 치셨다. 통금* 시간이 있던 때였다. 자정부터 네 시까지는 일체의 이동이 불가능한 시간이었다. 그래서 아버지는 화투를 치다가 대리점에서 주무셨다. 어머니는 통금 시간이 시작되기 전에 아버지를 고스톱판에서 빼내 오셔야 했다. 어머니는 나나 형 중 한 명만 데리고 가셨다. 우린 서로 가겠다고 해서 순서를 정해야 했다. 아버지에게 화투 그만 치고 집에 가자는 말을 형이나 내가 해야 했다. 어머니는 바깥에서 기다리셨다.

형이나 내가 대리점 안으로 들어가면 조합원 아저씨들은 화투를

* 통행금지. 광복 직후인 1945년 9월 7일, 미군에 의해 서울과 인천에서 처음 시행(오후 8시~다음날 오전 5시)된 후 전국적으로 확대되어 계속되었다. 1961년부터는 자정부터 다음날 오전 4시까지 야간 통행금지가 실시되었으며, 1982년 1월 5일 완전히 폐지되었다.

치는 담요 밑에서 5백 원짜리 지폐를 아무렇지도 않게 쥐여 주셨고, 업소용 냉장고에 가득한 커피 우유나 딸기 우유, 아이스크림까지 마음껏 꺼내 먹으라고 하셨다. 서울우유에서 빙과류도 만들던 때였다. 아이스크림에 혼이 팔려 원래 임무를 잊어버린 순간, 어머니가 성큼 대리점 안으로 들어오셨다. 화투판이 벌어지는 담요를 두 손으로 잡고, 휘리릭 공중에서 뒤집어 버리면 화투가 담요와 함께 힘없이 부유했고, 아저씨들은 입맛을 다시며, 각자의 판돈을 쑤셔 넣으셨다. 그리고 아버지 어머니는 말없이 8번 버스를 타셨다. 지금쯤 어머니는 담요를 뒤집으셨을 테고, 형은 서울우유 아이스크림을 핥고 있을 것이다.

TV를 켰다. 콧구멍 안의 피가 말라서 쩍쩍 갈라졌다. 토요명화가 시작되고 있었다. 〈길〉이란 제목의 이탈리아 영화였다.

#35

　　　　　〈내 이름은 튜니티〉처럼 재미난 영화도 아니었
는데, 나는 채널을 돌리지 않았다. 〈내 이름은 튜니티〉도 이탈리아
영화였다. 서부 시대 총을 쏘는 그저 그런 영화였는데, 이 영화의
특이한 점은 튜니티였다. 주인공 튜니티는 까불거리며 모든 권위
를 서부의 흙바닥에 내던졌다. 진지하게 악당을 무찌르기보다는,
총알 대신 싸대기로 악당을 어리둥절케 했다. 신세계였다. 영웅이
꼭 과묵할 필요가 없다는 걸 보여 준, 선구자적인 영화였다. 그런
유쾌한 영화를 기대했지만, 〈길〉의 분위기는 어둡고 칙칙했다.

　눈이 크고, 키가 작고, 누가 봐도 바보인 여자가 있었고, 몸집이
큰 남자가 있었다. 남자는 차력사였다. 남자가 가슴에 쇠사슬을 감
고 우두둑 끊어 버리면 바보같이 생긴 여자가 돈을 걷었다. 흑백의

답답한 영화는 대가리와 가시만 남은 생선처럼 비루하고 비릿했다. 주인공 여자의 이름은 젤소미나였다. 나는 담요로 얼굴을 가렸다. 그리고 눈만 내놓았다. 여자는 차력사의 관심도 애정도 받지 못했다. 그런데도 여자는 고맙다고, 행복하다고 억지를 부리고 있었다. 착했지만 맞았고, 착했지만 버려졌다.

젤소미나.

집 천장엔 성인 머리통만 한 구멍이 나 있었다. 습기 때문인지, 무게 때문인지 벽지는 너덜너덜 찢어져 있었고, 구멍은 점점 커져갔다. 우당탕, 우당탕. 고양이와 쥐는 천장 위 세상에서 쫓고 쫓기고 있었다.

새끼 쥐가 방바닥에 떨어진 적도 있었다. 밥을 먹고 있을 때였다. 꼬물꼬물 뭔가가 바닥에 떨어졌다. 어머니가 새끼 쥐라고 하셨다. 어머니는 커다란 애벌레처럼 생긴 새끼 쥐를, 쓰레받기에 담아 똥간에 버리고 오셨다. 그때 나는 천장을 보았다. 그리고 어미 쥐와 눈이 마주쳤다. 어미 쥐다. 아빠 쥐는 아닐 것이다. 어미의 눈동자였다. 보통 때는 짧게 고개만 내밀고 사라졌는데, 어미 쥐는 고개를 들쭉날쭉하며 여러 번 내밀었다.

천장의 세상. 도둑고양이가 쥐들을 물어 삼키는 세상. 추락을 조심해야 하는 세상. 젤소미나도, 나도, 쥐도 악의는 없다. 하지만 세상은 그들이 싫었다. 너무 많은 것이 이해되었다. 천재여서 세상을

이해하는 것이 아니라 내 정신이 늙어서, 늙은 피로함으로 이해가
되었다. 세상의 혐오를 받아내야 하는 게 내 운명이라면, 차라리 나
는 열매를 맺는 식물이 되고 싶었다. 아무런 자극도, 반응도 없이
서서히 열매를 맺으며, 조금씩만 자라고 싶었다. 혐오는, 구박은,
폭력은 움직이지 않는 것에 큰 관심을 두지 않을 테니까….

젤소미나.

그녀는 결국 죽었다. 그리고 남자는 바닷가에서 한없이 울며 젤
소미나를 그리워했다. 죽었기 때문에 그리워하는 것이다. 죽었기
때문에 미화하는 것이다. 살아 있었다면 그녀는 사랑받지 못했을
것이다. 이미 죽은 그녀를, 진심으로 사랑했노라고, 남자 주인공은
우기는 것이다.

나는 어둑한 가게 쪽으로 향했다. 망설이다가 왔다 쵸코바를 집
었다. 하고 싶은 걸 하는 것이, 젤소미나와 내가 다른 점이다. 아무
도 나를 혼내지 못할 것이다. 나는 피해자고, 나는 보상받아야 한
다. 형이 대리점에서 먹은 우유와 아이스크림만큼 먹어 댈 것이다.

나는 젤소미나가 아니야. 나는 죽을 수밖에 없는 멍청이는 되지
않을 거야. 나 역시 버려졌다. 어떻게 형을 데리고 갈 수가 있을까?
이번엔 내가 갈 차례였다. 데리고 갔다는 건 이미 형을 용서했다는
걸 의미한다. 누구 맘대로 용서하는가? 이렇게 머리가 아픈데도,
아버지에겐 비밀로 하라고 했다. 그날 밤은 비까지 내렸다. 그래서

나는 이불을 둘러쓰고 애국가가 나오기 전까지, TV를 보고 있어야 했다. 어머니가 어서 빨리 아버지를 데리고 오기를 빌며 긴 밤의 외로움을 짊어졌다.

나는 젤소미나가 되지 않을 것이다. 선인장이 될 것이다. 가시가 될 것이다. 콧구멍에서는 붉은 코딱지가 큼지막하게 말려 나왔다. 문을 여는 소리가 들렸고, 나는 텔레비전을 껐다.

#36

    형은 똥을 참지 못했다. 깔때기였다. 마렵다고 하는 순간, 나와야 했다. 방앗간의 가래떡이 나오는 기계나 소프트아이스크림 기계를 보면 형이 떠올랐다.

  신호가 오면 형은 손으로 똥구멍을 틀어막았다. 주먹으로 엉덩이를 때렸다. 그때 형은 한 마리의 바퀴벌레였다. 밟으면 찍 하고 알을 터뜨리며 죽는 바퀴벌레였다. 벌을 받는 것이다. 나를 때린 죄, 계란 프라이를 너무 많이 먹은 죄, 부모님의 사랑을 독차지한 죄에 대한 벌이었다. 슬리퍼를 신고, 두 허벅지를 바싹 붙인 후에 계속 엉덩이를 두드리며, 종종걸음으로 똥간으로 향하는 모습을 거의 매일 봤다. 옷에다 옴팡 쌌으면 하고 바랐다. 그런 소망은 가끔 이루어졌다.

선과 악 중에 악은 알 것도 같았다. 악은 똥이고 지옥은 똥간이다. 똥 밑은 수많은 귀신이 사는 지옥일 것이다. 지옥 똥구덩이에 갇힌 수많은 귀신들은, 똥 바깥으로 코를 내밀고, 숨 한 번 말끔하게 쉬는 게 소원이겠지. 그 소원은 이루어질 수 없다. 귀신이 머리를 내밀고 숨을 들이켜는 꼴을 한 번도 본 적이 없으니까.

완벽한 지옥이 저 아래 있다. 옷에 똥을 지리는 건 지옥에 대한 힌트였다. 잘못을 할 때마다 똥으로 경고하는 것이다. 진짜 지옥에서, 똥숨을 평생 들이켜고 싶지 않으면 동생의 계란 프라이를 작작 뺏어 먹으라는 계시였다. 내가 한 번도 옷에 똥을 눈 적이 없음이 이를 증명했다. 이불에 오줌을 싸긴 했지만, 똥과 오줌은 다르다. 오줌 열 번이 똥 한 번을 이길 수 없음은 누구나 동의할 것이다. 나는 내 깨달음을 형에게 전하지 않을 것이다. 벌 받는 형의 모습을 보는 건 큰 즐거움이었으니까. 형이 쌓은 마일리지였으니까.

내가 똥을 눌 때마다 귀신들은 내 똥 무게만큼 더 무거워할 것이다. 죗값을 받는 거지만, 맷돌에 눌린 돼지머리가 떠올라 버렸다. 찡그리고, 기름을 줄줄 흘리던 돼지 닮은 귀신이 저 아래 있다고 생각하니 오만정이 다 떨어졌다. 똥간에 있는 건 두려웠고, 최단 시간에 내 똥을 배출하기 위해 고민했다.

두려움과 승부욕으로 내 똥을 힘껏 밀어내는 어느 날이었다. 그 절정의 사투, 긴장되는 순간 갑자기 똥간의 문이 열리고, 형이 등장했다. 잠시 우리의 사이는 진공 상태가 되었다. 똥냄새만 멈추지 않고 피어올랐다. 형이 내 손을 잡았다. 밖으로 질질 끌고 나갔다. 엉덩이를 깐 채 나는 오리처럼 바깥으로 딸려 나왔다. 형은 나를 내팽 개치고는 내가 앉았던 자리를 차지했다. 앉자마자 요란한 소리가 났고, 형과 눈이 다시 한 번 마주쳤다.

문 닫아!

나는 문을 밀었다.

바퀴벌레 똥새끼!

나는 똥새끼라고 했다. 나무 문이 끼기긱 닫혔다. 형은 못 들은 듯했다. 나는 엉덩이를 나팔꽃처럼 활짝 피운 채 앉아 있었다. 종이 가 없었다. 그렇다고 옷을 입을 수도 없었다. 그래서 엉덩이를 내민 채 그 자세로 엉금엉금 어머니에게로 갔다. 지나가던 사람은 그런 나를 신기해했다. 허벅지가 너무 아팠다. 어머니 앞에서 나는 엉덩 이를 쳐들었다. 어머니가 아무 일 없다는 듯이 내 뒤를 뭔가로 닦아 주셨다.

나는 똥새끼를 똥 지옥으로 밀어 넣고 싶은 충동에 몸을 떨었다. 침묵 속에서 선인장으로 사는 나였다. 어린아이로서의 해맑음도, 달콤한 재미도 포기하고 사막처럼 살겠다는 나였다. 많은 걸 포기 한 아이를 왜 가만 놔두지 않는가 말이다. 왜 어머니는 화장실에서 나를 끌어낸 형을 야단치지 않으시는 걸까? 내가 왜 똥도 못 닦고 나왔는지에 대해 궁금해하지 않으시는가 말이다.

한 번은 내가 똥을 누고 있는데, 어머니가 형을 밀어 넣으셨다. 그리고 형이 내 등 뒤에 앉아 한 똥 한 똥 떨구는 것을, 가엾은 내 척추가 온전히 느끼도록 하셨다. 73년생 중에서도, 가장 악질의 71년생이 배정된, 운이 더럽게 없는 아이는 공정한 어머니마저 배정받지 못하고 그렇게 남은 똥을 뚝뚝 떨어뜨려야 했다.

#37

　　　71년생 형이 73년생 동생을 얼마나 괴롭히는지를 80년대 풍경과 곁들여 풀어가고자 했다. 그런데 일관성을 깨는 일들이 자주 일어났다. 뚜렷한 대비로 이야기를 힘 있게 끌고 가고 싶었는데 형은 가끔 나의 수호신이 되었다.

　교회에서 형은 나를 위해 싸웠다.

　그때 71년생, 73년생은 교회를 다녔다. 절에 다니는 아이들은 없었다. 어떻게 절에 가는지도 몰랐고, 온통 교회뿐이었다. 예배가 끝나면 과일이나 쮸쮸바를 주는 교회가 우리가 믿음을 쏟아 부어야 할 곳이었다. 우린 그런 교회를 찾아 믿음을 키워 나갔다.

한여름이었다. 여름 성경 학교는 우리에게 좋은 안식처였다. 성경을 배우고, 율동을 배우고, 캠프를 하고, 연극 연습을 했다. 재미도 있는데, 매일 오면 천국까지 간다고 했다. 주일 학교가 끝나는 시간에 교회 앞 종이 박스에는 먹을 게 가득 담겨 있었다. 천국에 갈 아이들이어서인지 복숭아도, 쮸쮸바도, 초코파이도 한 개씩만 집었다. 두 개씩 집는 아이들은 없었다.

하루는 성경 학교에 아이들이 갑자기 많아졌다. 성경 시간에 잡담하고, 머리는 떡진 아이들. 간식이 있는 교회만 돌아다니는 일종의 하이에나 같은 무리였다. 자신이 온전하게 노력해서 먹을 걸 얻는 게 아니라 남이 힘들게 쟁취한 걸 강탈하는, 약삭빠른 하이에나들이었다. 천국을 예약한 아이들이 흔들리기 시작했다. 차례를 기다리면 틀림없이 손에 쥐어지게 되어 있는 간식이 불어난 하이에나들 때문에 불확실해져 버린 것이다. 줄이 넓어지고, 그 줄마저 없어졌다.

다른 71년생과 마찬가지로 형도 자기 것만 손에 쥐고는 친구들과 사라졌다. 동생 것을 챙겨 주는 간단한 일조차 71년생들은 하지 않았다. 상자 안에 있는 건 자두였다. 내가 싫어하는 과일이었다. 하지만 또래가 원하면 그게 내가 원하는 것이었다. 멀쩡한 것 하나가 눈에 들어왔다. 나머지는 물러 터진 것뿐이었다.

내 거야.

내가 지켜보던 거니까 내 거였다. 그런데 그걸 하이에나 중 하나가 먼저 집었다. 처음 보는데, 나보다 키도 작았다. 유치부가 분명했다.

나 1학년이거든.

묻지도 않았는데 1학년이라고 했다. 나보다 작은데 1학년이라니. 자두를 훔쳐간 하이에나가 거짓말을 하고 있었다. 나는 자두부터 낚아챘다.

나도 1학년이거든.

내가 유치부라고 하면 자두는 뺏기고 만다. 둘 다 1학년이라고 거짓말을 했으니 자두에 이빨 자국을 먼저 내는 사람이 이기는 것이다. 나는 한입 베어 물면서 돌아섰다. 목이 꺾였다. 하이에나가 내 머리채를 잡아챈 것이다. 그 힘이 너무 세서 놀랐다. 내가 상대할 만한 힘이 아니었다. 1학년이 맞는 듯했다. 같은 유치부였으면 함께 노래하고, 춤을 췄어야지. 뒤늦게 나는 그 작은 하이에나를 형이라 부르고 싶어졌다.

그때 2학년이자, 71년생인 형이 등장했다. 슈퍼맨처럼, 태권 V처럼 더없이 적절한, 소름이 돋는, 감동이 끓어오르는 등장이었다. 그 슈퍼맨은 하이에나의 얼굴에 주먹을 날렸다. 놀란 아이가 자세를 잡기 전에 형이 발로 차고, 쓰러뜨리고, 얼굴을 좌우로 몇 대 더 때렸다. 나를 때리며 익힌 솜씨였다. 하이에나 코에서 피가 나면서 울기 시작했고, 주일 학교 선생님들이 형과 그 아이를 떼어 놓았다. 동생을 지켜야 한다는, 고루한 가치에 매달린 어린 장남의 모습이었다. 그 고루함은 그때만큼은 꼭 필요한 것이었다. 그깟 하루의 선행으로, 형에 대한 증오심이 형편없이 쪼그라드는 사건이기도 했다.

형이 아니었다면 목이 꺾인 채 어리둥절 얻어터졌을 것이다. 내가 보호되었다. 적어도 그때만큼은 나와 형은 한편이었다. 자두는 땅바닥에 버린 채 형과 나란히 집으로 돌아가고 있었다. 형과 집이 같다는 게 약간 자랑스럽기까지 했다.

#38

서울우유 대리점에서 야유회를 가는 날이었다. 충청북도 화양구곡으로 가는 야유회였다. 비원 앞에 대형 버스가 세워졌다. 부릉부릉, 버스는 명령만 기다리고 있었다. 그런 버스도 있다니. 정류장에서 기다렸다 타는 버스가 아니었다. 마징가 제트*나 짱가**처럼 충복이었다. 주인이 타기 전까지 웅크리고 있을 것, 주인이 원하면 모든 회로에 불이 들어오면서 임무 수행을 위해 기

---

*   1972년에 제작된 일본의 TV 애니메이션. 연구소 내 수영장에 숨겨져 있던 마징가 제트는 출동 요청을 받으면 물을 뚫고 출격한다.

**   역시 1972년에 제작된 일본의 TV 애니메이션. 살아 있는 금속으로 만든 거인 로봇 짱가는 다른 로봇 만화와 달리 무기가 없다. 파트너 칸타로와 함께 싸우다 마지막에 자신을 희생해 지구를 구한다.

지개를 켤 것, 알아서 어디든 재빨리 이동할 것. 만화 영화는 늘 우리에게 환상을 심어 주지만, 좌절도 함께 주었다. 만화는 만화일 뿐이라는 각성이 조금씩 일어날 때였다. 스파이더맨도 원더우먼*도 현실엔 없었다. 만화니까, 영화니까 가능한 것이었다. 버스는 실존하는, 우리의 상상력과 거의 맞닿아 있는, 최고의 현실이었다. 우리를 위해 버스가 멈춰 있다니. 친구들에게 아무리 친절하게 설명해도 믿으려 하지 않을 것이다.

오란씨와 사이다가 박스 채 옮겨지고 있었고, 양념된 고기와 생고기가 자루에 담겨 실어지고 있었다. 꽃처럼 어여쁜 김밥은 일회용 접시에 담겨 사람들에게 돌려지고 있었다. 아침부터 김밥이라니, 파격적인 사치였다.

조합원 아저씨 중 한 사람이 길바닥에서 펌프질을 하고 있었다. 뭔가 싶었는데, 파란색의 텐트 같은 물건이 부룩부룩 커졌다. 보트처럼 생겼다 싶었는데 진짜 보트였다. 생전 처음 보는 튜브 보트였다. 사우디아라비아에서 산 미국 튜브라고 했다. 사우디에서 5년간 일해 집까지 장만한 그 아저씨는, 튜브의 공기가 빵빵한 지 살폈다. 칼로도 안 찢어진다면서 바람 빠지는 소리가 나는지 꾹꾹 눌러보았다. 역시 미제여. 돌아가면서 아저씨들이 한 번씩 미국을 찬양했다.

---

*   1941년에 만들어진 미국 만화 캐릭터. 수영복 같은 의상에 투명 비행기를 타고 다니며 총알을 막아내는 여성 히어로다. TV 드라마로 큰 인기를 끌었다.

로봇 버스에, 미제 보트라니. 살아온 인생의 좋았던 것들을 합치고, 곱해도 내 눈앞의 고무보트만 못했다. 오늘 이거 타고 노는 거여. 보트 아저씨는 형을 번쩍 들어 올려 배 위에 앉혔다. 비원 앞, 보도블록 위에 펼쳐진 보트가 마법의 양탄자처럼 보였다. 형도 아닌 내가 감히 보트에 타는 걸 바라지 않았지만, 아마 타게 될 것 같았다. 바람을 빼는 데만 족히 30분이 걸리는 걸, 굳이 길바닥에 펼쳐 놨을까 싶었지만, 자랑해야 마땅한 보물이었다. 1분 후, 한 시간 후가 기다려졌다. 아찔해서, 행복해서, 자꾸 오줌이 마려웠다.

각자 먹을 걸 가지고 왔는데, 우리 집은 미나리였다. 하필 미나리였다. 저 많은 미나리를 누가 다 먹는다고? 어머니는 아버지에게 조금만 가져가자고 했고, 아버지는 그럼 안 가겠다며 화를 내셨다. 그래서 어른 둘이 겨우 들고 갈 만큼의 미나리를 들고, 비원까지 가야 했다. 아버지는 사나이답지 못한 걸 끔찍이도 싫어하셨다. 사나이답지 못한 건, 쪼잔한 거였다. 작은 덩치에서 오는 피해의식도 한몫하셨을 것이다. 남자가 미나리를 가져간다면 쌀 한 가마니 정도의 분량은 가져가야 한다고 생각하셨다. 쌈을 싸 먹을 때, 마늘과 풋고추의 친구로 약간만 올라가면 그뿐이란 걸 모른 척하셨다. 그래서 내 키만 한 푸른색 비닐봉지를 모두 미나리로 채우셨다.

그날 유일하게 우리 집안에서 화사한 인물은 형이었다. 형은 확실히 우리 가족에게 전반적으로 느껴지는 찌듦이 없었다. 형의 손등도 꾀죄죄했지만, 그래도 나보단 수분이 많아서인지 반짝였고, 입술은 어머니의 립스틱 색만큼이나 빨갰다. 별명이 울보였는데,

울기만 하면 어른들은 귀엽다며 형의 볼을 꼬집었다.

　형은 천하의 똥싸개였지만 어른들은 형의 고추를 보고 싶어 했고, 빠진 앞니로 활짝 웃는 모습을 기다렸다. 형이 어른들의 손에 이끌려 사라지면, 나는 불안했다. 내게로 쏟아지는 무관심이 내 책임인 것 같아서였다. 다른 사람들의 시선도 불편했지만, 시선이 전혀 없을 때도 불편했다. 어머니의 손을 더욱 꼭 쥐고 나는 조금씩 떨었다. 모든 게 처음이었다. 많은 사람이 어딘가로 간다는 것, 대형 전세 버스를 타 본다는 것, 가족 단위로 인사하고 어울린다는 것. 아무런 예습도 없이 이런 것들을 척척 즐기는 형이 부러웠다. 71년생은 형 말고, 한 명의 남자아이가 더 있었는데 둘은 금세 친해졌고, 73년생 역시 나 말고 딱 한 명의 여자아이가 있었다.

　더러워!

　그날 버스에선 작은 소동이 일어났다. 버스 좌석이 모자랐다. 그래서 아이들은 의자 하나에 둘이 앉도록 했는데, 함께 앉은 여자아이가 73년생 그 아이였다. 손등이 하얀 여자아이였는데, 나 때문에 울음을 터뜨렸고, 더럽다고 했다. 그 아이는 누군가의 손에 이끌려 사라지고, 나는 의자를 독차지했다. 혼자 의자를 차지했음을 기뻐해야 한다. 영향받고 싶지 않았다.

　어머 얘, 우리 아이 안 더러워.

어머니가 큰소리로 우리 아들 안 더럽다고 하셨다. 어머니의 변론 덕분에 진짜로 더러운 아이가 되었다. 더럽다는 건 뭘까? 내가 더럽다고 느끼는 건 코딱지, 콧물, 똥, 생선 가게에 따로 모아 둔 생선 대가리, 신발 밑창, 발톱 정도였다. 아마도 콧물 때문일 거야. 어머니가 수시로 닦아 줘도 콧물이 입술까지 타고 흘러내리는 게 더럽게 느껴질 법하지. 더러운 걸 더럽다고 했으니 기분 나빠해서는 안 되는 것이다. 아무도 가르쳐 주지 않았지만, 나는 나를 위로하기 위해서 버스 안에서 끊임없이 주절거렸다. 괜찮아, 괜찮아.

괜찮다고, 미친년아!

나는 미친년이라고 했다. 옆 사람이 충분히 들릴 만큼 큰 소리였다. 못된 혀가 내 비위를 맞추겠다며 오버하고 있었다. 너도 더러워, 미친년. 혀는 거칠게 홀로 날뛰었다. 어른들은 마이크를 돌려가며 미친 말처럼 노래하고 춤췄다. 아버지가 '울고 넘는 박달재'를 부르셨다. 머리엔 하얀색 비닐봉지가 씌어 있었다. 어머니는 패티 김의 '서울의 찬가'를 부르셨다. 소프라노 가수인 줄 알았다. 목에 힘을 주고, 높은 톤으로 서울을 찬양하셨다. 형에게 마이크가 쥐여졌고, 형은 못 부르겠다며 울었다.

나는 절대로 괜찮다, 괜찮다. 미친년과 괜찮다를 여러 번 반복해서 주문처럼 외웠더니 그 아이는 미친년이 되었고, 나는 괜찮아졌다. 그리고 아무도 내게 마이크를 쥐여 주며 노래해 보라고 하지 않왔다. 나는 버스를 세워달라고 했고, 수풀이 무성한 길바닥에서 토를 했다.

행복해지고 싶어.

행복해지고 싶다고 했다. 행복이 뭐니? 먼저 지껄인 혀에게 물었다. 혀는 답하지 못했다. 버스 안에 있는 73년생 여자아이와 눈이 마주쳤다. 나도 그 아이도 두려움 없이 그 눈빛을 그곳에 놔두었다. 나를 왜 보지? 미친년이 정신이 나간 모양이었다. 나는 사실 좀 피곤했다. 위장 속에서 김밥과 칠성사이다가 덜컹덜컹 버스에 맞춰 뒤엉켜 버렸고, 폭탄이 되어 쿵쾅쿵쾅 터지고 있었다. 입 밖으로 더 삐져나오려는 걸 억지로 삼키고, 버스로 돌아왔다.

버스 안에서 한 명의 어른이 마이크 없이 노래를 부르고, 몇 명의 아저씨가 무표정하게 몸을 흔들고 있었다. 트로트는 다 똑같았다. 가사만 달랐다. 목에 힘을 잔뜩 주고 꺾어 대면 아저씨들은 아이고, 얼쑤, 앗따 좋다 했다. 물개들이 끙끙거리는 것보다 훨씬 듣기 싫었다.

행복해지고 싶어.

나는 모르지만 혀는 행복이 뭔지 알고 있는 듯했다. 아버지가 이에 김 두 개를 붙이셨다. 어떤 아저씨가 아버지의 머리에 비닐봉지를 하나 더 씌웠고, 아주머니들이 립스틱 짙은 함성을 내뱉으셨다. 혀가 원하는 행복이 찾아온다고 해도, 오늘처럼 더럽다는 소릴 들으면, 계속 행복할까? 혀는 차분히 입 바닥에 내려앉아 내 질문을 피했다.

나는 그날 물에 빠져서 죽을 뻔했다. 어른 둘이 겨우 나를 구해 냈다. 내가 형의 뒤를 쫓았는데, 형은 고무보트를 쫓았다. 형이 보트를 타고, 내가 보트에 닿으려는 순간 발이 쑤욱 빠져 버렸다. 강가로 가서 물을 몇 번 토하는 동안 더럽다는 말을 생각했다. 더러운 것 중에서도 기분이 안 더러워지는 걸 골라 봤다. 생선 대가리나 신발 밑창이면 괜찮을 듯싶었다.

나는 신발 밑창이었다. 신발 밑창 같은 아이. 그 정도로 더러운 아이다. 설마 똥이나 가래 같은 아이까진 아니었을 것이다. 같이 갔던 조합원 아저씨들과 가족들이 물에 빠졌던 나를 둘러쌌다. 너무 가까이 오면 나한테 냄새가 날 것 같아서 걱정이 되었고, 나에게 관심을 가져 주는 것이 고마웠다.

등 뒤에 있는 자갈들이 따뜻하다는 것과 들떴던 거에 비해 물놀이가 재미없다는 생각도 했다. 고래가 보고 싶고, 바다가 보고 싶었다. 이유는 모르겠다. 뭔가를 보고 싶은데 그게 바다고, 고래였다. 나를 쫓아내지 않을 거대함이, 갑작스럽고 느릿하게 나를 무시하며, 흐르고, 떠다니는 꼴을 보고 싶었다.

#39

       어머니는 유통 기한이 지난 것들에 한해 먹게 놔
두셨지만, 어느 순간 반품이 가능했고, 내 입으로 들어가야 할 것들
이 새것들로 바뀌어 진열되어 있었다. 그래서 내 별명은 '한 입만'
이 되어 버렸다. 먹을 걸 잔뜩 놔둔 가겟집 아들이 구걸을 해야 했
다. 고고한 선인장은 먹을 것 앞에서 시든 콩나물이 되어, 고개를
조아리고 무릎을 꿇었다.

  나는 누군가가 뭔가를 먹고 있으면, 한입만 했다. 핫도그 한 입
만, 하드 한 입만, 엿 한 입만, 솜사탕 한 입만. 그렇게 한 입만을 조
르면 다섯 번에 한 번은 내 입에 그것들이 들어왔다. 나는 늘 굶주
려 있었다. 내게 한 입만 주던 아이들도, 점점 나를 피했다. 친구도
별로 없었는데, 한 입만으로 다 떨어져 나갔다. 바보처럼 착해서,

달라는 대로 주던 아이도 있었는데, 그 아이의 어머니가 내가 뺏어 먹던 하드를 낚아채고는 나보고 거지새끼라고 하셨다.

깜짝 놀랐다. 나는 한 입만 먹고 주려고 했는데, 거지새끼가 되었다. 돌아갈 곳을 모르는 병아리처럼, 나는 방향 감각을 잃고 거지새끼란 말과 함께 내 마음속을 빙글빙글 돌았다. 지금도 주근깨가 약간 나고 눈이 큰 아주머니의 얼굴이 고스란히 떠오른다. 거지새끼란 말을 할 때 눈은 커지고, 나머지는 움직이지 않았다. 눈으로 말하는 사람 같았다. 눈동자가 점점 커지더니, 거지새끼 한 마리를, 내 마음속에 던져 놓고는 유유히 사라지셨다. 그 아주머니는 아이의 손을 그렇게까지 꽉 잡으셔야 했을까?

하드 사건의 그 아이는 나보다 한두 살 어렸다. 또래 생태계에선 적지 않은 나이 차였다. 한번은 핫도그를 한 입만 달라고 했다. 그 아이의 어머니는 깜짝 등장해, 내 입에 들어간 핫도그를 낚아채셨다. 아주머니는 내가 '여러 입' 먹었을 거라고 오해하신 모양이었다. 한 입이거나 두 입 정도일 뿐이었다. 아주머니는 내 입에서 핫도그를 빼냈다. 나무젓가락에 입천장이 긁혔다. 그 아이의 어머니는 핫도그를 땅바닥에 던지고는 밟았다. 입천장을 혀끝으로 긁으니 피 맛이 났다. 건전지 끝이랑 비슷한 맛이었다. 그리고 바닥에 떨어진 핫도그를 한참을 바라보았다.

누군가 내게 와서 말을 걸어 줬으면 했다. 초롱이를 부르면, 올까? 초롱아, 초롱아! 초롱이는 오지 않았다. 이럴 때만큼은 초롱이가 있었으면 했다. 좀 더 크게 부르면 올까 싶었지만, 그러면 아주머니가 뒤돌아보실 것이다. 그리고 또 눈으로 말할 것이다. 잠시, 시간의 모든 균형이 팽팽하게 서로를 당기는 순간에 나를 맡겼다. 침묵의 끝엔 핫도그가 눈에 들어왔다. 핫도그 안의 소시지는 완벽했다. 나는 땅바닥의 소시지를 꺼내선 재빨리 입에 넣었다.

그리고 아주머니와 눈이 마주쳤다.

아주머니는 아이를 자기 몸 쪽으로 조금 더 당기셨다. 눈동자는 최대치로 커져 있었다. 뭔가 말할 줄 알았는데, 그 눈동자를 서둘러 아이에게로 돌리고는 빠른 걸음으로 사라지셨다. 그 눈동자는 만화 영화를 볼 때도, 매를 맞을 때도, 선생님께 뺨을 맞을 때도, 꼭 함께 등장했다.

아이가 돌아보려는 걸 아주머니는 제지하셨다. 아주머니의 눈빛은 공포로 가득했다. 에이리언은 바닥의 소시지를 갈고리로 긁어 오물오물 섭취했다. 소시지에 섞인 피 맛도 함께 음미했다.

#40

　　　　　　운동회가 있던 날이었다. 가을 운동회였던 걸로
기억한다. 형이 국민학교 2학년 때였고, 운동장엔 만국기가 펄럭
이고 정문 앞에는 병아리, 떡, 바람개비, 뽈피리, 그리고 기억나지
않는 수많은 것들을 파는 잡상인으로 떠들썩했다. 운동회와 소풍
은 우리가 누릴 수 있는 최고의 축제였다. 두 날의 공통점은 김밥이
었다.

　　어머니는 새벽 일찍 김밥을 마셨다. 부엌이 좁아서 도마와 프라
이팬을 방에 놓고, 달그락 달그락 김밥을 마셨다. 좁은 방이 해표
식용유와 참기름이 반반씩 섞인 냄새로 일순간에 환해졌다. 온몸
이 기쁨의 온기에 졸여지고, 그 따뜻함이 일정 비등점에 도달하면,
저절로 눈이 떠졌다. 김밥의 양 끝 부분만 따로 한 접시에 쌓여 있

었다. 모자이크처럼 예쁜 김밥이 검정색 찬합에, 정색을 하고 나란히 누워 있었다. 먹기 싫은 당근도, 시금치도 그 속에서 그림이 되어 있었다. 고요함과 따뜻함과 김밥이 있었다. 형 역시 그 따뜻함을 못 견디고 눈을 떴고, 우린 터진 김밥을 하나씩 입에 물고, 어머니가 김밥을 마시는 모습을 지켜보았다.

김밥은 뭉클하고, 거룩한 의식이었다. 더 먹겠다고 으르렁거릴 필요가 없었다. 이미 산더미 같은 김밥이 있었고, 배는 빠르게 불러 왔다. 조급함이 없으면 배는 제때 불렀다. 쫓기고, 뺏기는 전쟁터 같은 밥상에서 느꼈던, 형벌 같은 허기는 그 순간 어디에도 없었다.

형은 몇 개의 김밥을 입에 밀어 넣더니 부엌에서 세수를 하고, 어른스럽게 하얀색 체육복과 모자를 스스로 갖추었다. 모자에는 고무줄이 달려 있었다. 손등에 종이 카네이션을 달고, 어머니가 전날 꿰매 준 오자미를 들었다. 어머니는 한석봉 어머니처럼 묵묵히 김밥을 말고, 형 역시 말없이 운동화를 신었다.

운동회가 열리는 운동장은 나에겐 올림픽 주 경기장처럼 거대해 보였다. 올림픽 스타디움에 발을 내디딘 일곱 살 아이였다. 별처럼 빼곡한 함성, 하얀색과 파란색 운동복, 하얀색 모자, 파란색 모자, 떼로 피어난 산호초들이 이리저리 흔들렸다. 그 산호초들은 툭툭 뭉텅이로 떨어져 줄다리기를 하고, 큰 박을 터뜨리고, 무용을 했다. 71년생은 손등에 카네이션을 달고 '꽃 중의 작은 꽃 앉은뱅이랍니다' 노래에 맞춰 앉았고, 일어났다. 집단 무용이었다. 단순한데, 그게 71년생이 하니까, 큰 꽃밭이 되었고, 주저앉을 때마다 하얀 나비 떼가 수직으로 착륙하는 것처럼 압도적이었다. 71년생들의 어머니들은 미래의 전쟁을 잠시 보류하고 사이좋게 꽃이 되는 모습에 숙연해했다.

나무 그늘 밑에는 돗자리들이 늘어서 있었고, 찬합과 물병, 보온병과 음료수들이 있었다. 어머니는 그날 가게 문을 닫으셨다. 가게가 학교와 멀지 않아서 과자나 음료를 많이 팔 수 있었겠지만, 문을 닫으셨다. 그냥 문만 닫은 게 아니라, 전날 미용실까지 가셨다. 머리에 가오리의 주둥이 같은 천을 덮어쓰고, 베지밀을 팔고, 파리채로 파리를 딱딱딱 잡아내셨다. 저 껍질이 벗겨지면 어머니는 마법이 풀리고 화사한 여왕이 될 거라 기대했던 나는, 꼬불거림이 지나친 어머니의 파마에 적잖이 실망했다. 꼬불거리기만 하면 치장이라 생각하시는 어머니가 답답했다. 소라가 어머니의 머리에 열 맞춰 피어난 듯했다. 석가모니 불상과도 비슷했다. 돌이 된 머리를 이고 평생 어딘가에서 가부좌를 틀 것 같았다.

운동회 날 새벽, 인기척에 눈을 떴었다. 어머니는 자고 있는 형의 다리를 주무르셨다. 김밥을 말아야 할 어머니는 형을 꼼꼼히 주무르셨다. 석가모니 머리가 피사의 사탑처럼 기울어져서, 어머니의 팔 동작에 맞춰 출렁거렸다. 예불처럼 엄숙했고, 너무 오래 출렁거려서 속이 울렁거렸다. 73년생은 어머니가 왜 71년생 다리를 주무르는지 알았지만, 멍청한 71년생은 자신에게 주어진 특혜를 드르렁드르렁 코를 골며 뻔뻔하게 무시했다.

네 명씩 한 조가 되어서 달리는 경기가 시작됐다. 경기에서 1등을 한 사람은 공책, 2등을 한 사람은 연필을 받았다. 상품이 걸렸기에 긴장감이 대단했다. 커다란 황금색 주전자로 선을 가르고, 경기는 시작되었다. 30m 정도의 트랙이었다.

형의 차례였다. 형은 입술을 꽉 다물었다. 얇은 입술이 앙다문 입으로 사라져 버리고, 형의 꽉 쥔 주먹은 더 작아 보였다. 나를 때릴 땐 커 보이던 형이었는데, 또래에 비해선 작고 모자라 보였다. 형은 맨 끝 쪽에 서 있었다. 나는 어머니의 손을 꽉 잡았고, 출발 총성이 울리자 어머니와 나는 손을 더 꽉 쥐었다. 가족을 대표해 71년생이 경쟁을 하고, 그걸로 미래를 예측할 부모들의 눈빛은 연탄불처럼 타올랐다. 가게를 닫고 오신 어머니, 새벽녘 오이처럼 가는 아들의 종아리를 주무르셨던 어머니는 1등을 기대하셨을 것이다. 네 명 중 1등, 그리 어려운 것이 아니다.

탕!

기겁할 만큼 큰 소리가 났고, 그 소리에 놀라지 않은 아이들이 먼저 치고 나왔다.

와와와~

사람들의 함성에 형은 재차 놀란 듯 움찔했다. 경쟁자들은 이미

출발한 뒤였다. 울고 있는데, 눈물이 안 나는 기괴한 얼굴로 형은 양팔을 흔들기 시작했다. 보통은 앞뒤로 흔드는데, 형은 하모니카를 불듯, 다림질을 하듯 좌우로 흔들었다. 아줌마 달리기였다. 웃으려고 했는데, 팔 흔들리는 속도가 꽤 됐다. 꼴찌를 면할 수는 있을 것 같았다. 앞의 두 아이를 따라잡기엔 힘들어 보였지만 3등은 제쳤다. 어머니와 나의 손은 땀에 젖었지만, 약간은 힘을 풀었다. 4등만 아니어도 된다. 목표는 수정되었다. 그리고 형이 넘어졌다. 주우욱 미끄러졌다. 턱 쪽은 까졌을 게 분명했다. 그렇게 엎어지고, 아이고, 어째? 주변에서 탄식이 터졌다. 어머니는 목을 빼셨다. 하지만 자리를 이탈하지는 않으셨다. 어머니는 내 손만 쥔 채 추이를 지켜보셨다.

아마 내가 가장 먼저 보았을 것이다. 형의 하얀색 엉덩이 쪽으로 땅콩잼 같은 게 볼록하게 번져 가고 있었다. 하지만 누구라도 알 수 있을 만큼 분명한 건 아니었다. 나만 보았다. 그만큼 작았다. 하지만 땅콩잼은 급속히 커져 갔다. 그게 똥이란 걸 알기까지는 몇 초의 시간이 필요했다. 꽃처럼 핀 똥이었다. 흩뿌린 물감이었고, 일그러진 황금색 데칼코마니였다.

형은 먼지를 털며 일어나다가, 다시 고개를 땅바닥에 박고 흐느껴 울기 시작했다. 아주 인위적인 울음이었다. 사도세자 역을 맡은 아역 배우가 PD 아저씨한테 혼나고, 뒤주에서 큭큭거리는 울음이었다. 흑흑흑! 얕은 모래바람이 이는 운동장에서 형은 비극의 아역 배우가 되어 혼을 바쳐 열연하고 있었다.

출발선에서 총을 쐈던 선생님이 형에게 다가갔고, 어머니는 참지 못하고 형이 있는 곳으로 뛰어가셨다. 어머니는 형을 업으셨다. 큰 곰과 작은 곰이, 큰 거북이와 작은 거북이가, 아니 큰 달팽이와 똥 싼 작은 달팽이가 모두에게 평생 잊지 못할 추억을 선물하며 하나가 되었다.

어머니는 괜찮아, 괜찮아 하셨다. 나 역시 갑자기 철이 들어서 돗자리와 김밥과 짐을 챙기고 어머니와 형을 따라붙었다. 똥을 싸지 않은 막내 달팽이까지 합쳐서 우리는 관객들에게 차분한 퇴장을 보여 주었다. 나는 형의 엉덩이가 남의 눈에 덜 띄도록, 엉덩이 뒤쪽으로 따라붙었다. 똥냄새는 났지만 입으로 숨을 쉬니 괜찮았다. 아이들이 우리를 따라붙었다. 똥 쌌대요, 똥 쌌대요. 몇 명이 똥 쌌대요에 멜로디를 넣었다. 누구라도 안 따라 부를 수 없는 쉬운 멜로디였다.

짝!

어머니였다. 똥 쌌대요를 선창한 아이 뺨을 사정없이 때리셨다. 아무도 어머니를 말리지 않았다. 일순간 운동회는 고요한 조회 시간처럼 변해 버렸다. 우리 세 모자는 꼭 붙어 있어야 했다. 이탈해서는 안 되는 최후의 결속, 위기에서 증명되는 공동체, 가족이었다. 절대적 감정이었고, 그 감정엔 힘이 넘쳤다.

#41

똥꽃을 피운 형은 다음날 학교에 가지 않겠다고
했다. 매일 같이 가던 친구들이 가게 앞에서 형을 기다리고 있었다.
형은 먼저 가라고 했다. 국주 형이 킥킥킥, 참지 못하고 웃음소리를
들켰다. 상진이 형이 주먹으로 어깨를 치며 말렸다. 그리고 그들은
사라졌다.

똥 싼 71년생은 학교에 가기 싫다고 울었다. 어머니는 빗자루를
드셨다. 어머니의 빗자루를 보자 벼락을 맞은 전봇대처럼 형은 꼿
꼿해졌다. 어머니의 빗자루는 불필요한 잡음을 잡아 주는 안테나
같은 것이었다. 어차피 잡음 정도에 그칠 수밖에 없는 투정이었다.

형이 가게 문을 나서고, 대로변에서 다시 한 번 가게로 시선을 돌
렸다. 그리고 학교 쪽으로 내려갔다. 형은 학교로 가지 않을 것이

다. 나는 알고 있었다. 나는 5분 정도 밥을 더 먹었다. 밥을 다 먹은 후 형을 찾아 나섰다. 형은 신애탕 골목으로 들어가 오른쪽으로 꺾어진 골목 옆 쓰레기통에 앉아 울고 있었다. 한 번에 찾아냈다. 적당한 쓰레기통은 몇 개 없었다. 숨기에 좋고, 크기도 적당하고, 지나치는 사람도 적은 쓰레기통 옆에 형이 웅크리고 있었다. 내가 좋아하는 쓰레기통 중 하나였다.

나는 형을 보살필 것이다. 벽지를 보며 상상하는 법, 오후 여섯 시 TV가 시작되기까지 기다리는 법을 가르쳐 줄 것이다. 뿐만 아니라 똥을 참는 법도 가르쳐 줄 것이다. 나에게도 형처럼 큰일 날 뻔한 위기가 여러 번 있었다. 똥벼락이 치면, 누구라도 똥을 지릴 수밖에 없다.

더 이상 참을 수 없을 땐 뭔가를 먹으면 된다. 의사도 어른도, 똥의 신도 이 비법은 모를 것이다. 몸이 똥을 내보내라고 신호를 보내고, 모든 신경이 똥의 통로 쪽으로 몰려들 때, 식도로 뭔가를 집어넣는 것이다. 신경은 분산되고, 똥은 헷갈려 한다. 맛없는 크래커나 밥 한 덩이를 대충 씹어 삼키거나 짠 젓갈을 한 숟가락 먹으면 효과는 더 좋다. 물밖에 없다면 물도 괜찮다. 정 없으면 침을 모아서 삼켜도 그저 헐떡거리는 것보다 훨씬 효과가 좋다. 똥구멍은 교란된 채 우왕좌왕, 와야 할 똥만 애타게 기다릴 것이다.

진즉에 알고 있었지만, 형에게 내려진 똥의 형벌은 이유가 있는 것이었고, 적절한 징벌이었기에 내가 도울 필요가 없었다. 이제는 나의 세계로 온 형을 두 팔 벌려 환영하고, 똥신의 노여움도 거두어

달라고 기도할 것이다.

학교 안 갈 거야?

형은 이를 악물더니, 다시 눈물을 뚝뚝 흘렸다. 저런 울보가 나를 때리며 왕처럼 살았던 것이다. 나는 형의 훌쩍이는 어깨에 손을 얹었다. 그래도 학교는 가야 했다. 물고기가 땅에서 살 수 없듯이, 71년생이 학교에 안 갈 수는 없다. 형도 안 가겠다는 건 아닐 것이다. 학교 갈 용기가 날 때까지 기다리는 거겠지.

너도 옷에 똥 싸 봤어?

울음 섞인 목소리로 형이 물었다. 좋은 질문이었다. 형은 누구나 다 옷에다 똥을 싸 봤다는 답을 듣고 싶은 것이다.

아니. 그리고 달리면서 똥을 어떻게 싸? 목욕탕에서 오줌 싸 본 적은 있어.
달리면서 싼 거 아니거든. 넘어지면서 나온 거거든.
그런데 왜 엉덩이를 쳐든 거야?
그래야 똥이 나오지, 멍청아!

웃었다. 왠지 설렜다. 형과 이제 완벽한 한편이 될 수 있을 것 같

았다. 한편이 되어서, 쓰레기통 구석에서 킬킬댈 것이다. 최근에
나는 앞니 사이로 침을 멀리멀리 뱉어 내는 법까지 알아냈다. 다
이야기해 줄 것이다. 내 비밀은 하나도 없게, 대신 우리의 비밀은
더욱 많아지게 할 것이다. 우리만의 성을 지을 것이다. 나는 형과
함께 학교 정문까지 가 주었다. 형이 원한 건 아니지만, 그래 주고
싶었다.

정문 앞에는 71년생 두 명이 서 있었다. 국주 형과 상진이 형이
었다. 국주 형은 더 이상 킥킥거리지 않았고, 오히려 울 것 같은 표
정이었다. 형도 입을 앙다물었다. 세 명의 71년생들이 자기장을 급
히 만들고 있었다. 서로의 전류를 발사해 연결했다. 나는 뒷걸음질
쳤다. 셋은 서로의 어깨에 손을 올렸다. 그리고 고개를 수그렸다.
셋은 동시에 땅바닥을 바라보며 서로의 어깨를 연결시켰다.

독수리!

….

독수리!

상진이 형이 형을 보며, 독수리를 두 번씩이나 외쳤다. 형은 힘없이

오 형제!

오 형제라고 했다. 팔뚝에 닭살이 돋았다. 유치한 장면을 봤을 때

돋는 가벼운 소름이었다. 〈웃으면 복이 와요*〉를 보면 소름이 돋았다. 안 웃겨서였다. 이기동**이나 권귀옥***이 아니면 대부분 억지로 웃기려고 했다. 의도는 알겠지만 도저히 웃어 주고 싶지 않을 때 형과 나는 서로 머리카락을 잡아당기며, 괴로운 순간을 동의했다. 이기동의 땅따리 춤이 나올 때까지 다른 코미디언의 안쓰러운 바보짓을 참고 보아야 했다. 유치함은 우리 형제가 유난히 못 견뎌 하는 것이었다. 똥꽃 때문에 오 형제가 무너져선 안 된다는 닭살 해피 엔딩을 멍청한 독수리들이 보여 주고 있었다. 오 형제면 다섯이어야지, 셋이서 오 형제라니. 역겹고 유치했다. 그리고 형은 밝은 세상으로 다정히 사라졌다. 밝은 사람의 운명이었다. 밝은 쪽이 결국 제자리였다. 나는 어두운 쪽이었고, 그 자리가 내 자리였다. 형은 내가 있는 세계로 오지 않았다.

내가 있는 세계도 나쁘지 않다. 익숙해지니까 밝은 곳은 싫었다. 그런데 나는 형이 있는 밝은 세상으로 갈 수는 있을까? 밝은 세상이 싫지만, 가고 싶을 때가 혹 생긴다면 말이다. 똥 참는 비법은 영원히 모를 것이다. 형은 영원히 똥 지옥의 괴로움 속에서 살게 될

---

*   1969년부터 1985년까지 MBC에서 방송된 국민 코미디 프로그램. 1992년, 2005년 두 번에 걸쳐 부활했으나 과거의 영광을 재현하지 못하고 폐지되었다.

**   한국의 코미디언·영화배우. 1970년대 '땅딸이'라는 별명으로 배삼룡과 함께 한국 코미디의 황금기를 이끌었다.

***   1970년 MBC 공채 2기로 데뷔, 〈웃으면 복이 와요〉에서 이기동과 콤비를 이뤄 '땅딸이 이기동과 늘씬 미녀 미스 권'으로 인기를 끌었다.

것이다. 나는 열심히 침을 삼키며 집으로 돌아갔다. 똥을 눠야 할 시간이었다.

#42

비행기가 부웅 하늘을 날던 날이었다. 작은 점이 파란 하늘에서 일직선을 일탈하지 못하고, 조금씩 조금씩 앞으로 나아가고 있었다. 살이 트는 바람이 실컷 부는 날이었다. 목욕탕을 어제쯤 간 아이들이 한 명도 없는 날이었다. 딱지치기를 하던 아이들도, 딱지치기를 멈춘 오후였다. 어머니가 밥 먹어라 하면서 몇 명이 사라진 후였다. 몇 명은 밥 먹어라를 기다리며, 초조해하던 늦여름이었다. 나는 골목 한가운데 우두커니 서 있었다. 시간은 흙먼지에 갇혔고, 의식을 곧추세운 사람은 나와 태성이 형뿐이었다. 태성이 형은 나를 똑바로 보고 있었다. 태성이 형의 관심을 받는 일은 좀처럼 없는 일이었다.

얘 봐, 안 아프대!

태성이 형은 내 배에 주먹질을 했다. 아팠다. 그 자리에서 왜 그가 나를 그렇게 오해했는지 명확하지 않다. 와와, 보이지 않던 아이들이 여기저기서 등장해 숫자를 늘렸다. 늘어진 하루가 압축되고 팽팽해졌다. 아무렇지도 않게 기울어져 가던 해도, 반짝 빛을 더했다. 꿈과도 닮은 시간이었다.

아, 기억난다. 그때 우린 전쟁을 준비하고 있었다. 전투력을 늘리기 위해 발차기 연습을 했다. 미아 6동 아이들과 날짜를 정해 승부를 가르자고 했다. 전쟁이 일어나면 우리는 돌을 던졌다. 큰길에서 와와와 돌을 던지고, 맞았다. 맞는 경우는 거의 없었고, 던지는 아이들도 맞추려는 의지가 부족했다. 지나가는 어른에게 뺨을 맞거나, 차들이 웅웅웅 큰길을 내달리면 전쟁은 소강상태가 되었고, 그중 만만한 아이를 쫓거나 쫓기다가 흐지부지 전쟁은 끝났다.

왜 그런 전쟁이 일어나야 했는지는 모르겠지만, 미아 5동의 전사들은 모여서 전쟁 준비를 했다. 발차기가 실제로 쓰인 적은 없지만, 태권도의 기본 동작을 충실히 연마해 혹시 모를 난타전을 대비해야 한다는 것이 태성 두목의 생각이었다. 내 상대는 72년생 아이였다. 체구가 나보다 작고, 목이 10도 정도 왼쪽으로 기울어진 아이였다.

진짜로 치기, 진짜로!

태성이 형은 막지 말라고 했다. 그리고 한 명씩 차례로 상대방에게 발길질을 하게 했다. 맷집도 중요하다는 게 두목의 판단이었다. 아이들은 상대방의 엉덩이를 걸어찼고, 맞은 아이들은 이 정도로는 끄떡없다는 듯이 입을 앙다물었다. 나는 배로 막고 싶었다. 배로 막는 것도 엉덩이로 막는 것만큼이나 안 아플 것 같았다. 그래서 날아오는 발에 내 배를 들이밀었다. 퍽 소리가 났고, 나는 뒷걸음질 쳤다. 재빨리 내 자리로 돌아왔다.

안 아파?

태성이 형이었다. 배를 맞고도 담담한 내가 놀라운 듯했다.

안 아파!

안 아프다고 말하는 쪽이 낫다고 생각했다.

진짜, 진짜? 얘들아, 이 새끼 봐라. 안 아프대. 배가 엄청 두꺼운가 봐.

그리고는 태성이 형의 주먹이 배에 사정없이 꽂혔다.

진짜 안 아파?
안 아파.

213

다들 한 대씩 때려 봐. 진짜 신기해. 배가 물렁거려, 베개 같아.

그리고 아이들은 줄을 섰다. 열 명 정도의 아이들이 줄을 섰다. 내 배에 자신의 주먹을 꽂기 위해서.

안 아파.
안 아파.

나는 안 아프다고 했다. 절대로 아프다고 말해선 안 된다는 긴장 감 탓인지 괜찮았다. 열 명이 꽂는 열 번의 주먹질이었다. 그리고 다시,

다시 한 번!

태성이 형이 다시 한 번이라고 했다. 다시 한 번 아이들은 주먹을 쥐고, 아우슈비츠 가스실로 들어가는 유태인들처럼 무표정하게, 선택이 박탈된 걸음을 차례로 디디며 내게로 왔다.

먼지만 풀썩이고 아프지가 않았다. 아이 진짜, 태성이 형이 아이 진짜 이러면서 왼손으로 오른쪽 손목을 잡고 달려왔다. 일본도를 든 사무라이 같았다. 치타처럼 빨랐다. 칼처럼 깊숙이 내 배에 꽂힌 주먹은 내 숨통을 막았다. 숨을 쉴 수 있는 공간이 없어지고, 눈앞 이 거뭇해졌다.

안…

안 아프다는 말을 해야 했는데, 할 수가 없었다. 웅크린 채로 나는 숨통이 돌아오기만을 기다렸다. 안 아픈데 숨만 쉬어지질 않았다. 안 아픈데 일어설 수가 없었다.

아프지?

태성이 형이 물었다.

안 아파!

나는 안 아프다고 했다. 일어섰다. 숨통이 야트막하게 돌아온 것이다. 어차피 태성이 형 말고는 매운 주먹은 없다. 숨이 쉬어지니까 일어서게 된 것이다. 맞고 싶었다. 맞는 건 미아리에서 제일 잘하는 73년생이 되고 싶었다.

그때 형이 태성이 형의 목을 두 팔로 가뒀다. 놔, 안 놔? 뭐야? 이런 말들이 태성이 형의 목에서 나왔다. 형은 아무 말도 없이 태성이 형의 목만 잡고 있었다. 멧돼지보다도 사나워 보였다. 태성이 형의 얼굴이 금세 벌게졌다. 켁, 켁, 놔, 놔, 놔! 형은 더 세게 목을 조였다. 태성이 형의 무릎이 꺾이더니 손가락 끝이 바들바들 떨렸다. 켁, 켁, 켁. 바닥으로 꼬꾸라진 태성이 형의 몸이 균일하게 떨렸다.

안 아프다고.

 나는 소리를 질렀다. 갑자기 등장한 형 때문에 밝은 세상으로 갈 수 있는 마지막 탑승권이 사라지고 있었다. 안 아프다고, 안 아프단 말이야. 내가 달려들었는데도 형의 팔은 고정된 쇠말뚝처럼 단호했다. 태성이 형은 억억거렸다. 형이 손을 풀었다. 태성이 형이 토하기 시작했다. 엄청난 양의 토사물이었다. 도축장의 무자비한 살육이 어린아이들 사이에서 잔인하게 재현되고 있었다. 형의 발이 태성이 형의 얼굴로 향했다.
 71년생 돼지들의 왕은 그렇게 교체되었다. 남은 돼지들은 침묵으로 꿀꿀거렸고, 태성이란 돼지는 자신이 토한 분비물에 엎드려 허우적대고 있었다.

5부

미아리의 왕

"격렬한 추격전이 집 천장이 아닌,
내 마음속에서 일어나고 있었다.
사고는 고양이처럼 나를 쫓을 것이다.
서두르지 않으면 쥐처럼 잡아먹힐 것이다."

#43

어머니는 소풍이라고 했다. 김밥을 싸지 않으셨으니 나에겐, 우리에겐 소풍이 아니었다. 밥에다가 콩나물과 무채만 넣은 도시락이었다. 아버지가 어머니 대신 가게를 봐 주실 수 있는 일요일이었다. 71년생 큰아들을 둔 어머니 셋은 버스를 타고 정릉으로 향하셨다.

일곱 살의 73년생에게 예측되는 건 없었다. 좋기도 하고 싫기도 했다. 버스를 타고 어딘가로 가는 건 좋았고, 그 어딘가가 어디인지 모르는 것도 좋았다. 버스 종점에서 내렸는데, 산을 타야 했다. 산을 오르는 건 싫었다. 어린 애가 키워 놓은 허벅지 근육이란 게 거의 없어서 견디고 싶지 않은 통증이 밀려왔다. 나는 업어달라고 했고, 어머니는 그런 나를 때리셨다. 울었다. 어머니는 더 때리셨다.

나는 기를 쓰고 울었다.

세 명의 어머니와 여섯 명의 아이였다. 71년생 셋은 독수리 오형제였고, 또 한 명의 73년생 여자아이와 한 명의 74년생 남자아이였다. 울고, 괴로워하는 사람은 나뿐이었다.

오르막길을 오를 때마다, 허벅지로 쏠린 고통이 차례를 기다리며 고개를 들이밀었다. 나도 다른 애들처럼 발랄하게 산을 오르고 싶었다. 안 되니까 업어달라는 거였다. 걸을 때마다 괴로워서 깜짝 놀랐고, 어머니는 조금만 더 걸으면 된다는 거짓말만 하셨다. 어머니의 말씀대로 조금만 더 걸어도 됐다면 나는 울고 보채지 않았을 것이다. 똑같아 보이는 나무와 흙과 돌이 반복되고 있었다.

예쁘다, 좋다! 어른들은 거짓말을 아무렇지도 않게 하셨다. 고추장보다 더 흉측한 립스틱을 똑같이 바르고, 화장이 잘 먹었다고 칭찬하는 71년생 어머니들은 이 악랄한 고통이 즐겁다고 하셨다. 땀이 나고, 입술이 마르고, 잠깐만 쉬어 가자 한숨을 내뱉으며 좋다, 좋다 하셨다.

어머니들의 신발은 굽이 있고, 발뒤꿈치 쪽은 뻥 뚫려 있었다. 사루비아나 말표, 가정표 신발을 신고 온 것만 봐도 이 나들이가 운동회나 소풍에 준하는 것임은 분명했다. 그런데 왜 김밥을 싸지 않으신 걸까? 내가 고분고분해질 이유가 하나도 없었다. 어머니들도 발목이 꺾이고 무릎이 까졌지만, 나의 고통에 동정하지 않으셨다.

엄마, 집에 가자! 집에 가자.

물가에서 잠시 쉬는 시간이었다. 목적지인 줄 알았다. 하지만 다시 오르막 쪽으로 걷기 시작했다. 업어 줘. 나는 더 이상 걷지 않을 것이다. 어머니는 내 팔목을 매정하게 당기셨다. 아팠다. 어머니는 이빨로 새끼를 물고 초원을 가르는 어미 사자였다. 새끼니까 죽이지는 않겠지만, 맘만 먹으면 죽일 수도 있는 송곳니로 나를 물었다.

계속되는 오르막이었다. 결코 끝나지 않을 것이다. 쏟아지는 절망 속에 볕은 강렬하게 내리쬐고 있었다. 희망이 없다는 걸 받아들인 후에 내 걸음은 안정화되었다. 어머니의 벌겋게 달아오른 얼굴을 본 이상 떼를 쓸 수도 없었다. 나는 모든 생명력과 존재감을 몰살당한 채 그저 걷는 나무토막이 되어 어머니의 손에 붙어 있었다.

중간에 밥을 먹었지만, 나는 다른 집 반찬을 너무 많이 뺏어 먹는다는 이유로 어머니에게 손등을 맞아야 했다. 어머니는 다른 집은 계란 정도는 부쳐 왔다는 사실에 아무런 반성도 하지 않으셨다. 이렇게 불쾌하고, 고통스러운 하루도 일곱 살 평생 손에 꼽을 정도였다. 다른 71년생 어머니들도 간간이 내 등짝을 때리셨다. 자기 집 아이들만 때린다는 불문율이 무너졌다. 어른들의 세계에 반항하는 대표로서 감내해야 하는 박해였다. 무법천지의 산행이었다.

아이고, 이 얼빠진 년들아, 싸게 점 보려고 여기까지 왔냐?

절대 도달하지 못할 거라 생각했다. 감정이 사라진 완벽한 나무토막이 되었을 때, 목적지는 정체를 드러냈다. 개울가에 있는 집이었다. 낡은 집이지만 무턱대고 오래된 집은 아니었고, 평상이 있고, 나무가 있고, 부엌과 지하수 펌프가 있는 집이었다. 숭인시장 떡집 할머니를 똑 닮은 할머니가 활짝 웃고 계셨다.

점심시간에 어머니들은 복채로 얼마를 내야 하느냐로 실랑이를 벌였었다. 5백 원부터 3천 원까지 다양한 의견이 나왔고, 가족 단위로 내야 하는지, 머릿수대로 내야 하는지로 설전을 벌이셨다. 가족 단위로 내는 쪽으로 의견이 모아졌다. 머릿수대로 내라고 하면, 졸라서라도 가족 단위로 내자고 입을 맞추셨다.

애들은 공짜야, 너희들 것만 내. 내고 싶은 만큼 내.

어머니들의 표정이 밝아졌다.

너 이 녀석, 너 이리로 와 봐라.

할머니는 나를 가리키셨다. 손등을 보는 정릉의 신통한 할머니. 어머니들은 71년생 맏이의 미래를 알고 싶어서 산을 올랐던 것이다. 보통은 손금을 보는데, 이 할머니는 손등을 보는 독특한 점쟁이셨다. 손등의 힘줄로 미래를 점치는데, 얼마나 신통한지 도봉구 국회의원도 6년*마다 찾아온다고 했다. 71년생 부모들 사이에서 용하다는 소문이 퍼졌고, 독수리 오 형제 어머니들도 소문을 확인하고자 산을 오르셨던 거였다. 하지만 할머니는 나를 먼저 부르셨다.

신통방통한 할머니라는데, 나를 보는 눈이 부엉이처럼 섬뜩했다.
할머니의 손은 깔깔했다.

#44

이 녀석 잘 키워 봐. 잘 키우면 덕 좀 보겠어. 사장이 될 거야. 사장! 자네는 복채 많이 내고 가. 내가 이 녀석 목숨 살려 줄 거야.

점쟁이 할머니는 내 손등을 쓰다듬으셨다. 트고 갈라지고, 얼룩덜룩 더러운 손등이었다. 내 눈엔 할머니에게 보인다는 힘줄이 전혀 보이질 않았다.

교통사고가 있을 거야. 집에 연탄 태운 거 있지? 대야에 물 받아 놓고, 태운 연탄 하나 넣어 놔! 가서 당장 해. 여름 다 지나서 교통사고가 나. 그리고 너 손도 거기다 담가. 그러면 동상도 다 나을 거야. 애 하나

223

는 기똥차게 낳았구먼!

감사합니다. 감사합니다.

어머니는 두터운 손으로 할머니 손을 덥석 잡았다.

저는 안 보이죠? 너무 두껍죠?

어머니는 전화를 받을 때나, 낯선 사람을 만나면 목소리와 말투
가 달라지셨다. 소프라노처럼, 목구멍에 찹쌀엿이 엉긴 목소리로
힘겨운 표준어만 구사하셨다. 인형의 탈을 쓴 것 같은 어머니의 손
이 공중에 떠 있었다. 한국 전쟁 때 부산으로 피난 가는 기차 지붕
에 매달려 있던 아기, 그 아기는 나의 어머니가 되었다. 외할머니는
끈으로 어머니를 꽁꽁 묶으셨다. 피가 통하지 않아 토마토처럼 부
풀어 오른 손은 동상에 걸려 조금씩 검어졌고, 조금씩 더 커졌다.
붓고, 가렵고, 안 가렵고를 반복했다. 손은 전쟁을 탓하며 먼저 어
른이 되고, 먼저 살쪘다. 서둘러 늙어야 했던 어머니의 손은 너무
크고, 뚱뚱했다.

너는 물이랑 친하지 않으니까, 물가로 가지 마. 늙어서는 괜찮아. 늙
으면 바다고, 계곡이고 망둥이처럼 놀아도 돼. 고생은 해, 오래오래 해.
그리고 아들놈이 사장이 되는 거여. 사장 되고, 너는 매일매일 깨춤 출
것이다. 시루떡이 찰흙처럼 맨질맨질하고, 요강은 고려청자처럼 반짝이

는 거여.

어머니는 입이 바짝 말라 있었다. 시루떡이 진흙처럼 되는 게 좋은 거냐고, 요강이 고려청자면 깨춤을 춰야 하는 거냐고 시비를 거는 사람은 아무도 없었다.

너 이놈!

할머니는 눈을 복어 배처럼 부풀렸다. 모두 깜짝 놀랐다. 형의 손등을 봐달라고 할 참이었는데, 할머니가 먼저 형의 손목을 잡아챘던 것이다. 손등을 보려는 줄 알았다. 하지만 손목을 잡고 할머니 쪽으로 쭈욱 당기셨다. 땀 얼룩이 남은 겨드랑이를 내보이며 형은 생포된 살쾡이처럼 눈알만 굴렸다.

그만 좀 때려.

형은 울거나 똥을 쌀 것처럼 인상을 찌푸렸다.

그만 좀 때리라고!

할머니가 형의 손목을 잡고 벌떡 일어섰다. 산이었다. 키 작은 할머니였는데, 산처럼 일어섰다. 목소리가 너무 갑작스러워서, 커서,

어딘가에서 도토리도 툭 떨어졌다. 안 보이던 닭이 마당을 솟구치
며 날았다. 푸드덕, 푸드덕!

또 때릴겨?

목소리가 나무 같고, 돌 같았다. 감정은 없고, 차갑고, 단단했다.

안 그럴 거예요. 안 그럴 거예요.

어머니가 비셨다. 형은 입도 뻥끗하지 못했다. 입에서 침만 대롱
거렸다. 길게 길게 침이 늘어지고 있었지만, 형은 그걸 거둬들일 수
없었다. 저러다 또 엉덩이에서 땅콩잼이 솟구칠 것이다. 망아지보
다 더 망나니 같았던 형이 몰아치듯 길들여지고 있었다. 할머니는
또, 또, 눈을 껌뻑거리며 또, 또 하셨다. 그 또, 또는 형의 마음속을
읽은 거였다. 그래도 또 때릴 거지의 줄임말이었다. 나만 이해했다.
　할머니는 나와 연결되어 있었다. 할머니의 쩌렁쩌렁한 고함에도
차분히 손톱의 때를 밀어낼 수 있었던 이유였다. 어머니는 허겁지
겁 핸드백에서 5천 원을 꺼내셨고, 한 손으로 5천 원을 받은 할머
니는 형을 놔 주셨다. 형의 팔목은 벌겋게 눌려 있었다. 손등으로
증명된 미래의 영웅은 71년생이 아니라, 73년생이었다. 미운 오리
새끼에서 백조가 될 외톨이는 지금까지의 고통을 이해했다. 그제
야 부는 바람이 머리카락 사이로 시원했다. 입꼬리가 올라갔다. 맘

놓고 웃고 싶었다. 다른 아주머니들도 이것저것 물었지만, 사장이 될 아이는 나 하나뿐이었다. 빨리 집으로 돌아갔으면 했다. 오늘 당장 연탄을 물에 담갔으면 했다. 안전바 없이 바이킹을 탄 기분이었다. 교통사고가 언제 일어날지 모른다. 버스를 타고 집에 간다는 것도 불만이었다. 걸어가야 한다. 미래의 사장님은 안전하게 보호되는 게 맞았다. 연탄재를 물에 담그기 전엔 무조건 걸어야 했다. 미래의 사장, 그 사장의 어머니가 될 사람이 좀 더 내 운명에 관심을 가져 주기를 바랐다.

잠시의 기쁨이 사라지고, 초조해지기 시작했다. 격렬한 추격전이 집 천장이 아닌, 내 마음속에서 일어나고 있었다. 사고는 고양이처럼 나를 쫓을 것이다. 서두르지 않으면 쥐처럼 잡아먹힐 것이다.

#45

       내려오는 길이었다. 목이 탔는데 물이 없었다. 계곡 물은 흐르고 있었지만, 어머니들은 절대 안 된다고 하셨다. 뱀이나 개구리 알이 몸 안으로 들어온다고 하셨다. 알의 괴담은 미아리 가가호호 모두가 알고 있었다. 식도를 타고 내려간 알이 커다란 뱀이나 개구리가 되어서, 피부를 뚫고 나왔다는 전설을 모르는 미아리 사람은 없었다.

    한참을 내려가야 하고, 내려간다고 해도 어머니들은 가게에서 음료수를 사지 않으실 것이다. 돈을 써서 마실 걸 산다는 건 미아리 어머니들에겐 용납될 수 없는 사치였다.

    물이 필요했다. 아무 집에 들어가 수돗물이라도 한 모금씩 들이켜면 되는데, 민가도 나오지 않았다. 뱀 알이 배꼽을 뚫고 나와도 좋았다. 그냥 눈앞의 물을 마셔 활활 타오르는 목과 가슴 근처를 축이고 싶었다.

계곡에서 머리를 감고, 설거지를 하는 사람들을 보자 잠시 흔들리던 아주머니들은 절대로 안 된다고 하셨다. 콸콸콸 흐르는 게 다 물인데, 그 물을 못 마신다는 사실에 더 목이 말랐다.

저건 마셔도 돼.

한 아주머니가 맑은 물이 흐르는 곳을 찾아내셨다. 바위를 흐르는 물이었다. 바위 위로 수심 3, 4cm도 안 되는 얕은 물이 졸졸졸 흐르고 있었다. 계곡에서 흐르는 물과는 다른 줄기인 듯했다. 바위는 화강암이었고, 물은 투명했다. 딱 맞아떨어지는 물이었다. 단, 장애물을 넘어야 했다. 산을 오르내리는 사람들을 위해 밧줄이 쳐져 있었다. 손잡이도 되고, 울타리도 되는 밧줄이었다. 밧줄을 넘어야 물에 닿을 수 있었다.

어머니들이 먼저 넘고, 우리는 번쩍 안겨 넘겨졌다. 모두들 쭈그려 앉아 물을 탐색했다. 차가웠다. 기막힌 차가움이었다. 더위와 피로에 움츠러든 우리는 싱그러워졌다.

여기 있는 그 누구도 나보다 가난할 것이다. 회사원이나 경비가 되어 나에게 월급을 받아갈 것이다. 빨리 산을 내려가고 싶었다. 깨지지 않은 하얀 연탄이 쓰레기통 옆에 몇 장은 있어야 할 텐데. 세상의 모든 사람이 하얀 연탄을 탐하고만 있을 것 같았다.

여기까진 오지 마. 어휴, 위험해.

　상진이 형 어머니의 목소리가 들렸다. 우리들은 울타리 바로 옆
이었고, 아주머니들은 1, 2m 아래쪽이었다. 목을 닦고, 물을 마셨
다. 어디 봐, 어디? 다른 아주머니들이 위험하다는 말에 몸을 일으
켰다. 정말이네, 아이고. 너무 높다. 빨리 나가자. 이 말과 동시에 아
이들이 일어났다. 우리 눈엔 아무것도 보이지 않았고, 나는 까치발
을 세웠다. 그리고 쑤욱 빨려 들더니 힘없이 어딘가로 낙하했다. 내
손만 대롱, 누군가의 손에 매달려 대롱거렸다.

　함정 놀이란 게 있었다. 무른 땅에 구멍을 깊이 판 후 나뭇가지를
올린다. 라면 봉지와 빵 봉지를 차례로 올리고 모래를 덮는다. 그러
면 감쪽같아진다. 누군가가 밟고 가기를 기다린다. 누군가가 다리
가 빠지면서 자빠진다. 만들고, 기다리는 재미는 낚시와 비슷했다.
나도 그 함정에 몇 번 빠진 적이 있었다. 땅바닥이 사라지고, 내 다
리는 쑤우욱 빨려 들어간다. 그 느낌이었다. 쑤우욱. 구렁이 한 마
리가 나를 물고 쏜살같이 사라지는 속도감. 쑤우욱, 쑤우욱.

　나는 한 마리 구렁이처럼 미끄러졌고, 벼랑 끝에서 상진이 형 어
머니의 순발력으로 대롱거릴 수 있었다. 아주머니가 내 손목을 잡
아챈 것이다. 작은 기적이었다. 아니, 큰 기적이었다. 상진이 형 어
머니도 나만큼 놀랐는지, 꺄아악, 정릉을 뒤덮는 비명을 내지르셨
다. 나는 아무 소리도 낼 수 없었고, 아주머니는 한 번에 힘 있게 나
를 건져 내셨다.

누구야? 누가 여기서 물 마시자고 했어? 다 죽여 버릴랑께.

어머니는 나를 울타리 밖으로 넘기면서 화를 내셨다. 아마 내 얼굴도 어머니 얼굴처럼 하얗게 탈색되어 있었을 것이다. 너무 짧은 시간이어서, 간담이 서늘한 느낌도 오래가진 않았다. 무슨 일이 일어났던 거지? 위험했나? 스친 악어의 등짝 같은 순간이었다. 차갑고 비릿한 느낌이었다. 산을 내려오고, 버스를 타고 오는 동안 그 차가움은 보다 구체적으로 다가왔다. 대롱 매달렸을 때, 밑으로 곧게 뻗은 벼랑과 벼랑 밑의 돌과 꼬부라진 소나무, 그리고 그 밑으로 어둡게 피어오르는 아무것도 없는 듯한 세상. 나는 그리로 빨려 들어갈 참이었다. 되돌아오는 길이 없는, 일방적이고, 절대적인 비밀의 허공.

그날 밤 어머니는 하얗게 타 버린 연탄을 세숫대야에 담으셨다. 연탄은 두 장이었다. 아버지에겐 아무 말도 해서는 안 된다는 말을 열 번 정도 하셨다. 설령 다음날 오줌을 싼다고 해도 어머니가 빗자루를 드시진 않을 것이다. 사장이 되기 전에 죽을 뻔했던 나는, 연탄 두 장과 함께 연장된 수명을 보장받을 수 있었다.

눈을 감았다. 구렁이의 꼬리가 보였다. 호로록, 짧아졌다, 없어졌다. 눈을 떴다. 어둠이었다. 부르륵 가게 냉장고의 힘이 떨어지는 소리와 함께 창호지 구멍으로 한 줌의 바람이 없는 듯 들어왔다. 내 손이 보였고, 눈을 감고 있는 아버지와 어머니와 형이 보였다. 배를 덮은 신앙촌 담요가 보였다. 빨려 들어가지 않은 나는 다시 눈을 감았다. 한참을 잠이 들지 못했다.

#46

      얼마나 높은 곳에서 떨어져야 죽는 걸까? 상진이 형 어머니가 나를 잡아채지 못했다면 나는 죽었을까? 죽지 않았다면 크게 다쳤을까? 교통사고가 났어야지, 왜 추락사고가 났을까? 점쟁이 할멈의 말이 틀린 걸까? 사고가 난다는 건 맞췄잖아. 할머니는 신통한 사람이 맞다. 살기만 하면 된다. 죽지만 않으면 된다. 그러면 나는 사장이 되는 것이다.

   나는 피노키오에 나오는 고래의 뱃속을 보았다. 죽음은 고래의 뱃속이었다. 어둡고 축축하고, 모두가 피하고 싶은 시커먼 절망. 절벽 아래쪽 어둠은 고래의 뱃속이었고, 죽음이었다. 언제 어른이 되는 걸까? 어린아이의 몸뚱아리에 갇혀, 별 볼 일 없는 시간을 허비해야 한다. 이십 년 이상 그래야 한다.

동생도 데려가면 안 돼?

안 돼. 너만 와! 잠깐만 놀 거야. 수영하고 같이 학교 가자.

싫어, 나도 갈 거야. 나도 데려가아아. 데려가아아아, 아아앙.

오랜만의 구걸이었다. 바깥세상에서 내 자리라고 해 봤자 쓰레기통 옆 정도였다. 어울릴 때는 깍두기였다. 존재하지만 존재하지 않는 깍두기였다. 발야구에서 내가 공을 차도, 그건 점수에 반영되지 않았다. 점수를 낼 만큼 뻥뻥 차낸 적도 없었지만, 운 좋게 발에 걸쳐 제법 괜찮게 날아갔어도, 아무도 기뻐하거나 실망하지 않았다. 그게 깍두기였다. 술래잡기도 마찬가지였다. 내가 꽁꽁 숨든 말든, 술래는 나를 찾지 않았다. 무궁화 꽃이 피었습니다를 할 때도 나는 움직일 수 있었다. 같이 놀았지만, 같이 논 게 아니었다. 짜릿한 긴장감이 전혀 없었다. 그 깍두기라도 되어서 무리 속에 있고 싶었다.

하루는 71년생 둘이 나를 사이에 두고 싸웠다. 서로 자기 팀에 안 데려가겠다며 싸웠다. 71, 72년생이 주축이 되어 야구를 했는데, 필요한 아이들을 모두 데려가고 남은 게 나였다. 그냥 깍두기로 쓸 건데, 해가 될 일은 없는데도 서로 안 데려가겠다고 싸웠다. 적당한 선에서 끝이 난 게 아니라 한쪽이 던진 모래가 반대쪽 아이 눈으로 들어갔다. 비명 소리가 나고 그 자리에서 꼬꾸라졌다. 눈에 모래가 들어간 건데, 까뒤집어진 눈꺼풀 사이로 모래가 촘촘히 박혀 있었다. 큰 사고였다. 71년생들은 사달이 난 아이를 질질 끌고 가 수돗가에서 모래를 씻어냈다. 나를 끝까지 거부했던 그 71년생은 벌겋게 충혈된 눈을 도마뱀처럼 껌뻑거리며, 가끔 나를 째려보았다.

숨어 살면 될 것을, 없는 듯 살면 없는 듯한 자유로 살 만한 것을, 재미도 없는 어울림에 안달복달했다. 나 때문에 누군가의 눈알이 사라질 뻔했으니, 나도 답을 해야 했다. 나는 함께 있어선 안 되는 거였다. 모래가 생선 알처럼 그렇게 다닥다닥 박혀 있는 눈꺼풀을 본 순간, 나는 사실 웃고 있었다.

사고였지만, 적절한 사고였다고 생각했다. 사장이 될 운명의 아이를 지켜 주는 수호신이 그랬다는 걸 알았다. 하지만 해도 너무했다. 내가 허락만 했다면 죽일 수도 있었을 것이다. 수돗가에서 비명을 지르며 눈알을 비벼대는, 모래알에 속수무책인 71년생을 죽이고 싶은 마음이 내 안에 있었다. 나 자신도 죽이고 싶었다. 그냥 죽이고 싶었다. 고래 뱃속을 본 지 얼마나 됐다고, 아무렇지도 않게 죽음을 생각하다니. 어른이 될 때까지 죽지 않는다는 건 만만한 일이 아닐지도 모른다. 생각이 거기까지 미치자, 포기가 되었다. 어울림을, 사사로운 재미를 포기할 수 있었다. 포기하지 않으면, 악마가 될 수도 있었다. 죽을 수도 있었다.

그렇게 마음을 다잡은 내가 떼를 쓰는 이유는, 너무너무 가고 싶어서였다. 형은 머리에 물안경을 쓰고, 튜브를 들고 나섰다. 자제심과 자존심이 한 번에 무너졌다. 독수리 오 형제 중의 한 명인 국주 형 집 마당엔 작은 수영장이 있었다. 평화시장에서 우산 도매를 하는 국주 형네는 고무 튜브 욕조가 있었다. 장난감인데 그게 수영장이었다. 장난감 집도 있고, 장난감 비행기도 있지만, 그것들은 장난 감일 뿐이었다. 한계가 분명했다. 그런데 이 튜브는 수돗물을 담아 그 안에서 풍덩거릴 수 있었다. 혁신적이고 창의적이며, 실용적이며 과감한 아이디어였다.

한탄강도, 어린이 회관 수영장도 못 가본 여름이 그렇게 사라져 버렸다. 방학도 끝났다. 학교를 안 다녀도 방학은 방학이었다. 원두막에서 수박도 못 먹고, 파라솔 밑에서 햇빛을 피하는 낭만도 없이 방학이 종료된 것이다. 끝까지 나를 안 데려가겠다는 국주 형이 튜브에 빠져 죽었으면 좋겠다는 생각까지 해 버렸다.

그런데 형은 왜 나를 데려가 달라고 졸랐을까? 형이 미쳐 가고 있었다. 내가 쫓아올까 봐 돌까지 던지던 형이, 같이 가게 해달라고 국주 형한테 졸랐다. 미친 게 분명했다. 착한 형이 되고 싶은 모양이었다. 점쟁이 할멈은 때리지 말라고 했지, 착해지라고 하지 않으셨다. 혹시 점쟁이 할멈이 마음에 걸렸다면, 빨리 잊고 원래의 나쁜 형으로 복귀하길 바랐다. 나는 피해자로 사는 게 좋았다. 악마의 구타와 억지에 시달리면서 나 혼자 선하게, 고귀하게 괴롭고 싶었다. 미쳐 가는 형도 결국은 튜브를 허리에 걸치고, 소금쟁이처럼 폴짝폴짝 뛰어갔다.

과자 선반 아래에 누워 있던 스카이씽씽을 꺼냈다. 모처럼 독차지할 수 있는 시간이었다. 스카이콩콩의 뒤를 이어 미아리를 점령한 놀이 기구는 스카이씽씽이었다. 다른 동네는 안 가봤지만, 아마 대한민국의 모든 71년생, 73년생이 마찬가지였을 것이다. 호피티*

위에서 껑충거리고, 쌕쌕과 봉봉 주스의 사은품인 찍찍이로 캐치 볼을 하며, 매달 〈소년중앙**〉을 기다렸던 아이들은 전국에 바퀴벌레처럼 우글우글했다. 세 개의 바퀴가 앞뒤로 달려 있는 스카이쌩쌩은 미아리 아이들의 자가용이었다, 이 작은 스케이트보드 하나면 웬만한 자전거보다 더 빨리 달릴 수 있었다.

국주 형네 집 앞을 지나쳤다. 의연하게 지나치지 못하고 문틈으로 얼굴을 붙였다. 길쭉한 마당 안쪽에, 물로 꽉꽉 채워진 튜브에서 형과 국주 형, 그리고 국주 형의 형인 만주 형(70년생)이 노는 것이 보였다. 수영까지 할 만한 크기는 아니었지만, 그따위 객관적 사실은 나를 전혀 기쁘게 하지 못했다. 국주 형과 형이 물속에 고개를 담그고 잠수 대결을 하고 있었다. 만주 형이 심판을 보고 있었다. 형이 먼저 얼굴을 들었고, 조금 있다 국주 형이 푸 하며 고개를 쳐들었다. 다행히 국주 형은 물에 빠져 죽지 않았다.

나를 지키는 수호신이 내 감정에 일일이 귀 기울이지 않는 건 천만다행이었다. 잠수는 내가 더 잘할 수 있었다. 오후 여섯 시가 되기 전까지 시간을 보내는 방법 중엔 숨 참기도 있었다. 여름에 주로 하던 놀이였다. 세숫대야에 물을 담고 30초, 40초 그렇게 늘려가면

---

*　　　커다란 고무공에 망아지의 대가리가 달린 장난감. 공 위에 앉아서 통통 뛰기며 놀 수 있다.

**　　　1969년 창간된 어린이 잡지. 다양한 교양 기사와 만화 등이 실렸다. 〈소년중앙〉에 실렸던 '황금박쥐', '달려라 꼴찌' 등은 최고의 인기 연재물이었다. 1994년 폐간되었다.

서 연습했었다. 누구도 나를 이기지 못할 것이다. 두 71년생은 시시한 기록을 뽐내며 한심한 승리에 만족할 것이다. 그 꼴을 보고 싶지 않았다.

나는 국주 형네를 지나, 오르막길을 올랐다. 국주 형 집이 있는 골목은 경사가 제법 되었다. 그 경사를 올라가면 미아리 스카이씽씽의 성지가 나온다. 경사가 평지로 연결되는 지점이었다. 그곳에서 스카이씽씽을 타고 내려오면, 그게 스키 점프고 봅슬레이였다. 스카이씽씽의 성지에 올랐다.

잠시 심호흡을 했다.

이상한 이미지가 떠올랐다.

#47

쾅!

속도가 절정에 달할 때 대로변이 나오고, 대로변을 가로지르면서 새로 문을 연 필승문방구 앞에서 구십 도 왼쪽으로 꺾으면서 정지하면 제대로 탄 것이다. 대로변으로 진입하면서 나는 하얗고 커다란 승용차와 부딪혔다.

쾅, 소리가 났고, 누군가는 비명을 질렀다. 차는 멈췄다. 나는 손을 뻗어 갑작스럽게 나타난 차에서 나를 보호했다. 마침 오전반이 끝나고 송천 국민학교 선생님들이 하교 지도를 하는 때였다. 두 줄로 나란히 선 아이들이 대로변을 메운 때이기도 했다. 차가 천천히 갔고, 그 덕에 나는 거의 정지해 있는 차와 부딪혔을 뿐이었다.

운전사가 내렸다. 아저씨였다. 괜찮냐고 했다. 당연히 괜찮았다. 팔목이 시큰거리고 무릎이 까진 정도였다. 바보 같은 아이들이 소리를 질렀고, 대로변 가게, 근대화 근연쇄점의 주인인 어머니도 나를 보실 수밖에 없었다. 나는 빨리 이곳에서 탈출해야 한다는 생각뿐이었다. 탈출하기 전에 어머니는 나를 발견하셨고, 학교 선생님과 아이들이 보는 앞에서 내 뺨을 시원하게 갈기셨다. 소리가 너무 선명해서 그 소리에 나도 놀랐다. 창피했다. 어머니가 더 때리시려는 걸, 선생님인 듯한 여자가 말렸다.

나는 하얀 차를 이미 보았다. 스카이씽씽에 두 발을 올려놓을 때, 머릿속에 떠올랐던 차였다. 그리고 그 차와 나는 부딪혔다. 하얀 차의 이미지가 떠올랐던 건 경고였다. 이건 누가 봐도 교통사고였다.

교통사고가 난 것이다. 할머니의 예언은 맞았다. 연탄 두 장을 물에 담가둔 덕에 나는 하얀 자동차를 미리 보았으며, 그래서 적절히 방어할 수 있었다. 어머니는 뺨을 때리실 게 아니라 잔치를 벌이셔야 했다.

사장의 계시가 이루어졌음을, 왜 나만 알고 있는 건지 답답했다. 그날 이후로 나는 확신하는 인간이 되었다. 확신은 수영장이다. 깊이를 알 수 있는 수영장에서 수영을 잘하는 나는, 깊이를 모르는 강에서는 수영을 못 한다. 바닥이 보이면 된다. 설령 발이 닿지 않아도 가늠할 수만 있다면 얼마든지 수영할 수 있다. 살아낼 수 있다. 나는 바닥이 훤히 보이는 수영장으로 안내된 셈이었다. 이제는 조

급해할 필요 없이 찬란한 내 미래만 기다리면 되는 거였다. 미래의
사장은 뺨 한 대를 더 맞고 가게 안으로 끌려갔다.

#48

　　　　　1980년은 73년생이 국민학교 1학년이 되는 해
였다. 1학년이 되자 나 역시 공부에서 자유로울 수 없었다. 형이 공
부하면 나도 옆에서 뭔가를 해야 했다. 달력 뒷장에 그림을 그리든,
ㄱ이나 ㄴ을 백 번씩 쓰든 해야 했다. 재밌었다. 시간이 잘 가니까
좋았다. 형은 괴로워했다. 친구들이 가게 밖에서 형의 이름을 부르
고, 소독차가 대로변을 지나고, 그 뒤로 아이들이 달라붙고 했다.
형은 읽고 있는 〈동아전과〉에다가 눈물을 뚝뚝 흘렸다. 나는 눈물
을 흘릴 이유가 없었다. 이깟 게 뭐라고 그렇게 하기 싫어하는 걸
까? ㄱ은 부메랑이었고, ㄴ도, ㄷ도 부메랑이었다. 달력은 백사장
이 되었고, 나는 부메랑을 물어오는 개가 되었다. 열 개, 백 개 부메
랑이 달력 위에 쌓이고, 그건 모두 내 거였다. 천 개의 부메랑을 가

241

진 지구의 유일한 개가 될 수 있는 시간이었다.

어머니는 〈동아전과〉를 외우면 무조건 백 점을 맞을 거라고 생각하셨다. 하지만 두께가 전화번호부였다. 형은 그 두꺼운 걸 외울 수 없다는 걸 알았다. 그러니 지겹고, 그 자리에 있는 게 고통스러웠을 것이다. 형은 내가 낙서를 하고 있는 달력에다 오목을 두거나, 내가 그린 별에 자신의 별을 새겨 넣거나 했다. 내가 펼쳐 놓은 백사장은 금세 은하계가 되었고, 형과 나는 별만큼 많은 별을 채워 넣었다. 곧 무너질, 배신이 빤한 연대감이었다. 예전만큼 형을 싫어하진 않았지만, 형을 믿지도 않았다. 부족함이 없는 인생을 사는 사람의 긍정이 혐오스러웠다.

나는 공부에서도 깍두기였다. 깍두기여서, 책임질 필요가 없어서 공부가 재미있었다. 내가 ㄱ과 ㄴ을 공책에 채워 넣는 걸 재밌어한다는 사실이 어머니에겐 무덤덤한 현상일 뿐이었다. 그래서 좋았다. 공부를 못할 자유가 있으니, 미래의 사장님은 자유롭게 공부에 몰두할 수 있었다. 형이 괴로워하니까, 승부욕이 생기기도 했다. 어머니가 그토록 원하는 공부 잘하는 아이가 내가 될 수도 있다고 생각하니 심장이 쿵쾅거렸다.

학교에서도 지구표 색연필로 파란색 ㄱ을, 빨간색 ㄴ을 열심히 써 내려갔다. 이런 재밌는 놀이가 숙제였고, 수업이었다. 선생님은 숙제를 해 가면 5원짜리 동전 크기의 스티커를 하나씩 주셨다. 스티커를 꽃 그림 종이에 붙여서 꽃을 가득 채우면 상을 받는 식이었다. 스티커에는 한자로 상(賞)자가 쓰여 있었던 것 같다. 단순하고 성실하게 뭔가를 하면 되는 거였다. 학교에서 요구하는 건 그토록 간단하고 쉬웠다.

내가 자부심을 느껴도 될 만큼 못난 애들이 학교에 바글바글했다. 유치원을 안 다니고, 한글을 모르고 들어온 사람은 나뿐만이 아니었다. 절반 이상은 한글을 몰랐다. 깜짝 놀랄 만큼 멍청한 아이도 많았다. 똥간에 신발을 빠뜨리고 선생님께 꺼내달라고 우는 아이들이 한 반에 한 명씩은 꼭 있었다. 그러면 선생님은 긴 막대기를 어딘가에서 구해와 똥으로 범벅이 된 신발을 꺼내, 수돗가에 내려놓으셨다. 멍청하고, 한심한 아이들은 울면서 신발을 닦았다. 자신감이 생겼다. 똥간에 신발을 빠뜨리는 천하의 바보들보다는 확실하게 내가 위였다. 사글세를 사는 아이들보다도 전세를 사는 내가 위였다.

선생님은 아이들 눈을 감게 하고 부모님의 학력, 직업, 텔레비전의 유무를 물어보셨다. 눈을 감아야 했지만, 몇 번 떴다. 아버지는 국민학교 졸업, 어머니는 중학교 졸업, 전세, 텔레비전 있음, 아버지 직업은 상업. 이 정도면 미아리에서 꿇릴 정도는 아니었다. 육성회비*를 못 내서 교무실로 불려 다니는 아이들도 많았다. 기억이 맞다면 육성회비는 매달 650원이었다. 삼양라면 한 봉지가 백 원이었다. 그런데 650원이 없어서 교무실에 불려가 싫은 소리를 들

---

* 학부모가 학교 운영에 필요한 재정을 돕기 위해 수업료와 별개로 내던 돈. 1997년 전면 폐지되었다.

는 아이들이 열 명은 되었다. 그 아이들도 내 밑이었다. 가방이 하나여서, 오후반인 누나에게 가방을 전달해야 하는 아이도 있었다. 소지품을 비닐봉지에 옮기고 공주가 그려진 여자 가방을 누나에게 돌려주는 아이보다 내 형편이 확실히 나았다. 내 가방은 쓰레쎄븐은 아니었지만, 우주표였고, 우주표는 제일 좋은 상표가 아닐 뿐 메이커 가방이었다.

매일매일 스티커를 받았고, 꽃 그림은 곧 스티커로 가득 채워질 것이다. 그러면 상을 받을 것이다. 형이 노력상이란 걸 받아왔을 때, 아버지는 바나나를 사 오셨다. 껍질을 깠더니 향이 났는데, 공간을 바꾸는 향이었다. 감히 시간까지 바꾼 향이라고 말하겠다. 부드럽지만 연약하지 않고, 화려하지만, 조화를 중시하는, 종교적인 자비로움을 함축한 향기가 일순간에 방 구석구석으로 퍼져 나갔다. 씹은 기억이 없는데, 목구멍으로 멋대로 넘어가는 과일이었다. 미아리의 구석진 방은 야자나무 아래였고, 하와이였다.

내가 상을 타면, 아버지는 바나나를 또 사 주실 것이다. 아버지가 웃으실 것이고, 어머니가 부엌에서 잡채를 하실 것이다. 간절한 꿈인데, 이루어질 수밖에 없는 꿈이었다. 에스컬레이터 같은 것이다. 서 있기만 해도 목적지에 도달할 것이다. 일요일엔 학교에 갈 수 없다는 게 슬펐다.

하루는 숙제장이 보이질 않았다.

#49

　　　　책과 공책은 어머니가 챙겨 주셨다. 어머니는 내 시간표를 보면서 책을 챙기고, 공책과 필통을 넣어 주셨다. 숙제장이 보이지 않았다. 그럴 리가 없다. 어머니가 깜빡하셨을 리 없다. 그렇다고 오는 길에 떨어뜨렸을 리도 없다. 나는 엉금엉금 바닥을 기었다. 가져왔으니 있어도 교실에 있을 것이다. 보이질 않았다. 다시 가방에 있는 걸 쏟았다. 자석 필통, 국어, 자연 교과서, 물체 주머니, 새끼손가락만 한 휴대용 연필깎이, 도루코 칼, 손수건. 없었다. 숙제장만 없었다. 그럴 리가 없었다. 받아들일 수 없는 일이 벌어진 것이다. 다시 가방에 담았다. 다시 한 번 쏟았다.

길중국.

내 이름이었다.

나와!

나갔다.

조용히 하라고 내가 몇 번 말했어?

나는 처음 듣는 말이었다.

선생님 말이 말 같지 않아?

선생님은 화가 많이 나신 듯했다. 하지만 숙제장을 가져오지 않았다는 사실에 비하면 아무것도 아니었다. 내가 공책을 가지고 오지 않다니. 스티커를 받아야 하는데 숙제장이 없다니. 선생님은 무섭지 않았다. 키가 작고, 마른 중년의 남자였다.

목에 힘줘. 움직이면 다쳐!

한 손으로는 내 귀를 잡으셨다. 선생님의 말씀대로 목에 힘을 줬다. 피하면 더 다친다고 했으니, 절대 피하지 않을 참이었다. 선생님의 손바닥이 내 뺨으로 날아들었다. 얼굴이 뜨거웠다. 어른이 아이를 때린 게 아니라, 어른이 어른을 때린 소리였다. 다행히 피하지 않았다. 피했다면 정말 목이 부러졌을 것이다.

그렇지, 다시 목에 힘줘!

나는 다시 목에 힘을 줬다. "그렇지"라고 하셨다. 칭찬을 하셨다. 맞는 걸 잘해내고 있었다. 선생님은 화가 나셨지만, 내가 잘 맞고 있어서 조금은 마음이 누그러지신 듯했다. 선생님의 손바닥이 또 한 번 나를 향해 뛰어왔다. 눈을 감았다. 눈은 감아도 되겠지. 멈췄다. 달려오다 손바닥이 멈춘 것이다. 눈을 떴다. 선생님의 눈이 복도로 가 있었다. 그곳에 여자아이가 서 있었다. 선생님은 복도로 나가셨다. 선생님은 그 아이를 교실로 데려오셨다. 그 아이의 손에는 내 숙제장이 들려 있었다. 아는 아이였다. 2학년 여자아이였다. 옆 옆집에 사는 아이였다. 정확히는 안집의 옆 옆집이었다. 내가 자주 웅크리고 있는 쓰레기통의 주인집이기도 했다. 쓰레기통이 크고, 깨끗한 집이었다.

저는 김수진입니다. 2학년이 되니까 책임감이 더 늘어났습니다. 1학년 동생들이 많이 생겨서 참 기쁩니다. 공부도 열심히 하고, 1학년 동생들과 사이좋게 지내야겠습니다.

선생님은 그 아이를 꽉 안았다. 웅변학원을 좀 다녀 본 아이 같왔다.

예쁘죠? 착하죠? 작년에 우리 반에서 백 점만 맞던 수진이라는 친구 예요. 여러분한테는 언니, 누나예요. 너무 예쁘죠?

내 뺨을 갈기고, 선생님은 행복해지신 것 같았다.

수진이는 공부도 잘하지만, 마음이 너무 예쁜 친구예요. 여러분도 모 두 수진이처럼 모범생이 될 수 있도록 합니다. 그리고 중국이 숙제장은 직접 전해 주렴!

공주 같고, 존슨즈베이비파우더를 충분히 바른 듯한 향을 가지 고 있는 수진이는 내 시선을 피했다. 어머니는 이 72년생에게 숙제 장을 부탁하셨던 것이다. 어머니는 왜 숙제장을 가방에 넣지 않으 셨을까? 한 번도 없던 일이었다.

수진이란 아이의 어머니는 피아노 선생님이었고, 아버지는 없었 다. 골목에서 유일하게 대학을 나온 아주머니였다. 생머리를 스카 프로 질끈 매고 다녔는데, 또래의 다른 아주머니들에겐 없는 침착 함과 청순함이 있었다. 어머니는 그 아주머니를 어려워하셨다. 가 까이 살았지만 살갑게 수다를 나누는 걸 본 기억은 없었다.

그 아이가 눈을 피한 순간, 나는 굉장히 화가 났다. 뺨을 맞은 아 이가 일말의 동정도 없이 또 외면당했다. 차라리 목에 힘을 주면서 끝까지, 바르고 훌륭하게 뺨을 맞았으면 했다.

지랄하네!

나는 지랄하네라고 했다.

길중국, 지금 뭐라고 했어?

지랄하네라고 했어요 하면, 나는 죽을 것이다. 죽을까? 죽어도 된다고 생각했다. 죽고 싶었다. 뭔가, 뭔지는 잘 모르겠는데, 그 뭔가가 내가 죽기를 바라는 것 같았다.

…

나는 입을 다물었다. 무서웠다. 정릉의 단단한 화강암 절벽이 떠올랐다. 나를 삶과 연결해 준 상진이 형 어머니의 손이 떠올랐다. 지랄하네라고 했는데요. 그렇게 말한다면, 상진이 형 어머니의 손이 나를 스르륵 놓을 것이다. 나는 어둠의 바닥으로 추락할 것이다. 나는 선생님의 종아리를 잡았다. 교실 바닥의 냉기가 꿇은 무릎으로 전해졌다.

선생님 잘못했어요. 살려 주세요. 이 말을 할 참이었다. 하지만 혀가 거부했다. 아무 말도 할 수가 없었다. 뭔가를 해야 했다. 나는 온몸을 떨었다. 손을 떨었고, 다리를 떨었다. 침이 나왔고, 눈은 바르르 흰자만 노출시킨 채 바르르, 나비의 날개처럼 떨어 주었다. 그건 완벽한 연기였다. 의도는 없었다. 간질병 환자를 본 것도 아니고, 기절한 사람은 어떨 것이라고 생각한 적도 없었다. 그런데 나는 격렬히 몸을 떨었고, 선생님은 나를 업으셨다. 양호실에 나를 눕히셨다.

잘못했어요.

양호 선생님이 준 찬물을 선생님이 내 입에 넣어 주실 때, 혀는 그제야 움직임을 허락했다.

살려 주세요. 살려 주세요.

이마가 땀으로 번들거리는 선생님은 할 말을 찾지 못하고, 양호 선생님과 놀란 시선을 나누셨다. 불공을 드리는 할머니처럼 손바닥을 비볐다. 잘못했어요, 살려 주세요. 두 문장을 번갈아가며 반복했다. 선생님이 아니라, 나에게 하는 기도였다. 나는 살고 싶었고, 사는 게 너무나 어려웠다.

#50

      쓰던 이야기를 중단하고, 커피를 한잔 끓였다. 다시 읽고, 또 읽고, 고치고, 또 읽는다. 소설 쓰기는 별거 없다. 쓰고, 고치는 것이다. 한국에서 가져온 맥심 모카 골드를 두 스푼 넣었다. 안성기의 얼굴이 그려진 캔 커피가 출시되었을 때 나는 캔 커피는 망할 것이라 확신했다. 그냥 타 마시면 되는 걸, 팔릴 리가 없지. 내 확신은 틀렸고, 캔 커피는 더욱 맛있어졌다. 망할 거라고 생각했던 생수도, 제크도, 고소미도 여전히 잘 팔리고 있다. 많은 걸 확신하고, 그 확신이 틀리면서 마흔 살이 되었다. 비슷할 것이다. 쉰이 되면, 내 마흔 살의 확신도 부끄럽거나 허점만 가득할 것이다.

  우울한 기억만 있었나? 그렇진 않다. 5월 같은, 5월의 아카시아 꽃 같은 시절도 있었다. 하지만 내 이야기를 하겠다고 했을 때, 그런 꽃 같은 나날은 보이지 않았다. 즐거운 기억들은 너무 얌전히 흐르고 있었다. 상처는 째지고, 갈라지고, 부풀어 오르고, 곪았다. 기억 어디든 만발하고, 창궐했다. 그 상처들을 나열했다. 그것이 지금 내가 하고자 하는 이야기들이다. 그리고 결말로 치닫는 이야기는 그중에서도 가장 강렬한 이미지들이다.

처음 이야기를 시작했을 때는, 형과 나의 갈등에 대해서 집중하려고 했지만, 이야기가 계속되면서 형은 점점 착해졌다. 희미해졌다. 소설이니까 그걸 좀 과장하고, 극적으로 몰고 갈 수도 있다. 그런데 그게 재미가 없었다. 억지로 하려니까 글도 써지지 않았다. 그래서 착해진 형을 받아들이기로 했다.

지금부터 이야기들은 좀 더 자극적이다. 자극적이니까 내 기억 속에서 지금까지 으르렁거리고 있는 것이다. 마음의 감옥 속에 사는 기억들이다. 드러내겠다. 받아들이겠다. 소설이 끝난 것도 아닌데, 왜 이런 사족을 다느냐고 물을 수도 있다. 결말을 시작하고 싶어서다.

지금이 가장 괴로운 순간이다. 나는 언제든지 쓰기 싫으면 중단할 거라고 했다. 가시밭길을 걷지 않을 거라고 했다. 이젠 정말 그만두고 싶다. 하지만 글을 쓰지 않는 것도 괴로운 일이 되었다. 써도, 쓰지 않아도 고통스러웠다. 그래서 나를 속여 보기로 했다. 시작할 때만 반짝하는 신선한 의욕을 활용해 보기로 한 것이다. 나는 이쯤에서 결말이 아니라 새로운 시작처럼 그렇게 나를 속여 가며 글을 마칠 것이다. 독자에게도 나쁘지 않을 것이다. 글의 긴장감은 계속 유지될 테니 말이다.

　이야기만으로 충분한데, 이렇게 변명까지 주절주절 지면을 채워도 되느냐고 묻는다면, 나는 된다고 말하겠다. 중간에 변명까지 하는 소설은 내 기준으론 혁신이고, 배려다.

6부

아버지

“울지는 않았다.
운다는 건,
절망을 인정하는 것이다.”

#51

암이래, 말기라 안 된대.

그 아주머니는 어머니가 주신 된장을 들고 계셨다. 얼굴에 곰보 자국이 가득했는데, 낯빛은 새로 산 항아리처럼 반짝였다. 친한 이웃은 아니었다. 어머니랑 떨어지기 싫어 따라나섰다. 어머니와 외출하면 순대나 떡볶이를 사 주실 때도 있었고, 내 손에 백 원짜리 동전이 생길 때도 있었다. 낯선 어른은 낯선 아이의 공손한 인사에 주머니를 뒤적일 때가 종종 있었다. 이런저런 이유가 없어도 어머니 곁에 꼭 붙어 있는 건 좋았다. 둥글고 뚱뚱한 어머니의 손에 내 손이 쏙 들어가는 게 좋았다. 땀에 미끄덩할 때 더 꼭 잡아 주는 어머니의 악력이 좋았다.

처음 와 본 집은, 완벽하게 빤해서 좀이 쑤셨다. 백 원짜리 동전이 생길 분위기가 아니었다. 암에 걸린 아주머니라니. 돌아가는 길에 순대를 사 먹자고 졸라도 안 될 것 같았다. 벗겨진 철문, PVC 재질의 푸르둥둥한 지붕을 갖춘 보통의 미아리 집이었다. 옆집과 옆집의 옆집도 모두 같을 것이다. 어머니 친구들은 대부분 전세살이였고, 아주머니도 그랬다. 마당 구석을 차지한 단칸방은 끈적이는 럭키 모노륨 장판이 거뭇거뭇 연탄불에 눌어붙어 시멘트 방바닥을 덮고 있을 테고, 개나리 벽지는 지구표 색연필과 왕자파스 낙서로 지저분할 것이다.

주인집 개는 미련하게 짖었다. 줄이 풀리면 곧장 내 종아리를 물어뜯을 기세였다. 어서 이 집에서 나갔으면 했다. 마당에 선 채로 어머니와 아주머니는 고요히 대화를 나누셨다. 어머니는 된장을 담은 아주머니의 손을 연신 쓰다듬으셨는데, 억지스러워 보였다. 된장만으로도 불편한 손을, 어떻게든 위로하려 하셨다.

병원은?

며칠 눕다 나왔어. 어차피 말긴데, 애들 라면만 끓여 먹고 그러니까….

된장 위로 파리가 윙윙거렸다. 짖어대는 개 대신에 모기가 종아리를 여러 번 물었다. 정말 이 아주머니가 죽을까? 암이래 하면서 펑펑 우시지 않는 게 이상했다. 환자복을 입고, 링거병을 꽂고, 파리한 입술로 겨우겨우 한두 마디 정도 하는 사람이 암 환자였다. 텔레비전에서 암 환자는 다들 그랬다. 암이란 말을 하면 가족도 울고, 환자도 울었다. 의사는 미안해했고, 어쩔 수 없어 했다. 그런 암 환자와 너무 달랐다. 환자복도 입지 않고, 막 쌀을 씻다가 된장을 받아들고 "암이래"라고 말하는 암 환자라니.

손등이 하얗고, 손가락이 긴 아주머니였다. 동네에서 유일하게 버선을 신는 아주머니기도 했다. 그 뚱뚱한 버선의 등 쪽이 약간 젖어 있었다. 쌀뜨물을 담다가 흘리셨을 것이다. 된장찌개에 써야 할, 요긴한 쌀뜨물이 부엌 어딘가에서 찰랑거릴 것이다. 아주머니는 어머니보고 잠시 기다리라고 하셨다. 또 뭘 기다리라는 거야. 모기는 내 종아리만 쫓고 있었다. 아주머니는 커다란 비닐봉지를 들고 나오셨다.

이거 자기가 해! 내가 조금은 했어.

하얀색 천이 수백 장 담겨 있는 비닐봉지였다. 우리 집 방구석에도 가득 쌓여 있는 천이었다. 기저귀랑 비슷한 천이었다. 그 위에 색색의 실로 수를 놓으면, 천 위에서 꽃이 피고 나비가 날았다. 천 위에 있는 점선을 쫓아 색색의 바느질이 시작되면, 어느새 천은 천국처럼 화사하게 달라졌다. 나는 우리 집이 딱 이것만 부업으로 했으면 했다. 풀로 봉투 입구를 붙이거나 고무로 된 신발 깔창을 가위로 오리는 것보다 멋져 보였다.

미아리에서 부업을 하지 않는 집은 없었다. 마늘을 까서 삼양라면 공장에 납품하거나, 이불 껍데기에 반짝이를 붙이거나, 인형 눈알을 붙이거나, 나무젓가락에 비닐을 씌우거나 뭐든지 하나씩은 했다. 그렇게 해서 버는 돈은 무지막지하게 적어서, 지금의 스리랑카나 방글라데시의 옷 공장 직원들처럼 돈을 받을수록 마음이 더 가난해졌다. 기묘한 돈벌이였다. 어머니는 비닐봉지를 들고, 아주머니에게 천 원짜리 지폐 한 장을 쥐여 주셨다. 아주머니는 안 받으려고 하셨고, 어머니는 아주머니 몸빼 주머니에 꾸깃 넣으셨다.

조용해지나 싶던 개가 다시 맹렬히 짖어댔고, 주인집 안방에서 고등학생쯤 돼 보이는 형이 나와 신발 한쪽을 개집 쪽으로 던졌다. 개가 개집 안으로 몸을 숨기는 동안, 아주머니는 가래침을 한 번 카악 뱉어 내시고, 쩌벅쩌벅 마당을 가로질러 문을 여셨다.

개가 개집에서 나올까 봐 조마조마했다. 초롱이와 교미를 했던 네 마리 수컷이 있었다. 더 되겠지만 내가 알고 있는 건 네 마리였다. 기억이 맞다면 그 수컷 중 하나였다. 치와와와 비슷한 얼굴에 몸통만 두세 배 커진 듯한 갈색 잡종이었다. 초롱이와 어울리는 개들은, 모두 개새끼였다. 눈치도 없고, 하나같이 못생겼다. 주인한테 신발 팔매나 당하는, 앞산에 보신탕감으로 끌려가야 마땅한 잡종들이, 초롱이의 무리였다. 신발에 정통으로 맞았어야지. 코끝에 정통으로 맞아 끙끙끙 울부짖는 꼴을 보고 싶었다. 어머니가 두 번 정도 뒤돌아보았고, 아주머니는 한쪽 손을 몇 번 흔드셨다. 그리고 한 달 후쯤 아주머니가 돌아가셨다.

오메, 짠한 년.

어머니는 비닐봉지에 있는 천 하나를 펼쳐 보고 계셨다. 아주머니 장례식에 다녀온 날이었다.

이게 다 나비네, 다 나비여.

아주머니에게 전해 받았던 천 더미였다. 아주머니가 끝낸 것이 몇 장이나 되는지 세 보시던 어머니는 그중 이상한 걸 발견해 내셨다. 하얀 천 조각에 있어야 할 나비는 원래 한 마리였다. 나비 한 마리, 나무 한 그루, 꽃송이 다섯 개를 수놓으면 끝나는 거였다. 그런데 천 하나가 모두 나비였다. 크고 작은 나비들이 천 조각 위에서 날고 있었다. 날개를 활짝 폈는데, 두 팔을 활짝 벌린 것처럼 가로로 길었다. 크기가 제각각이었는데, 어머니가 수놓던 나비와 완전히 달랐다. 그냥 재미로 해 보신 거겠지. 일관성도 없고, 예쁘지도 않았다.

아프지 말고, 이젠 날아댕겨. 이 짠한 년아!

어머니는 헝겊을 반듯하게 접으셨다. 그리고는 부엌 연탄불에 집어넣으셨다. 아까운 나비를 뭐하러 태우시는 걸까? 하나씩 오려서 코딱지가 묻은 벽지 여기저기에 붙여만 놔도 방이 근사해질 텐데 말이다. 검은 연기가 솟구쳐 올랐다. 불이라도 옮길까 봐 조마조마했다. 어머니는 콜록거리시며 헝겊을 뒤집으셨다. 나비들이 변변한 저항 없이, 사라져 가고 있었다. 그깟 나비가 뭐라고, 나비가 아주머니라는 건가?

나는 아주머니의 죽음을 의심했다. 의심했다기보다는 실감할 수 없었다. 원래도 한 달에 한두 번 마주칠까 말까 한 아주머니였다. 당장 안 보인다고 해서, 죽음이라는, 저승사자와 귀신, 천사와 악마들이 공존하는 세상에 아주머니가 계신다는 걸 믿을 수가 없었다. 누군가 죽었다는 걸 안다고 해서, 사라졌다는 걸 받아들인다고 해서, 달라지는 것도 없었다. 삼촌이 돌아가셨을 때도, 일주일 정도만 섬뜩했다. 뒷간에 오래 있으면 삼촌이 보일까 봐 안절부절못했다. 일주일만 그랬다. 아주머니의 죽음은 이삼일이면 잊힐 것이다.

그것 말고도 신경 쓸 일이 많았다. 언제쯤 상을 받을지, 이은하의 '아리송해'를 어떻게 하면 제대로 부를 수 있을지, 사장이 되었을 때 자가용으로 시내버스가 포니보다 괜찮지 않을지, 부라보콘을 투게더에 통에 담는다면 불티나게 팔릴 텐데 왜 그렇게 안 하는지, 그리고 카톤팩*이 과연 입안에 들어갈지 등을 생각하는데도 머리가 터질 지경이었다.

사장이 된 이후의 내 삶을 상상하는 건 이래도 되나 싶을 정도로

---

* 　　주스나 우유 등을 담을 수 있는 종이로 만든 포장 용기.

재밌었다. 하루가 짧았고, 땅거미가 지고, TV가 시작되는 시간에
도 쓰레기통 옆을 떠날 수가 없었다. 사장이 된 내가 어머니와 미도
파 백화점 에스컬레이터를 탄다. 식품 매장에 내려가 고기만두를
포장해서 들고 간다. 내 상상의 정점엔 미도파 백화점과 김포공항,
그리고 에스컬레이터가 있었다. 성공한 사람만이 백화점에서 만
두를 사고, 공항에서 에스컬레이터를 탈 수 있음을 난 알고 있었다.

상상이 구체화될수록 당장 어른이 되지 못하는 내가 답답했다.
어른이 되기 전에 북한이 적화통일을 하면 어찌 될까? 채찍을 든
공산군 감시 아래 아오지 탄광에서 석탄을 캘지도 모른다. 박정희
대통령, 육영수 여사님도 총에 맞아 돌아가셨다. 미래를 태평하게
기다리기엔 세상이 너무 불안했다. 땅굴로 북괴군이 미아리까지
쳐들어오면 사장의 꿈은 물거품이 되어 버리는 것이다.

문득 이런 생각이 들었다. 혹시 나는 내가 생각한 것보다 더 어른
이 아닐까? 할 수 있는 게 더 많지 않을까란 생각을 했다. 그리고 눈
앞에 서울우유 카톤팩을 의미를 두고 바라봤다. 180ml 우유가 들
어가는 저 우유갑, 카톤팩이 과연 내 입에 들어갈까? 병 우유가 사
라지고 등장한, 우유를 맛없게 하는 종이 상자. 저 우유 상자가 입
안에 들어간다면 나는 적어도 어린아이가 아니라는 생각을 하게
됐다. 내 입이 저 정도로 크다면 답답함은 한결 덜해질 것이다. 입
을 벌렸다. 빈 우유갑을 입으로 가져갔다. 들어갔다. 거의 들어갔
다. 이에 우유갑의 양면이 닿으면 된다.

쩍!

아래턱이 툭, 절벽으로 툭 떨어지는 기분이었다. 내 의식과 상관없는 곳에 아래턱이 있었다. 숨도 쉴 수 있고, 눈동자도 돌아가는데, 아래턱은 올라올 생각을 안 했다. 옆에선 아버지가 주무시고 계셨고, 어머니는 가게 의자에 앉아 계셨다. 턱이 빠졌다는 게 이런 거구나. 아래턱만 생명을 잃었다. 후회, 짜증, 자괴감 이런 단어들은 몰랐지만, 온몸으로 깨닫는 중이었고, 그 아이가 아이의 어머니 등에 엎어져서 등장한 때이기도 했다.

병원요. 병원 좀요.

피아노 아주머니였다. 머리를 스카프로 질끈 맨, 여대생처럼 보이는 아주머니 등에는 그 아이가 업혀 있었다.

애가 아파요.

아주머니 목소리가 줄톱처럼 울렸다. 자세히 듣지 않는다면 그냥 웅-이었다. 코 안쪽 후미진 곳에서 줄톱을 튕길 때 나는 소리가 났다. 아버지는 벌떡 일어나셨고, 나는 주먹으로 아래턱을 힘차게 올려쳤다. 아래턱을 빼놓았다며 아버지에게 빰을 맞을 게 두려워 나는 턱을 후려쳤다. 기적처럼 아귀가 딱 맞게 합체가 되었고, 여덟 살 인생, 최대의 위기는 싱겁게 해결되었다.

아버지는 피아노 집 딸내미를 업으셨다. 나에게 공책을 안겨 주었던, 언제나 백 점을 맞고, 선생님을 흐물흐물 웃게 만들던 아이였다. 내 눈을 피했던 아이이기도 했다. 이웃이나 친구 일에는 조건반사적으로 반응하는 아버지셨다. 이웃에게 자비로운 아버지는 아이를 업고 택시를 부르셨다.

웅----

괴상한 소리였다. 아이의 어머니는 웅-, 업소용 냉장고처럼 우셨다. 마침 지나치는 택시가 없어서 아이의 어머니가 어딘가로 한참을 뛰셨고, 그러는 동안 아버지는 등을 움직이며 아이를 흔드셨다. 등짝에 있는 아이의 종아리가 눈에 들어왔다. 아이는 업혀 있는 게 아니라 서 있는 것 같았다. 업히면 자연스럽게 몸이 구부려져야 하는데, 지우개처럼 뻣뻣했다. 팔과 다리, 얼굴은 무처럼 하얘서, 나에게 숙제장을 준 아이가 아닌 것 같았다. 아이를 닮은 인형이거나 물체 주머니에 담긴 쇳조각이나, 나뭇조각이었다. 입에서는 계속 침이 흘러나왔고, 소독약 냄새 같은 게 징그럽게 풍겨왔다. 죽은 아이였다. 암에 걸린 아주머니를 보면서 보이지 않던 죽음이, 이 아이에게서는 보였다. 이미 죽은 채 왔으니, 죽음이 보였다. 단순하고 분명했다.

나는 그 아이의 죽음을 확신했다. 나는 그저 입을 벌렸다 닫았다

했다. 전혀 움직이지 않던 턱이 이렇게 완벽하게 회복되다니, 신기하고 고마웠다. 내 턱은 살았고, 아이는 죽었다. 피아노 아주머니가 아무리 웅-하고, 택시가 아이를 태우고 신속히 병원에 간다고 해도, 껍질 속을 채울 뭔가가 되돌아올 리 없을 것이다. 그 아이는 껍데기였다. 인간을 닮은 껍데기만 마른행주처럼 털털거렸다. 아이의 바지는 오줌으로 흥건했다.

미아리에서 죽음은 흔하고 왕성했다. 죽음을 찬찬히 관찰하는 내가 꽤나 자랑스러웠다. 어른이 되어가고 있는 증거였다. 딱딱딱, 윗니 아랫니가 부닥치면서 딱딱딱 소리가 났다. 내 턱이 내 것이 되었다. 딱딱딱.

#52

아버지는 우유 배달을 그만두고 사업을 시작하
셨다.

우리 형제에겐 반가운 소식이었다. 아버지의 직업은 우리에겐
골치였다. 우리 집이 무엇으로 먹고사는지는, 어떤 운동화를 신는
가나, 어떤 필통을 가지고 있느냐보다 열 배는 더 중요했다. 가게를
한다는 것도 창피했다. 담임선생님이 뭔가를 사러 오실까 봐 늘 조
마조마했다. 우리 반 아이들이 뭔가를 사러 오는 경우도 더러 있어
서 나는 될 수 있으면 방구석에 깊이 숨어야 했다. 신문지를 대로변
에 놓고 똥을 눈 아이가 나였다. 그걸 본 아이들이 우리 반에도 있
을 것이다. 복숭아처럼 갈라진 엉덩이로 어미 살모사를 쑥쑥 뽑아

내던 나를 기억해 내고, 온 학교에 소문을 전하고, 거짓과 과장을
더할 것이다. 너였냐?란 말만 들어도, 주눅병에 걸려 음지로 숨을
것이고, 너였구나란 말에 입양을 소망하며, 자퇴를 꿈꿀 것이다.

　나는 철저히 나를 숨겼다. 방에 있을 때는 외부에서 절대 보이지
않는 구석 쪽에 있었고, 누군가가 안쪽으로 깊숙이 들어올 때를 대
비해서 고개는 늘 바닥 쪽을 향했다. 내 노력이 헛되지 않아서 누구
도 나를 구멍가게 아들이라고 수군거리지 않았다.

　구멍가게 아들은 우유 배달부 아들로서의 신분도 감춰야 했다.
폭설이 내리면 온 가족이 새벽에 일어나야 했다. 길이 얼면 자전거
로 우유 배달이 불가능했다. 그래서 자전거 대신 리어카를 써야 했
다. 리어카를 쓰는 날은 우리 형제도 새벽 네 시에 일어나야 했다.
새벽녘 미아리의 리어카는 네 명을 원했다. 우유를 가득 싣고, 경사
가 급한 빙판길을 오르는 건 그만큼 위험했다. 털모자와 털장갑에
마스크를 쓰고, 리어카를 밀었다. 동상을 막기 위해 발엔 바셀린을
바르고, 비닐을 덧씌웠다. 걸을 때마다 바스락바스락, 발바닥이 거
추장스러웠다. 발이 젖진 않았지만, 눈이 신발 속으로 들어와 비닐
바깥에서 녹고, 차가워졌다. 그게 발가락을 힘 있게 조이면 깨질 듯
시렸다.

　어린아이가 리어카를 밀어 봤자 무슨 큰 도움이 된다고 이리 못
살게 구시는 것일까? 나는 부모님의 입장을 이해하고 싶지 않았다.
형까지만 나서도 되는 일이었다. 그게 합리적이었다. 모든 특혜가
형에게 갔으니, 나에게도 한두 가지 특혜쯤은 있었으면 했다. 졸음

과 추위에 나는 미는 둥 마는 둥 했다. 대한민국 73년생 중 새벽에 리어카를 미는 아이가 나 말고도 한 명 정도나 더 있을까? 혹 있다면 그 애를 만나 우리가 얼마나 억울하고 기구한지에 대해 실컷 떠들고 싶었다.

육체적 괴로움보다 친구들이 알아보는 게 훨씬 더 두려웠다. 마스크에 모자를 쓰고도 모자라 고개를 숙였다. 익숙해지면 처음의 불만이 약해지기 마련인데, 새벽 배달은 그렇지 않았다. 억울하고, 창피했다. 힘들고 졸렸다. 온 가족이 배달을 하는 꼴을 들켜 버린다면 형과 나는 가출할 것이다. 우린 진지했다. 유통 기간이 지난 우유를 배불리 마실 수 있었지만, 그깟 우유 안 마시면 그만이었다. 서울우유 열 개라도, 빙그레 바나나 우유 하나만 못했다. 눈이 온 날, 그것도 배달이 많을 때만 몇 번 불려 갔을 뿐인데도 그 지긋지긋함은 컸다. 겨울밤 눈이 내리면, 눈의 사북사북 무게가 가슴을 지그시 눌렀다. 눈싸움과 눈사람으로 설레야 할 나이에 눈의 저주가 뽀득뽀득 꼬집고 할퀴었다. 겨울이 싫은 건 전적으로 우유 배달 때문이었다.

배달 심부름도 끔찍했다. 업소 중 한낮에 문을 여는 곳은 가끔 형이나 내가 가야 했다. 미아리에서 제일 큰 롤러스케이트장도 주요 거래처 중 하나였다. 유명한 아역 탤런트 아버지가 한다는 롤러스케이트장이었다. 미아리 73년생이라면 누구라도 가고 싶어 했지만, 우린 너무 어렸고 돈도 없었다. 음악 소리와 삐딱하고 경솔한 조명이 한창인 롤러스케이트장으로 들어섰을 때, 난 갈 길을 잃은

문어처럼 있지도 않은 빨판만 꼼지락거렸다. 그 폭력적인 화려함에 기가 죽어서, 입을 벌리고 멍청해져야 했다. 반듯한 바닥을 바퀴 달린 신발로 백조처럼, 연꽃처럼 떠다니는 저 아이들은 김민재 아동복에, 매일 도미표 소시지를 먹는 아이들일 것이다. 영훈 국민학교를 다니고, 소머리표 마가린이 아닌 슬라이스 치즈에 밥을 비며 먹는 아이들일 것이다.

우유 가져왔어요라고 했다. 롤러스케이트장 한 편의 냉장고로 안내되었고, 우유를 차곡차곡 넣어야 했다. 쿵쾅거리는 음악은 사나웠고, 롤러스케이트를 굴리는 이들은 헛된 꿈처럼 나른해 보였다. 나는 두려웠다. 낯선 환락이 두려웠고, 누군가가 꺼지라고 할까 봐 두려웠고, 나를 아는 사람이 있을까 봐 두려웠다. 까만색 천 주머니에 있는 우유들은 늙은 코끼리의 상아처럼 불결해 보였다. 우유를 넣는 시간은 길었고, 통과해야 할 난처한 시험이었다.

롤러스케이트장 배달을 안 하기 위해서 형과 나는 아프리카물소처럼 싸웠고, 나는 한 번도 이긴 적이 없었다. 형이 밉기보다는 아버지가 원망스러웠고, 빙그레나 매일우유가 아닌 서울우유를 원하는 롤러스케이트장 사장이 미웠다. 롤러스케이트를 타면서 굳이 우유까지 마셔야 하는 미아리 귀족들도 저주했다. 작은 몽둥이로 열 대 정도 두들겨 맞은 듯한 느낌을 지참하고, 나는 롤러스케이트장을 도망쳐야 했다.

자전거로 배달을 가다가 넘어진 적이 있었다. 우유가 쏟아지고 터졌다. 8차선 도로에서였다. 앞뒤로 차들이 멈춘 채 착한 운전자들이 안 터진 우유를 자전거에 실어 주었다. 상황을 모르는 뒤의 차, 뒤의 뒤의 차들이 빵빵거리기 전까지 운전자들은 경건한 표정으로 나의 작은 사고를 덮어 주려 애썼다.

아이가 넘어졌어요. 아이가 넘어졌다니까요. 사고라고요. 어떤 어른은 경적을 올리는 차들을 향해 맞고함을 쳤다. 사고는 무슨…. 도와주는 그 누구도 고맙지 않았다. 그들은 나보다 더 애처로운 표정으로, 빨리 꺼지고 싶기만 한 내 기운을 쏙 빼났다. 무릎은 까졌지만, 피도 제법 났지만, 나는 어떻게든 우유를 빨리 담기 위해 애썼다.

우유 배달은 이런저런 이야기를 남겼지만, 앞으로 더 이상 우릴 괴롭히지 않는다면 웃으며 추억할 것이다. 아버지의 결정에 박수를 쳐주고픈 마음뿐이었다.

아버지는 신도림동에 자동차 부품 공장을 차리셨다. 국민학교 동창과 동업이었다. 개업식 날 형과 나는 신도림동이란 곳엘 처음 가 보았다. 황무지에 핀 독버섯처럼 독기가 가득한 창고들이 여기저기였다. 공장이라고도 했고, 회사라고도 했다. 그중 조금 더 초라해 보이는 창고가 아버지의 공장이었다. 돼지머리 주둥이에 지폐를 넣고, 모인 사람들이 차례로 절을 했다. 아버지를 포함해 총 네명이 있는 공장이었다. 곧 현대 자동차에 부품을 납품할 수 있을 거라고 했다. 돈 같은 거야 못 벌어도 되었지만, 아버지는 돈까지 벌어다 주실 모양이었다. 어머니는 커다란 양동이에 담아온 육개장을 쇠그릇에 담아 직원, 친척, 서울우유 조합원 아저씨들에게 돌리셨다.

우리가 조른 것도 아닌데 아버지는 천 원짜리를 꺼내 짜장면을 먹고 오라고 하셨다. 육개장도 괜찮았지만, 역시 짜장면만 한 게 없었다. 사장님의 아들이니까 천 원도 만져 볼 수 있는 거였다. 회사 이름은 삼승 기업이었다. 이름도 삼성 비슷했다. 재벌 집 아들로 입양되는 소원을 부모님 몰래 가지고 있었지만, 우리 집이 재벌이면 그런 소원은 불필요해진다. 망해도 상관없었다. 망한 회사도 사장님은 필요할 것이다. 선생님이 아버지의 직업을 물으면 사장님이라고 하면 된다. 회사가 망했는지까지 묻는 선생님은 없을 것이다. 망했지만, 망한 회사의 사장님이기만 하면 우리 형제는 마른 사막의 모래알로 수제비를 해 먹어도 짜장면을 그리워하지 않을 것이다.

#53

1981년 1월 1일이었다. 내가 2학년이 되는 해였다. 1980년은 성공적이었다. 선생님은 겨울 방학 때 생활통지표를 나눠 주셨다. 봄방학 때 받아야 할 통지표였다. 선생님 가족은 미국으로 이민을 간다고 했다. 봄에 우리를 볼 수 없는 선생님은 통지표와 함께 작별을 고하셨다. 미국이라니. 거지도 햄버거를 먹는 미국이라니. 선생님의 아들딸이 부러웠다. 선생님은 가장 다정한 얼굴로 아이들에게 생활통지표를 나눠 주셨다. 미가 두 개 있었지만, 나머지는 수였다. 음악과 미술만 미였다.

어머니는 놀라셨다. 기뻐하셨다. 꽃 그림에 스티커를 가득 채워 상도 받았다. 어머니는 바나나 대신 목련표 밀가루 떡으로 떡볶이를 해 주셨다. 바나나만큼은 아니어도 즐거웠다. 보통은 어머니가 해 주시는 음식을 세상에서 가장 맛있다고들 하지만, 나는 아니었다. 남의 집에서 먹는 김치와 장조림이 훨씬 맛있었다. 아무리 맛있어도 매일 먹을 수 없다는 걸 알기에 드러내 놓고 환장하지 않았을 뿐이다. 하지만 떡볶이는 집에서 먹는 게 더 좋았다. 어묵(미아리 사람들은 덴뿌라라고 불렀다)을 듬뿍 넣어서, 어묵이 떡보다 많은 꿈의 떡볶이를 먹을 수 있었다. 프라이팬 가득 꼬물거리는 어묵을 먹는 건 바나나만큼이나 좋았고, 내 노력의 결과라 더욱 뿌듯했다.

이제 곧 2학년이 된다. 2학년이 되다니. 그 덩치 크고 포악해 보이는 2학년이 된다는 건, 더 덩치가 크고, 염치없는 71년생의 3학년도 될 수 있음을 의미했다. 기적은 가까운 곳에서 아무렇지도 않게 하나씩 이뤄지고 있었다.

1월 1일은 MBC 10대 가요제를 본 다음 날 정도였다. 조용필이 가수왕이 되었다. '창밖의 여자'가 조용필을 가수왕으로 만들었다. '누가 사랑을 아름답다 했는가'를 여러 번 반복했는데, 이쯤이면 끝내겠지란 기대를 번번이 무너뜨리면서 '누가 사랑이 아름답다 했냐'며 따졌다. 미아리에선 아무도 사랑이 아름답다고 하지 않았다. 혐의 없는 미아리 사람들이 왜 저런 추궁을 들어 줘야 하는가 말이다. 예의가 없는 노래였다. 그렇게 느리고, 축 처지는 노래로 어떻게 혜은이를 누를 수 있었을까? '쨍하고 해 뜰 날'의 송대관이 미국에서 돌아오지 않는다면 한국 가요계는 춤도 흥도 없는 나락으로 떨어질 것이다.

조용필이 가수왕을 차지했다는 건, 생각이 많은 나를 괴롭게 했다. 소련, 중국, 북한이 호시탐탐 자유민주주의를 위협하고 있었다. 공룡의 부활이나, 다른 별과의 충돌 같은 허무맹랑한 가설도, 허무맹랑하게 여겨지지 않았다. 상상은 즐거운 미래도 보여 주었지만, 그 미래가 파괴되는 것도 가능하게 했다. 조용필은 너무 실험적이고 파격적이었다. 지나치게 선동적이었다. 내가 사장이 될 때까지, 파격은 없었으면 했다. 변화가 없어야, 내 미래가 보장될 것이다. 어떻게 저렇게 말도 안 되는 노래를 저 많은 사람들이 좋아할 수 있을까?

1월 1일은 우리 집에선 새 달력의 첫 장이 시작되는 때일 뿐이었다. 세뱃돈도 없고, 떡국도 없는 심심한 날이었다. 미아리에서 1월 1일 신정을 쇠는 집은 많지 않았다. 어머니는 오뚜기 카레에 돼지고기를 넣고 카레를 끓이셨다. 당근을 골라내다가 어머니한테 등짝 한 대를 후려 맞은 나는 당근을 한데 모아 한 번에 삼킬 참이었다. 당근이 맛있어? 아니면 예뻐? 이 흉측한 채소가 카레 맛을 망쳐 놓는다는 걸 .왜 어머니는 모른 척하시는 걸까? 조용필한테 가수왕을 뺏긴 혜은이의 큰 눈동자까지 떠올라, 눈물이 뚝뚝 떨어질 참이었다.

천장에서 고양이가 떨어진 건 그때였다. 어미 고양이었다. 고양이 등짝으로 남은 먼지가 내려앉았다. 천장에서 고양이가 떨어지다니. 수박만 한 천장의 구멍은 약간 더 커져 있었다.

문 닫아!

어머니는 방문부터 닫으라고 하셨다. 언제라도 들이닥치는 손님 때문에 방문은 늘 열려 있어야 했다.

이것도 사려면 돈잉께!

중국집에서 배달시켜 먹은 짬뽕에서 파리가 나왔을 때, 어머니는 화를 삭이시며 딸려온 식초와 고춧가루를 우리 집 양념 그릇에 담으셨다. 어머니 방식의 응징이었다. 짬뽕 국물까지 다 드셔 놓고 왜 화를 내시는 걸까? 어머니의 사유는 돈과 직결되어 있었는데, 그게 현상을 분명하게 이해하는데 큰 도움이 됐다. 두 발로 걷고, 문자와 바퀴를 사용하는 진화된 생명체들의 식사 시간에 고양이가 떨어졌지만, 어머니는 두 발로 걷기 전의 영장류처럼 정체불명의 고양이와 공생을 결심하셨다. 고양이는 장롱 위로 올라가, 야옹 야옹 입을 짝짝 벌렸다. 어머니는 빈 캔 꽁치 통에 카레를 담아 장롱 위에 놓으셨다. 고양이는 카레엔 입도 대지 않았다. 나도, 형도, 고양이도 비슷한 눈빛으로 서로를 쳐다보았다.

다음날 어머니는 시장에서 생선 대가리를 얻어다 끓이셨다. 캔 깡통에 담아 이번에는 방바닥에 놓으셨다. 방엔 나뿐이었다. 나는 엎드려 작년 달력 뒷장에 뭔가를 끼적이고 있었다. 고양이가 바닥으로 내려왔다. 심장이 쿵쾅거렸다. 고개를 돌렸다. 생선 대가리를 조금 핥다가 나와 눈이 마주쳤다. 다시 장롱 위로 올라갔다. 고양이는 장롱에서 아래쪽을 보다가 몸을 말고 눈을 감았다. 쥐새끼가 떨어지더니, 고양이까지 떨어졌다. 이토록 멍청한 고양이가 다 있다니. 이렇게 어수선한 집이 다 있다니. 모든 집의 천장을 다 구경하진 못했지만, 아프리카에서 전세를 살고 있는 그 어떤 집보다도 우리 집이 동물원에 가까울 것이다. 더 자연 친화적이고, 엉망진창일 것이다.

고양이가 다시 바닥으로 내려왔다. 문도 열려 있었다. 어머니도 이젠 가거나 말거나셨다. 쥐를 처치해 주길 바랐지만, 억지로 잡아둘 만큼은 아니었다. 까맣고, 하얀 얼룩이 점점 박힌 어디서나 볼 수 있는 고양이었다. 고양이가 엎드려 있는 내 발바닥을 앞발로 툭툭 쳤다. 종아리에 자기 등을 쓱쓱 밀더니 허리로 올라왔다. 무게가 거의 느껴지지 않는 조심성으로 지그시 턱을 놓았다. 내 등에 몸을 웅크린 것이다. 어디서나 볼 수 있는 고양이지만, 어디서도 볼 수 없는 접근이었다.

이 고양이는 나를 알고 있다. 천장에서 떨어진 게 아니라, 나를 찾아온 것이다. 천장 구멍이 아니었어도, 왔을 것이다. 내 등에 웅크렸을 것이다. 구질구질하게 눈치 보지 않고, 내 등에 올라 내 마음을 꿰찼다. 시도 때도 없이 으르렁거리는 초롱이는 흉내도 낼 수 없는 행동이었다. 개새끼에겐 없는 무언가가 있었다. 고양이에게 새끼란 단어를 이어 붙인다 해도, '고양이'의 당당함에 묻혀 '새끼'가 고양이처럼 우아하게 들렸다.

고양이, 고양이. 내 등을 타고, 나를 믿어 준 고양이. 발휘할 수 있는 모든 신중함으로 등을 흔들었다. 웅크린 몸을 세운 고양이는 나

를 바라보았다. 야옹 했다. 그러지 말라는 거였다. 그리고 귀찮다는
듯이 다시 장롱으로 올라갔다. 재빨리 생선 대가리 깡통을 손으로
들었다.

내려와, 내려와.

배고플 거야. 배고프지만 티 내는 거 싫지? 그래서 내가 먼저 조를
게. 고양이는 툭툭, 앞발로 장롱 꼭대기 모서리를 몇 대 때렸다. 그
리고 내려왔다. 나도 고양이도 서로의 마음을 정확히 해독했다. 고
양이는 생선 대가리 하나를 물더니, 펠리컨처럼 고개를 약간 위로
올렸다. 그리고 생선을 주둥이 안으로 툭툭 밀었다. 몇 번 씹는 것
같지도 않았는데 목구멍이 꿀럭거렸다. 그리고 나를 바라보았다.

연결.

연결되었다. 고양이는 방 가운데서 고개를 학처럼 내밀고는 허
공을 바라보았다. 생선 대가리 하나를 더 꿀럭했다. 조급함이 보이
지 않았다. 자기 걸 챙기는 건 일상이고, 건전한 상식이다. 욕심 없
이, 칭얼거림 없이 생선 대가리를 모두 삼키고, 나를 보았다. 개새
끼에게는 없는 기품이었다.

쉿쉿.

손으로 나가라는 시늉을 했다. 열린 미닫이문을 좀 더 열어젖혔다.

나가, 나가!

작은 실험이었다. 돌아올 걸 확신했다. 확신의 증거로 자유를 주었다. 고양이는 나갔고, 어머니는 고양이에 대해 묻지 않으셨다. 어차피 어른이 될 때까지, 나는 홀로 커야 할 것이다. 사장이 될 때까지는 철저히 외톨이일 것이다. 고양이는 나를 위한 선물임이 분명했다. 홀로 지내는 건 두렵지 않지만, 혼잣말을 하는 건 가끔 지루했다. 나의 상상을, 나의 우울을 함께할 친구로, 나는 고양이를 기대하겠다.

밤이 되고, 나는 잠들지 못했다. 올 거야. 올 거야. 불안해서가 아니었다. 방문을 열고 고양이를 맞이하기 위해서였다. 굉장히 즐거운 기다림이었다. 확신에 찬 기다림은 아무런 상처도 없이, 한겨울 온기마냥 온순하고 지긋했다. 한 번의 환청도 없었다. 올 때까지 정확히 눈을 감았고, 눈을 떴다. 고양이는 앞발로 방문을 긁고 있었다. 고양이처럼 우아해 보이기 위해서, 나는 고양이를 상상하며 발뒤꿈치를 살짝 들었다. 그리고 문을 열었다. 부엌의 냉기보다 더 차가운 고양이가 내 종아리를 쓸며 들어왔다.

야옹!

피곤한 하루였어. 고양이는 나를 보며 그렇게 말했다. 나무늘보처럼 장롱 꼭대기로 꾸역꾸역 올라갔다. 믿기만 하면 되는 거였다. 확신은 우리를 연결시키고, 확신은 우리를 같이 있게 했다.

한 번만 내려와. 내 손에 닿는 곳에 와 봐. 나는 '연결'을 더 확인하고 싶었다. 내려오라고 손짓했다. 고양이는 야옹 했다. 그러지 말라고 했다. 피곤하다고 했잖아. 딱 한 번 야옹 하고, 고양이는 몸을 웅크렸다. 많이 피곤한 모양이었다. 똥이 약간 마려웠다. 고양이와 한 번 더 눈이 마주치면 정말 똥이 나올 것 같아서 눈을 꼭 감았다. 웃음이 살랑살랑, 고양이 털처럼 간질간질, 삐져나왔다.

#54

대갈통이 커서, 대갈통을 쓰는 건 잘할 거여.

 큰어머니는 내 머리를 쓰다듬으셨다. 큰집에서 큰어머니는 가장 무섭고, 권위가 있는 분이셨다. 구정 전날이었다. 큰어머니는 내 통지표를 보면서 웃으셨다. 사촌 형들처럼 전 과목이 수는 아니었지만, 내 대갈통 크기에 가산점을 주신 듯했다. 머리통이 크다는 건 어른들의 지적으로 알았다. 떡판이나 넙죽이라고도 했다. 얼굴이 납작하단 뜻이었다. 나처럼 생기면 떡판이나 넙죽이란 소리를 듣는 거였다. 그래도 막연했는데, 공부를 가장 잘하는 상진이 형이 명확하게 가르쳐 주었다.

젖은 오징어는 통통한데, 마른오징어는 책받침같이 생겼잖아. 보통 사람은 젖은 오징어, 너는 마른오징어. 넌 물 좀 많이 마셔. 안 그러면 진짜 책받침처럼 얇아질 거야.

거울을 보면 탁구 채나 배드민턴 라켓 같은 얼굴이 아슬아슬하게 달려 있었다. 목은 가늘고, 얼굴은 프라이팬처럼 동그랗고 납작했다. 눈코입이 눌린 생명체가 거울 속에서 조금이라도 괜찮아 보이려고 눈을 크게 뜨고 있었다. 뇌도 납작할 텐데, 그래도 열심히 움직여서인지 미가 고작 두 개뿐인 통지표를 받아냈다. 그리고 큰어머니에게도 인정받았다. 거기다 진짜 설날이었다. 어린이날엔 없는 수많은 어른들의 5백 원, 천 원이 내 주머니를 불룩이게 하는 날이었고, 떡국 속의 부드러운 쇠고기를 우물거릴 수 있는 날이었다. 떡국 위의 계란 지단은 우리 집에선 흉내도 낼 수 없는 솜씨고, 화려함이었다. 계란 지단은 분명 큰어머니가 부치셨을 것이다. 갈치를 구운 프라이팬을 신문지로 닦고, 계란 프라이를 해 주시던 어머니가 그렇게 예쁜 지단을 만드셨을 리 없다. 색색의 산적과 동그랑땡, 푸른 고추에 고기를 가득 채운 고추전을 배불리 먹을 수 있는 설날은 전날, 전전날부터 잠이 안 올 만큼 설레는 날이었다.

큰어머니는 무서운 분이셨다. 나에겐 어른이나 다름없는 사촌 형들도 큰어머니 한 마디에 움직이거나 움직이지 않았다. 큰어머니 한 마디면 사촌들이 모두 걸레 하나씩 들고 마루를 닦아야 했다. 큰어머니가 정해준 1m 정도의 폭을 책임지고 깨끗하게 해 놔야

했다. 쉽고 하찮은 거지만, 사촌들 사이에서 나도 걸레 하나를 들고
있다는 것만으로 좋았다.

엄마, 물!

거실 걸레질을 끝내고 나는 어머니를 찾았다. 어머니는 부엌 싱
크대에 큰어머니와 등을 보이고 서 계셨다. 어머니가 돌아서셨는
데, 울고 계셨다. 어머니는 흔들리는 어깨를 추스르지 못하고, 싱크
대 옆의 보리차를 내게 건네셨다. 내가 맥주를 최초로 마신 날이었
다. 어머니가 눈물을 뚝뚝 흘리셔서 아무 말도 못 하고 꿀떡꿀떡 김
빠진 맥주를 보리차처럼 들이켰다.
　어머니는 큰집에 갈 때마다 그렇게 우셨다. 어머니는 외삼촌의
등록금을 아버지 몰래 대 주셨고, 단칸방에 이모들을 재우셨다. 할
머니와 큰어머니에게 어머니는 아버지가 힘들게 번 돈을 친정 식
구에게 빼돌리는 주범이었다. 마늘을 깔 때도, 전을 부칠 때도, 설
거지를 할 때도 어머니의 한쪽 어깨는 기울어져 있었고, 모래사장
의 두꺼비집처럼 위태로워 보였다.
　어머니에겐 눈물을 쏙 빼야 하는 큰집이었지만, 형과 나에겐 놀
이 공원이었다. 큰집은 양옥집이었다. 이층집이었다. 같은 미아리
였지만 큰집은 번동 가는 길목의 부촌에 있었다. 심지어 큰집의 옆
집은 수영장까지 있는 저택이었다. 평생 수영장 딸린 집을 두 번 봤
다. 한 번은 미아리 큰집 옆집이었고, 한 번은 형의 친구, 페르난도

별장이었다.

초인종을 누르면 스피커로 누구세요라는 목소리가 들렸고, 잠자리 백 마리가 날개를 비벼대는 듯한 삐이이 소리가 났다. 열려라 참깨, 파란색 깨끗한 철문이 열리고 아줌마 중에서 가장 예쁜 큰어머니와 아역 탤런트만큼 예쁜 사촌 누나가 활짝 웃으며 현관에서 우릴 맞이했다. 대문과 현관이 따로 있는 집. 마룻바닥은 미끄러질 정도로 반짝였고, 수세식 화장실은 똥냄새가 하나도 안 났다.

명절 전날에 모든 친척이 다 모여, 반가워하고 어울렸다. 장기 자랑도 했다. 사촌 누나는 피아노를 쳤고, 사촌 여동생은 피아노에 맞춰 노래를 불렀다. 둘 다 눈이 크고, 머리는 단정히 묶었다. 너무 예뻤다. 두 손을 자유자재로 움직이며 체르니를 치는 사촌 누나가 자랑스러웠고, 누나만큼 예쁜 사촌 여동생(둘째 큰아버지의 막내딸로 나보다 어린 유일한 사촌이었다)이 나란히 있다는 사실에 안심이 되었다. 형은 우는 표정으로 노래했고, 나도 동요 중 하나를 염소처럼 불렀다. 남자 어른들은 화투를 치셨고, 어머니들은 낮에도 밤에도 전만 부치셨다. 할머니는 미싱으로 드르륵 베개보나 상보를 만드셨다. 미싱 옆에는 청자 담배와 재떨이, 그리고 물잔이 나란히 놓여 있었다. 미싱을 멈추고 담배를 피우시는 할머니는 예술가처럼 고독하고, 멋져 보였다.

특별한 일이 없으면 여자들은 인형 놀이를, 남자들은 화약 놀이를 했다. 사촌 형들은 딱딱, 자극적인 굉음이 나는 화약에 불을 붙여 길바닥에 내던졌다. 사람들이 놀라고, 사촌들은 낄낄거리거나 어딘가로 도망쳤다. 해표 식용유를 끼얹은 고기전의 향이 나를 괴롭히면, 나는 부엌을 서성이다 어머니가 몰래 집어 주는 전을 입에 넣고는 서둘러 부엌을 도망 나왔다. 뜨거운 전이 입천장을 지지면, 그 뜨거움이 너무 좋아서 나는 깡충깡충, 반질반질한 마룻바닥을 뛰어다녔다.

나라고 큰집이 마냥 편한 건 아니었다. 갈 곳이 없었다. 남자 사촌들은 딱 형까지만 허락했다. 나는 너무 어려서 꺼지라고 했다. 또 깍두기가 된 것이다. 떼를 쓰며 놀아달라고 할 엄두가 안 났다. 우리 집은 큰집, 둘째 큰집에 비해 가난하고, 우리 형제 중 누구도 피아노를 치거나 통지표에 올 수를 받지 못했다. 어머니는 큰집의 구박 덩어리였고, 아버지는 막내셨다. 그나마 형이라도 그렇게 어울릴 수 있는 게 다행이라고 생각했다. 왜 나만 따돌리느냐고 따졌다가 오징어처럼 생겨서란 말을 들을까 봐 겁이 나기도 했다. 사촌 누나와 사촌 여동생은 바비 인형의 옷을 입히고 벗겼는데, 내가 그쪽을 얼씬거리면 할머니나 큰어머니가 고추 떨어진다며 황급히 떼어 놓으셨다.

내가 있어야 할 곳은 그래서 옥상이었다. 옥상은 쓸쓸한 피신처였지만, 또 다른 천국을 볼 수 있는 관중석이기도 했다. 그곳에선 수영장이 있는 옆집을 볼 수 있었다. 키 큰 나무와 잔디와 수영장, 큰 집보다 더 큰 삼층집을 볼 수 있었다.

한겨울의 수영장은, 수영장이 아니었다. 죽어 있었다. 물이 없으면 죽는 것이고, 물이 적으면 오징어가 되는 것이다. 피아노 집 딸내미도 수분이 다 빠진 채 아버지 등에서 대롱거렸다. 오줌으로 바지를 흥건히 적시고, 고사리나물처럼 말라 있었다. 수영장은 수영장이었던 흔적만 남긴 채, 그렇게 죽어 있었다. 여름이면 파란 타일이 곱게 깔린 정사각형의 풀장을 천사들이 가로로 세로로 휘젓고 다녔다. 내가 사장이 되어야 할 이유였다. 내가 낳은 아이들이라도, 저렇게 아름다워야 한다. 트고 붉은 볼과 무릎을 가진 나는, 오징어처럼 얼굴이 넓은 나는, 수영장에 몸만 담가도 물이 짭짤해질 게 분명했다.

한복을 입은 여자아이가 수영장 쪽으로 걸어 나왔다. 작년 여름에 수영을 하던 여자 천사였다. 천사는 눈동자가 너무 커서, 계속 커지는 것 같았다. 멀리서도 그 아이의 까만 눈동자가 별처럼 반짝였다. 천사가 갑자기 햇빛에 섞인 나를 빤히 바라보았다. 눈이 마주쳤고, 그게 너무 미안해서 나는 옥상 난간 밑으로 피했다. 다시 보고 싶었지만, 눈도 한 번 더 마주쳤으면 했지만, 그 아이가 갑자기 '엄마'를 찾을 것 같았다. 엄마, 누가 쳐다봐, 소리를 지르고 거실로 다시 숨을 게 분명했다. 납작 엎드려서 내려가야 했다. 옷자락이라도 눈에 띄고 싶지 않았다.

그때 옥상으로 누군가가 올라오고 있었다. 어머니였다. 어머니는 조심조심 머리부터 천천히 정체를 드러냈고, 햇빛이 성가신지 한 손으로 얼굴을 가리셨다. 반가웠다. 매일 보는 어머니지만, 큰집에서는 멀게 느껴졌다. 생각지도 못한 재회였다. 한겨울 날씨인데, 몸이 말랑말랑 뜨거워지고, 졸음이 밀려왔다. 김빠진 맥주가 여덟 살 아이를 달궈 놓았다. 마음만 먹으면 공중돌기를 할 수 있을 것 같단 생각이 들었다. 공중돌기를 해 볼까?

내 강아지, 여기서 뭣허냐잉?

어머니는 크르릉 크르릉 우시느라고 뭣허냐잉을 대충 발음하셨다. 또 한소리 들으셨던 것이다. 내 아들 등골 그만 빼먹고 갈라져라. 할머니가 미싱으로 드르륵 식탁보를 박으시며, 더 이상 그 꼴 못 보겠다 하셨을 것이다. 고개만 수그린 채 잘못했습니다, 어머니는 비셨을 것이다. 화장실을 가시는 척하면서 옥상으로 올라오셨을 것이다.

어머니는 나를 안고 흐느끼셨다. 재주를 넘고 싶었다. 정말 할 수 있을 것 같았다. 재주를 넘게 되면 날 수도 있을 것이다. 알맹이는 가끔씩 날 수 있었지만, 몸뚱이까진 무리였다. 그런데 이 뜨뜻한 기운이라면 뭐든 할 수 있을 것 같았다. 이 옥상에서 날아 풀장을 지나쳐, 산딸기가 많은 시냇가까지 가 보고 싶었다. 가게 문도 잠기고, 방문도 잠긴 집 주위를 어슬렁거릴 고양이도 보고 싶었다. 문을 열어 줘야 하는데…. 고양이가 걱정되었다. 어머니의 눈물이 내 머리카락에 자꾸만 떨어졌다. 눈물이 너무 뜨거웠다. 고양이는 어머니보다 더 춥고, 막막할 거야.

엄마, 울지마아아앙.

맥주에 온몸이 달아오른 나는, 어머니를 안고 울지마아라고 했다. 뜨거운 눈물이 솟구쳤다. 내 눈물은 어머니와 한통속임을 의미했다. 어머니를 돕고 싶었다. 어머니가 외삼촌 학비를 대주고, 이모들을 단칸방에 재운다고 해도, 이해되지 않는 건 아무것도 없었다. 엄마의 몸을 빌려 나온 나는, 어머니처럼 사고할 수밖에 없었다. 그럴 수밖에 없는데, 그게 허락되지 않는 세상, 도루코 면도날처럼 차갑고 날카로운 세상에서 어머니는 베이고 피를 흘리셨다. 어머니는 남은 울음을 주체 못 하고 목으로 흑흑 하셨고, 아이가 되셨다.

피아노 딸내미는 농약을 마셨다고 했다. 이불을 다 뜯으며 몸부림을 쳤다고 했다. 방안엔 이불솜이 뜯겨져 풀풀거렸고, 방바닥은 오줌 천지였다고 했다. 얼마나 아팠을까? 동정이 필요한 사람들은, 서로가 서로를 자주 생각해야 한다. 나는 고양이와 어머니, 그리고 피아노 딸내미, 그리고 딸내미의 어머니를 생각하기로 했다. 그 아이는 자기 어머니를 더 생각했어야 했다. 아이가 죽으면, 엄마는 엄마일까? 딸이 죽어도 여전히 딸일까? 자식일까?

엄마, 죽지 마아, 죽으면 안 돼!

아이처럼 흐느끼시는 어머니가 불안했다.

뭔 그런 쓰잘데기없는 소리를 한대? 죽긴 누가 죽는다고, 이 미친놈아!

그 대답을 듣고 싶었다. 어머니는 내 얼굴의 눈물 자국을 손으로 문지르셨다. 동물에 비유하자면 우리는 펭귄이었다. 서로가 품고 안겨야 살 수 있었다. 호의적이지 않은 세상, 호의적이지 않은 찬바람 속에 어머니 품이라야 새끼 펭귄은 온전해질 수 있다. 어머니도 새끼 덕에 삶의 목표를 깨닫는다. 먹이를 물어 와야지, 내 새끼를 살려야지. 우린 빙하의 바람에 오돌오돌 떠는 펭귄이었다. 떨어져 있으면, 아무것도 아닌 펭귄이었다.

어머니는 나를 업고 천천히 옥상을 내려가셨다. 아무래도 어머니가 전을 부치면 어머니가 보이는 어디쯤에 배를 깔고 백과사전이라도 읽어야겠다. 어머니가 또 우시면 어머니의 목을 끌어안고 더 크게 울 것이다. 우는 건, 아무래도 내가 좀 더 잘했다.

#55

　　나는 반장을 자주 훔쳐봤다. 양복 재킷에 무릎까지 올라오는 스타킹과 미제 연필, 쓰리쎄븐 가방, 2단 자석 필통을 가진 아이였다. 2학년이 되면서 내겐 목표가 생겼다. 반장의 단짝 친구가 되는 것이었다. 그래서 가끔은 가방도 들어 주었다. 골목에서 오줌 눌 때 망을 봐 줬고, 협박도 했다. 오줌 눈 걸 소문낼 거라고 하니까 기대치도 않게 겁을 먹었다. 골목에서 오줌 좀 눈 게 그리 창피한가 싶었지만, 반장은 얼굴을 붉혔고, 내가 이 큰 재미를 중단할 이유는 없었다. 그 장난은 나를 갑자기 꺼지라고 할 수 없는 친밀감으로 발전시켰다. 집에 초대되어 함께 짜장면까지 먹었다. 번쩍이는 전화기가 거실 가운데 있었다. 소파와 피아노가 있었고, 가정부 아주머니가 있었다. 엄지발가락을 꼭 구부렸다. 구멍 난 양말을 발밑으로 밀어 넣고, 발가락으로 고정시켰다. 집이 너무 좋아도, 아니 너무 좋을수록 엄지발가락의 힘을 빼선 안 되었다.

비디오라는 걸 처음 본 날이기도 했다. 언제든지 만화 영화를 볼 수 있다고 했다. TV에서 만화를 본다는 건, 여섯 시까지 인내심을 가지고 기다려야 함을 의미했다. 〈태권 V〉나 〈태권동자 마루치 아라치*〉 같은 장편 만화 영화는 극장에서 보거나 어린이날까지 기다려야 했다. 비디오만 있으면, 언제라도 볼 수 있다고 했다. 당장 보고 싶었지만, 반장은 어머니 허락을 받아야 한다고 했다. 언제나 볼 수 있고, 아무나 건드릴 수 있다면 그게 더 말이 안 되었다. 비디오는 엄청난 기계니까, 복잡한 절차 끝에 힘들게 봐야 한다. 당장 보고 싶다는 생각을 한다는 건 불손했다. 만약 반장에게 무슨 일이 생기면, 목숨을 걸고 구할 것이다. 비디오가 있는 반장이 너무 좋아서 얼굴이 붉어졌다.

그런데 갑자기 반이 공중분해가 되었다. 담임선생님이 학교 배구부 감독을 겸하셨는데 우리 학교 배구부가 전국 소년 체전 서울 대표로 나가야 한다고 했다. 그래서 학급 전체가 뿔뿔이 흩어져야 했고, 반장과 떨어져야 했다. 반장은 〈밤비〉를 같이 보자고 했었다. 〈미키 마우스〉와 〈신데렐라〉 비디오테이프도 있다고 했다. 만화 영화를 보지도 못했는데, 운명이 우릴 갈라놓았다.

<hr />

*   MBC의 라디오 연속극 〈마루치 아라치〉를 토대로 1977년 제작된 애니메이션. '달려라 마루치, 날아라 아루치'로 시작하는 〈마루치 아라치〉의 주제곡이 큰 인기를 끌었다. 정의의 주먹에 쓰러지는 파란 해골 13호를 보며 아이들은 통쾌함을 느꼈다.

반장이 울었다. 선생님과 헤어지기 싫다고 했다. 나도 따라 울었다. 반장이 우리 이제 어떻게 하지? 나를 보며 그렇게 물어 주기를 기다렸다. 버려짐에 익숙한 나는, 선생님 타령만 하는 반장을 보며 마음을 거둬야 했다. 반장은 내가 몇 반으로 가게 되는지도 묻지 않았다. 내가 반장을 찾으면 몰라도, 반장이 나를 찾는 일은 없을 것이다. 〈밤비〉는 앞으로도 영원히 볼 수 없을 것이다. 내가 반장에게 꺼져야 할 존재는 아니었을 것이다. 그냥 있으나 마나 한 존재였을 것이다. 어쨌건 그 정도면 내겐 큰 위로였다.

누구에게 변명도 듣지 못한 채, 2학년의 내 작은 목표는 강탈당했다. 이제부터 나는 15반이 아니라 5반의 학생이 되어야 했다. 새로운 반에서 수업을 받는 첫날, 교실을 잘못 찾았다는 이유로, 6반의 덩치 큰 아이에게 맞아야 했다. 나보고 몇 반이냐고 물었는데, 대답을 못 했던 것이다. 정말 몰랐다. 원래의 반을 의미하는 건지, 새로 배정받은 반을 의미하는 건지 알 수가 없었다.

대답을 못 했는데, 덩치 큰 아이가 휠체어로 나를 밀었다. 휠체어를 탄 아이였다. 휠체어를 본 것도, 휠체어를 탄 아이를 본 것도 처음이었다. 내가 교실을 잘못 들어온 게 견딜 수 없이 화가 나는 모양이었다. 그 아이의 휠체어에 나는 계속 뒤로 밀렸고, 결국 넘어졌다. 바퀴에서 몸만 떨어져서 내 위로 올라탔다. 다리 하나가 짧은 아이였지만, 힘이 대단했다. 형에게 자주 깔리고 맞아 봤지만, 이 아이가 더 무겁고, 완벽했다. 우리 교실에 왜 왔냐고? 그 아이는 또 물었다. 양쪽 볼로 주먹이 날아왔다.

사는 건 지옥이다.

급훈처럼, 교훈처럼 문장 하나가 내 앞에 철길을 만들고 칙칙폭
폭 지나갔다. 고통을 벗어날 방법은 없다. 고통스럽지만, 탈출은 불
가능하다. 숨을 쉬고, 눈을 뜨고, 살아지는 삶을 살아야 한다. 그게
너무도 귀찮게 느껴졌다. 사장이 된다고 해도, 휠체어를 탄 누군가
가 나를 깔고 앉으면, 해 볼 도리가 없을 것이다. 그 아이는 이상할
만큼 공격적이었다. 기꺼이 맞는 쪽으로 몸의 긴장감을 죄다 풀었
다. 반항도, 두려움도 귀찮았다. 그 아이는 여러 번 내 뺨과 머리를
때리다가 숨을 헐떡거리며 나를 놔 주었다. 그 아이가 화를 내는
게, 내가 귀찮아하는 것과 굉장히 비슷한 감정일 거란 생각을 했다.
그래서인지 그 아이의 포악함은 내 자존심을 건드리지 못했다. 그
냥 피곤하고 이상한 아침이었다.

2학년 5반.

머리숱이 없는 중년의 남자가 새 교실에서 나를 기다리고 있었다.

길중국! 나 모르겠어? 삼촌이잖아, 삼촌.

담임선생님이 분명한 남자가 내 볼을 잡고 쭈욱 늘어뜨렸다.

#56

선생님이 아니라 삼촌이라니.

중국이, 우니?

주위로 온기가 확연히 느껴졌다. 그 온기에 내가 다 녹아내릴 것
같았다. 이미 녹은 안구 뒤쪽의 물이, 출동하기만 기다리고 있었다.

뭐가 중국이를 울게 했을까?

선생님은 나를 꼭 안으셨다. 누가 운다는 거야? 앉혀 주세요, 제
발. 나는 마음속으로만 그렇게 불평했다. 선생님의 가슴팍으로 들

어가자, 눌린 돼지 머리의 기름처럼 꿀럭꿀럭 눈물이 흘러나오려 했다. 결국 나왔다. 선생님의 말처럼 됐다. 이렇게 호의적인 세상도 걱정이었다. 익숙하지 않은 건 다 싫었다. 그저 나를 가만히 놔두는 세상 정도면 되었다. 아랫입술을 꽉 물었다. 끈끈한 눈물이 계속해서 나왔다. 전염병 환자의 고름처럼 보일 것이다.

우리 반에 새로 온 길중국. 중국이는 선생님이 이름을 지어 줬어요. 중국이가 우는데, 선생님은 그 마음을 알 것 같아요. 정든 친구들이랑 선생님이랑 헤어지면 슬프죠? 15반에서 온 중국이는 지금 많이 힘들어요. 우리 5반 친구들이 잘 도와줄 거죠? 중국이는 반장 옆에 앉아. 반장은 중국이가 물어보는 건 다 알려 줘야 해. 중국이는 궁금한 게 많을 거야.

반장 옆에 있던 여자아이는 옆 분단의 맨 뒤쪽으로 자리를 옮겼다. 반장이란 아이는 머리가 심하게 곱슬거리는 아이였다. 이름은 공이라는 외자였다. 내가 앉자마자 활짝 웃었다. 이렇게 웃을 수도 있구나. 이만 보이는 웃음이었다. 가지런한 이 때문에 눈코입이 하얀 도화지처럼 희미해졌다.

선생님과의 인연은 사실 대단한 게 아니었다. 미아리 집창촌에서 구멍가게를 할 때, 선생님은 건너편 불고기 집 이 층에서 하숙을 하셨다고 한다. 우리 가게를 이용하던 손님 중 한 사람이었던 것이다. 어머니는 이웃에 선생님이 산다는 사실에 콩나물이며 두부, 사과며, 귤이며 인심 좋게 퍼 주셨다. 내가 태어나자 작명을 부탁했고, 중국이라는 이름을 지어 주셨다. 둘째라서 가운데 중(中)자가 아니라 무거울 중(重)자를 쓴 거라고 했다. 놀림감이 되던 내 이름이 신중하고, 점잖은 어른이 되라는 의미라는 걸 그때 처음 알았다. 수업이 끝나고 선생님은 내 손을 잡으셨다.

집에 가자!

우리 집에 가자고 하셨다. 혜은이가 TV에서 툭 튀어나와 짜장면을 먹자고 하는 것과 비슷한 전율이 일었다. 선생님은 가게 앞을 수도 없이 지나쳤는데 왜 몰랐느냐며 놀라워하셨고, 어머니도 마찬가지로 놀라워하셨다. 뚱뚱한 어머니의 손이 선생님의 손을 얼른 놓았으면 했다.

선생님의 반들반들한 콧날에서 광선이 쏟아지는 것만 같아 눈을 제대로 뜰 수가 없었다. 선생님이 우리 가게에 있다니. 아침엔 사는 게 귀찮았는데, 이젠 모든 게 다 찬란했다. 뎅그르르 미원과 맛소금이 돌고 있었다. 새우깡 봉지가 구겨지고 있었고, 묶여 있던 초롱이는 악몽을 꿨는지 눈을 감고 가끔씩 짖었다.

어머니가 따른 칠성사이다 한 잔을 다 마신 후 선생님은 일어서셨다. 어머니는 달력으로 만든 종이봉투를 하나 집으셨다. 사과를 빵빵하게 담으셨다. 선생님은 안 된다고, 못 가져간다고 뒷걸음질을 치셨다. 애들한테 주는 거라고, 선생님한테 드리는 거 아니라셨다. 선생님은 봉투를 받으셨다.

그때 초롱이가 부드럽게 뛰어올랐다.

선생님의 손등이었다. 선생님의 손등을 날렵하게 물었다. 토끼탕을 봤을 때의 개새끼가 되어 행패를 부리고 있었다. 잠을 자는 줄 알았는데, 어느새 개새끼가 되어 컹컹거렸다. 개줄이 없었다면 선생님 손등의 살점이 뜯겨져 나갔을 것이다. 개줄은 팽팽해져 있었고, 초롱이는 한 번 더 달려들지 못해 안달이 나 있었다.

컹컹컹, 컹컹컹. 어머니는 초롱이를 빗자루로 때리셨다. 담요를 터는 듯한 소리와 함께 깽깽깽 초롱이가 오줌을 쌌다. 광견병 주사를 맞으러 가셔야죠. 제가 알아서 하겠습니다. 아이고, 선생님 주사값이라도. 아닙니다, 아닙니다. 초롱이는 선생님이 사라지고 나서도 한 번 더 어머니의 빗자루질에 깽깽 해야 했고, 오줌에 이어 피를 방울방울 떨어뜨렸다.

오줌 대신 피가 나온다면 죽는 거야.

외삼촌이 떠올랐다. 피오줌은 죽음을 의미했다. 외삼촌은 피오줌을 누고 돌아가셨다. 초롱이도 외삼촌처럼 죽는 걸까? 피를 흘리는 초롱이가 전혀 딱해 보이지 않았다. 내 동정과 자비는 초롱이를 위해 쓰지 않을 것이다. 평생 가장 황홀한 순간을 초롱이가 망쳐 놓았다.

#57

다음날 나는 맨 앞으로 자리를 옮겼다. 키 순서대로 앉는 게 보통인데, 내 키는 중간 정도였다. 선생님 가까이서 편애를 남김없이 누리라는 신호였다. 선생님의 손등만 보였다. 빨간 약만 바른 손등은 멀쩡해 보였다. 갑자기 선생님이 미쳐 날뛰면 어쩌지?

그때 우리에게 광견병은 귀신 이야기만큼이나 상징적인 것이었다. 초롱이가 광견병에 걸렸으면 어떻게 하지? 아무 때나 짖어 대는 걸 보면 온전한 개일 리가 없다. 개에게 예방 접종이라니. 그런 건 미아리에 전혀 없는 단어였다. 광견병에 걸리면 야구 몽둥이로 내려쳐 보신탕을 끓이는 게 당시 미아리 똥개의 운명이었다. 광견병 개에 물리면 침을 질질 흘리며 사람도 개처럼 변한다던데, 선생님이 광견병이라면 가까이 앉은 내가 가장 먼저 물리겠지? 선생님과 함께 미친개가 된다면, 완벽한 한 쌍이 된다. 가족이나 다름없다. 나쁘지 않다. 물리겠다.

광견병도 나눌 마음이 있었던 나는, 선생님과 눈이 마주쳐도 피하지 않았다. 선생님이 책상 서랍에서 사탕을 꺼내 내 손에 쥐여 주실 때도 놀라지 않았다. 나만 선생님의 사탕을 오물거렸다. 수업 시간에 선생님은 서랍 속에서 사진 한 장을 꺼내셨고, 사진 속 젊은 선생님은 아이 하나를 안고 계셨다. 그 아이는 나였다. 아이들은 모두 와와 했다. 있을 수 없는 일이었다. 두려운 해피엔딩이었다. 도망가고 싶은 행운이었고, 불필요한 보너스였다. 내가 바랐던 수많은 소원도 이 정도로 굉장하진 않았다.

선생님은 내 이름을 부르고 칠판에 적힌 산수 문제를 풀게 했다. 문제는 너무 쉬웠고, 틀리는 건 불가능했다. 백 개의 변화구를 모조리 쳐내는 천재 타자가 된 기분이었다. 이 감사함이 사라지기 전에 초롱이를 단죄하고 싶었다.

벌을 줘야 했다.

어머니는 나보고 잠깐 가게를 보라셨다. 옆 건물에 있는 신문 보급소에서 지난 신문 몇 장을 얻어 오신다고 했다. 그 옆의 양장점 아주머니와도 잠깐 이야기를 나누실 것이다. 어머니가 돌아오시기 전까지 끝내야 한다. 묶여 있는 초롱이를 안았다. 안겨 있는 초롱이는 대걸레 같았다. 의욕도 감정도 없이 젖어 있었다. 초롱이를 들고 방으로 갔다. 걸레를 찾아 초롱이의 발바닥을 닦았다. 그리고 초롱이를 방 안으로 집어넣었다. 그리고 문을 닫았다. 닫힌 문을 조금만 열었다. 마침 방바닥을 어슬렁거리던 고양이는 등을 반원으로 구부렸다. 고슴도치처럼 털을 세웠다. 둘은 마주 보았다. 신경전이랄 것도 없이 고양이가 초롱이의 얼굴을 앞발로 때렸다.

깽!

짧은 공격이었다. 고양이는 장롱 위로 도망갔다. 실망스러운 싸움이었다. 초롱이는 장롱으로 바짝 다가가서 컹컹컹 컹컹컹 쉬어빠진 목소리를 냈다. 초롱이는 고양이를 죽이기 전까진 나갈 마음이 없어 보였다. 고양이는 빨리 꺼지라며, 장롱 위에서 컥컥컥 쇳소리를 냈다. 초롱이는 자기가 죽을 수도 있는데, 죽일 생각만 하는 바보 같아 보였다.

방문을 열고 초롱이의 개줄을 잡았다. 곧 어머니가 오실 것이다. 멍청한 초롱이는 계속해서 짖어댔다. 힘을 주니 조금씩 끌려왔다. 목이 막혀서인지 더 이상 짖지 못하고, 꾸역꾸역 내 쪽으로 왔다. 그때였다. 사뿐히 내려온 고양이가 탁탁탁 아니 탁탁 두 번? 초롱이의 얼굴을 할퀴었다.

깽!

이 소리는 앞의 깽과는 달랐다. 비명이었다. 깽깽깽 깽깽깽, 초롱이는 죽을 것처럼 비명을 질렀다. 어머니가 오실 거야. 내 걱정은 그것뿐이었다. 방 밖으로 꺼낸 초롱이는 힘이 빠져 있었다. 순순히 끌려 나온 초롱이는 자기 자리에 목이 매인 채 계속해서 깽깽깽 했다. 나는 지옥에 갈 것이다. 똥 지옥에 빠질 것이다. 예고하고, 경고하는 자비도 없이 나는 지옥에 빠뜨려져야 한다.

초롱아 괜찮아? 나는 마음속으로만 물었다. 미안해, 미안해. 이러려고 그런 건 아니야. 내 후회는 사이코패스처럼 무책임하게 방황하고 있었다. 아무에게나 짖어대고 무는 초롱이에게 똑같은 공포를 주고 싶었다. 누가 이기는지 궁금하기도 했다. 사자와 호랑이처럼, 하마와 코뿔소처럼 쌍벽을 이루는 두 동물의 싸움이 궁금했다. 도둑고양이니까 초롱이보다 셀 거라는 막연한 추측 정도로 싸움을 붙여 보았다. 초롱이는 제대로 싸우지도 못하고 피를 보게 되었다. 어머니가 오셨고, 초롱이는 죽은 듯 입을 닫았다.

그리고 며칠 후 초롱이는

새끼를

낳았다.

#58

    나는 완벽한 모범생이 되어 갔다. 선생님이 뭘 물어보실까? 이것도 물어보실 거고, 저것도 물어보실 것이다. 만약, 만약, 만약을 생각하다 보니 전과를 통째로 외워야 할 것 같았다. 해야 한다. 해내야 한다. 가슴 뛰는 두려움이었다. 물어보시는 선생님, 나만 알고 있는 답, 그 답을 큰소리로 외치는 나. 그 순간에 꼭 맞는 주인공이 되고 싶었다. 유리 구두에 발이 쏙 들어가는 신데렐라처럼, 내 답은 선생님의 질문에 정확히 들어맞아야 한다.

    초롱이는 다섯 마리의 새끼를 낳았다. 초롱이의 한쪽 눈은 눈곱이 많이 끼어 있었다. 고양이가 할퀴어서 그런 건 아닐 거야. 아닐 것이다. 눈을 절반만 떴다. 눈꺼풀이 부어서 닫히지 않았다. 고양이가 그렇게 깊은 상처를 냈을 리 없다. 다른 곳에서 난 상처였을 것이다.

어머니가 개집 안에 보라색 방석 하나를 넣어 주셨다. 새끼들은 눈을 감은 채 방석 위에서 낑낑거리고 있었다. 초롱이는 그들을 천천히 핥았다. 주인도 몰라보는 개새끼 초롱이가 아니었다. 어미로서의 초롱이었다. 두 발을 앞으로 내밀고, 젖을 물린 채, 새끼의 머리를 핥는 어미 개였다. 다가가도 될까? 무서웠다. 나는 초롱이의 가해자였다. 내 죄를 기억할까?

새끼 땜시 사나워진 것인디, 그래도 선생님을 물면 어쩐다냐.

어머니는 뒤늦은 사과를 초롱이에게 하셨다. 그리고 가까이 가지 말라고, 내게 주의를 주셨다. 새끼가 있는 어미는 훨씬 더 사나워진다고 하셨다. 그래도 다가가는 나를 굳이 말리지는 않으셨다. 갓 태어난 강아지를 한 번도 본 적 없는 나는, 등짝만이라도 보고 싶었다. 저것들이 살아 있는 것일까? 매끈한 떡처럼 반짝이는 등짝이 들썩이고 있었다. 한 생명이 어떻게 저 많은 생명을 뱃속에 숨길 수 있을까? 자기 목숨도 그대로인 채, 다섯 개의 목숨을 더 만들다니.

초롱이가 눈을 떴다. 나를 보더니, 주저 없이 내 종아리 쪽에 얼굴을 비볐다. 새끼들을 만져도 된다는 허락이었다. 내 손 위에 배가 커졌다 작아졌다 하는 새끼 하나를 올렸다. 초롱이가 내 손 위의 강아지를 핥았다. 내 손도 함께 핥았다. 내 죄를 묻지 않고, 내 죄를 공평히 핥아 주었다. 내가 초롱이에게 줄 수 있는 건 아무것도 없었다. 쓰다듬어 줄까? 그럴 수가 없었다. 미안하고 어색했다. 손바닥에서 꼼지락거리는 새끼는 강아지라기보다는 작은 물개 같았다. 촉촉한 풍선 같았다. 죄책감을 온전히 유지한 채 초롱이의 눈을 쳐다보았다. 곪은 곳이 더 부풀어 올랐다. 초롱이는 다시 내 손을 핥았다. 초롱이는 성스러운 어미였고, 내가 개새끼였다. 내가 올백을 맞은 것도 그때쯤이었다.

국산사자.

국어, 산수, 사회, 자연.

모두 백 점을 맞았다. 반장과 나, 단둘이 만점을 받은 것이다. 선생님은 바로 내 앞에서 붉은 색연필로 채점을 하셨다. 학생들은 빙글 돌리는 지구표 색연필을 썼고, 선생님들은 줄을 풀어서 쓰는 빨간 색연필을 쓰셨다. 채점은 어떤 스포츠 경기보다 흥미진진했다. 선생님은 동그라미나 일직선으로 맞고 틀림을 구별하셨다. 동그라미, 동그라미, 일직선, 일직선. 마지막으로 점수와 점수 밑의 두 줄. 채점을 하시는 선생님은 리본 체조를 하는 소련 선수 같았고, 주택 복권의 번호판에 화살을 쏘는 백남봉* 같았다.

---

* 1970~1980년대 전성기를 누리며 큰 인기를 끌었던 한국의 코미디언. 원맨쇼의 달인이라 불렸다.

눈을 뗄 수 없는 박진감이었다. 계속되는 동그라미. 백 점, 백 점, 백 점, 백 점. 내 시험지였다. 나는 홀로 우뚝 섰다. 반장 앞에서 알랑거릴 필요도 없는, 나 하나로도 크고, 빛나는 완전체가 되어가고 있었다. 반장만 아닐 뿐이지, 반장의 권위는 내가 조금씩 뺏어오고 있었다. 반장 대신 떠드는 아이들 이름을 칠판에 적기도 했고, 왁스도 사 왔다.

지금까지는 구두약 크기의 왁스를 하나씩 사 와서, 마룻바닥과 복도를 닦았다. 아침이면 모두 복도에 나와서 카리브 해로 팔려가는 아프리카 노예들처럼 바닥만 바라보며 열심히 문질렀다. 그걸 해야 새 아침이 밝고, 그걸 해야 새 나라의 어린이가 될 수 있었다. 내가 좋아하는 석유가 섞인 화공 약품 냄새가 아침마다 복도를 가득 채웠다. 그런데 반마다 페인트 통 크기의 왁스를 공동 구매하는 게 유행이 되었다. 돈을 모아 반장이 사 오는 게 보통인데, 선생님은 나보고 왁스를 사 오라고 하셨다. 나는 작은 왕이 되었음을, 왕관을 하사받았음을 공인받은 셈이었다.

올백, 승리의 소식은 어머니가 누구보다 먼저 아셔야 했다. 뛰었다. 놀랄 어머니 모습을 생각했다. 숨이 차지만 좀 더 속도를 높였다.

엄마, 나 올백 맞았어!

어머니는 시험지의 백 점 숫자를 한참 뚫어지게 보셨다. 입술이 떨리더니, 콧물을 주르륵 흘리셨다. 콧물이 아니라 눈물이었다. 눈물이 길게 볼을 타고 흘렀다.

잘했다.

어머니는 건성이셨다. 아버지는 누워 계셨다. 공장에 계셔야 할 아버지였다. 붕대가 팽팽하게 감겨진 손으로 주무시고 계셨다. 아버지는 코를 심하게 고셨다.

#59

어린이 잡지 〈소년중앙〉의 인기는 대단했다. 신
문수의 '로봇 찌빠' 인기가 최고였다. 로봇 찌빠는 만만하고 귀여
운 로봇이었는데, 친구 같고 엉성해서 71년생, 73년생 모두가 좋
아했다. 이상무의 '비둘기 합창', 길창덕의 '꺼벙이', '쭉쟁이' 등도
〈소년중앙〉 인기에 큰 몫을 했다. 우리는 〈소년중앙〉의 경쟁지인
〈어깨동무*〉를 사 봤다. 〈어깨동무〉를 가지고 있으면 〈소년중앙〉
과 쉽게 바꿔 볼 수 있었다. 〈어깨동무〉를 가진 아이들이 상대적으
로 적어서, 오히려 우리가 귀하고 아쉬운 존재였다.

---

*   1967년 육영수가 창간한 월간 어린이 종합 잡지. 1969년 육영재단에 흡수, 통합
되었다. 한때 15만 부를 넘나들며 발행될 정도로 인기를 끌었으나 1987년 폐간되었다.

여름엔 광진구에 있는 어린이회관 수영장 입장권도 부록으로 나왔다. 어려운 형편에 〈어깨동무〉를 매달 사 보는 건 쉽지 않았다. 글을 깨우치고, 읽는 재미에 빠진 나는 〈어깨동무〉가 발간되는 날을 손꼽아 기다렸다. 〈어깨동무〉 사달라며 단식 투쟁도 했었다. 어머니는 그러면 굶으라며 밥을 뺏으셨고, 나는 주린 배를 잡고 〈어깨동무〉 노래를 불렀다. 돈을 주시는 건 아버지 쪽이었다. 만화만 있는 것도 아니고, 이래저래 교육에도 도움이 되는 거라며 어머니를 나무라셨다.

〈어깨동무〉에는 '주먹대장'이란 만화가 있었다. 한 손이 유난히 큰 주인공이, 비대한 손으로 악당을 물리치는 만화였다. 아버지는 주먹대장이 되셨다. 붕대가 말린 손은 주먹대장의 그것처럼 크고 단단해 보였다.

붕대를 감고 온 날부터 어머니와 아버지는 심하게 다투셨다. 어머니는 공장 차리고 난 뒤 생활비 한 번 가져온 적 있느냐며 아버지를 몰아붙이셨다. 현대자동차는 아직 아버지 공장의 부품을 사 가지 않은 모양이었다. 쇠를 깎는 기계에 손이 들어갔다고 했다. 어떤 기계인지는 모르겠다. 손목까지 잘릴 뻔했는데, 재빨리 기계를 꺼서 이 정도라고 했다. 나도 선풍기에 손이 잘릴 뻔한 적이 있었다. 선풍기 날개에 손이 닿고 싶었다. 그 충동을 참아내는 73년생이 얼마나 될까? 나는 손가락을 선풍기의 창살 사이로 넣어 보았다.

툭!

소리와 함께 선풍기 날이 멈췄다. 손가락이 잘리는 줄 알았다. 어마어마한 고통의 여운을 못 떨치고 괴로워했다. 아버지도 선풍기 같은 곳에 손을 집어넣으신 거겠지. 안 그래도 아픈 아버지를 어머니는 너무하다 싶게 들볶으셨다.

아버지는 등을 사선으로 돌리고 담배를 피우셨다. 어머니는 미친 사람 같았다. 집안의 평화를 박살 내는 마녀였다. 어머니 말대로 공장이 망했다고 해도 가게엔 먹을 게 넘쳤다. 라면을 사려고 돈을 벌고, 투게더를 먹으려고 돈을 모으는 거 아닌가? 투게더가 있고, 삼양라면이 있는 우리는 그걸 먹으면 되는 것이다. 그런데 아픈 아버지에게 돈을 내놓으라고 하셨다.

아버지는 참지 못하고, 실패를 어머니께 던지셨다. 바늘이 꽂혀 있는 실패는 어머니의 이마에 정통으로 맞았다. 부드러운 쪽으로 맞았는지, 어머니의 이마는 괜찮아 보였다. 어머니는 잠시 멍하게 아버지를 바라보시더니, 장롱에서 옷가지를 꺼내셨다. 커다란 가방에 쑤셔 넣으시고는, 내 손을 잡으셨다. 하다 하다 손찌검까지 하는 남자와는 못 산다고 하셨다. 어머니는 내 손을 꼭 쥐셨다.

형은 어머니를 따라나서지 않았다. 신기했다. 합의한 적도 없는데, 편은 그렇게 자연스럽게 갈렸다. 비록 어머니가 더 잘못했고, 어머니가 더 나쁜 사람 같았지만, 어머니를 쫓아가는 건 당연했다. 어머니는 내가 숨 쉴 수 있는 공기였다. 어머니가 있어야 내가 숨을 쉴 수 있었다. 마녀 같아도, 매일 미친 사람처럼 화를 내도 어머니면 괜찮았다. 어머니는 어머니니까 함께여야 했다.

엄마, 나 핫도그!

　직감 같은 거였다. 핫도그를 사달라고 하면 사 주실 것 같았다. 예상은 맞았다. 어머니는 핫도그 하나를 내 손에 쥐여 주셨다. 버스 정류장에서 나는 핫도그를 핥았고, 어머니는 정류장에 쭈그려 앉아 우셨다. 울지만 말고 어디로든 좀 갔으면 했다. 핫도그 속 소시지를 열심히 빤다고 해도 한 시간 이상은 무리였다. 어머니는 어디로 가시려는 것일까? 갈 마음은 있는 것일까? 육교를 건너 혼자 사시는 외할머니댁으로 가실까 봐 조마조마했다. 똥이 넘치는 산동네로 갈 바엔, 집으로 돌아가는 편이 나았다.

　강아지들이 아른거렸다. 초롱이 새끼들이 이제 막 눈을 떴다. 젖이 아닌 딴 걸 먹여 주고 싶었다. 우유에 밥을 말아 주면 잘 먹을까? 된장찌개도 먹을까? 초롱이는 된장찌개도 잘 먹었다. 새끼들이 혹시 쥐새끼들이 우글거리는 비누 선반 밑으로 들어간 건 아니겠지.

　어머니는 내 손을 잡고, 다시 가게로 향하셨다. 어머니는 걷는 내내 우셨다. 너무 울어서 마른오징어처럼 메말라 버릴까 봐 걱정이 되었다. 물도 안 마시고, 저렇게 눈물이 계속 나올 수 있을까? 신기했다. 형은 가게에 앉아 손님이 올까 눈을 부릅뜨고 있었다. 강아지들은 방석 위에서 곤히 잠들어 있었다. 아버지는 돌처럼 누워 계셨다. 어머니는 쌀을 씻고, 감자를 써셨다. 된장을 풀고 감자를 넣을 때쯤 어머니는 끅끅끅 소리 내어 또 우셨고, 아버지는 끝까지 눈을 뜨지 않으셨다.

어머니는 깨진 항아리 같았다. 깨진 어딘가에서 쉴 새 없이 물이 나오는 것 같았다. 어머니는 정말 미치신 걸까? 왜 우시기만 하는 걸까? 왜 돌아오셨을까? 아버지를 왜 깨우시는 걸까? 밥 안 먹고 그냥 죽을 거냐고 화를 내시는 건 뭘까?

밥상을 물리고 아버지는 붕대를 푸셨다. 새끼손가락 하나가 보이지 않았다. 어머니는 지금까지도 우셔 놓고는, 새롭게 우는 사람처럼 통곡을 하셨다. 아버지는 연고를 바르고 다시 붕대를 감았다. 형과 나는 놀랄 수밖에 없었다. 아버지의 손가락이 없다는 걸 전혀 몰랐었다. 붕대를 감고 있을 때 손가락은 없었지만, 붕대 안에 구겨져 있을 거라고 생각했다.

고양이, 저 재수 없는 고양이 때문이랑께.

어머니는 우리 형제에게 임무를 내리셨다.

#60

　　　　　어머니는 고양이를 어머니 핸드백에 넣어 주셨다. 잘 쓰지 않는 핸드백인데, 시집올 때 아버지가 사 주신 것이라고 했다. 큰집에서 고양이를 버릴 거면 달라고 하셨단다. 우리는 핸드백을 들고 나왔다. 고양이는 내 거야라는 말이 안 나왔다. 고양이와 내가 얼마나 돈독한지 설명했어야 했는데, 그러질 못했다. 아니, 그런 생각도 들지 않았다.

　아버지의 손가락이 잘려 나갔다. 기계에 팔목까지 들어갔다고 했다. 조금만 더 들어갔으면 손이 몽땅 날아갈 뻔했다고 했다. 한 번도 눈여겨본 적 없는 아버지의 새끼손가락이, 이젠 세상 그 어느 것보다 소중했다. 사람들의 손가락만 눈에 들어왔다. 다섯 개, 다섯 개, 열 개의 손가락을 가진 사람이 세상을 다 가진 듯 부러웠다. 아버지는 철봉을 계속하실 수 있을까? 아무 일이라도 하실 수는 있을까? 웃으실 수 있을까?

고양이와 간장. 이 두 가지가 아버지의 손가락을 가져갔다는 것이 외할머니의 의견이었다. 외할머니는 장독대의 간장을 보시고는 곰팡이가 너무 요상하다고 하셨다. 간장 메주에 곰팡이야 당연한 건데, 장독을 휘덮은 곰팡이는 드물고, 불길한 징조라 하셨다. 1월 1일 날 천하의 요물 고양이까지 천장에서 떨어졌으니 사고가 안 나면 그게 더 이상한 거라 하셨다. 고양이를 큰집에 주고 오라 하셨을 때, 어머니의 종아리를 잡고 눈물을 흘린 건 형이었다.

어머니의 종아리를 잡고 사정하는 건, 우리 형제의 특기였다. 천자문을 배우면서부터 그렇게 됐다. 아버지가 길거리에서 천자문 책을 사 오신 것이 화근이었다. 표지에 한석봉이 그려진 천자문 책이었다. 미아 6동으로 넘어가는 육교에는 바닥에 책을 깔아 놓고 파는 할아버지가 계셨다. 아버지는 그곳에서 천자문 책을 구입하셨다.

어머니는 갑자기 한석봉 어머니가 되셨다. 매일 한 자씩 천 일 동안 암기하라고 하셨다. 우주의 끝을 알고자 하는 NASA 직원만큼이나 무지막지한 야심을 가진 분이 어머니셨다. 천 일의 가시밭길을 어머니는 끝까지 완주하고자 하셨다. 처음 한 달은 즐거웠다. 삼십 자를 외우고 쓰는 건 간단했다. 한자가 그림처럼 복잡했지만, 그래 봤자 하루에 한 자였다. 비극은 한 달이 지나면서부터였다. 서른 자까지는 어떻게 되었지만 그 이후로는 한계를 벗어나는 일이었다. 서른한 번째 글자가 생각이 안 났다. 덩달아 아홉 번째 글자도 떠오르지 않았다.

어머니는 매를 드셨다. 적어도 천 일 중 삼백 일은 맞았던 것 같다. 어머니는 끝까지 가셨던 것이다. 운이 좋아서 어머니가 무작위로 찍은 한자를 맞출 때도 있었다. 그런데 난관이 더 있었다. 형이 못 맞추는 경우였다. 어머니는 한 명을 때리면 나머지 한 명도 무슨 핑계를 대서라도 때리셨다.

어머니, 형을 용서하세요.

빗자루가 오가는 상황에서는 사극 말투가 절로 튀어나왔다. '어마마마'만 안 했을 뿐이지, 우리는 중전마마 앞의 가여운 세자들이었다. 애절한 사극 연기에 어머니의 어깨엔 힘이 빠지고, 그때를 놓치지 않고, 어머니이이를 한 번 더 외쳤다. 우리 형, 우리 동생이 되었다. 덜 맞기 위해서 쥐어짠 형제애였지만, 입 밖으로 표현되면 그건 진실이 되었다. 애틋하고, 소중한 내 형, 내 동생이 되었던 것이다.

'우리 형'이 울며불며 고양이를 지키려 했다. 형이 나만큼이나 고양이를 애지중지한다는 걸 몰랐다. '우리 형제'의 소중한 고양이는 이제 우리와 더 이상 함께할 수 없었다. 서운했지만 손가락이 사라진 아버지가 더 걱정이었다.

앞으로 우리는 어떻게 될까? 육백만 불의 사나이*처럼, 몸 안에 회로와 쇠붙이를 집어넣으면 아버지는 멀쩡해지실까? 불가능할 것이다. 육백만 불의 사나이는 미국 사람이고, 아버지는 한국 사람이다. 소머즈**도, 원더우먼도 다 미국인이었다. 미국 사람이라도 육백만 불의 사나이가 아니라면, 소머즈, 원더우먼이 아니라면, 손가락이 없어지면 없어진 대로 살아야 할 것이다.

고양이는 고개만 내밀고 좌우를 살폈다. 얼른 집으로 돌아가 강아지를 안고 싶은 마음이 들킨 것 같아 고양이에게 미안했다. 다행히 고양이는 큰집에서 대환영을 받았다. 큰어머니와 사촌 누나는 고양이를 보자마자 털을 쓰다듬고, 안아 보고, 번쩍 들어 보았다. 고양이는 귀찮은지 발버둥을 쳤고, 홀로 거실 바닥을 걷기 시작했다. 어떤 세상인지 탐색하고 있었다.

언젠가 우리 집으로 돌아올 거야. 별처럼 많은 집 중에서 우리 집을 택한 고양이였다. 나를 택한 친구였다. 올 거야. 꼭 올 거야. 모든 게 제자리로 돌아올 때가 꼭 올 것이다. 아버지 손가락도 다시 붙을 거야. 붙일 손가락이 병원에 있을 거야.

돌아오는 중간쯤에 어머니 핸드백을 놓고 온 걸 알았다. 우리는 다시 큰집으로 향했다. 형과 나는 어깨가 닿을 정도로 바짝 붙어서 걸었다. 아버지는 손가락이 없어도 계속 사장님일까? 길바닥에 돈

---

*   1974년부터 1978년까지 방영된 미국의 TV 드라마. 자동차보다 빠르고, 망원경보다 멀리 보며, 슈퍼맨과 견줄 만한 힘을 지닌 남자의 활약상을 그렸다.

**   1976년부터 1978년까지 방영했던 미국의 TV 시리즈로 〈육백만 불의 사나이〉 여자 버전. 육백만 불의 사나이가 망원경 눈을 가졌다면 소머즈는 개미 기어가는 소리도 들을 수 있는 귀를 가졌다.

이 떨어졌으면 했다. 동전을 주워서 쮸쮸바 하나를 사먹고 싶었다. 목이 말랐고, 쮸쮸바 딸기 맛이면 지금 이 칼칼한 기분을 만회할 수 있을 것 같았다.

고양이는 못 올 거야.

큰집으로 되돌아가면서 우리 형제는 절망했다. 너무 멀었다. 찻길도 많았고, 비슷한 골목을 여러 번 지나쳐야 했다. 올 이유가 없을 거야. 우리 집은 고작해야 생선 대가리뿐이었지만, 큰어머니라면 살찐 고등어도 툭 던져 주실 것이다. 새끼손가락 걱정만으로 바쁜데, 이별까지 솎아내서 아파해야 했다. 울지는 않았다. 운다는 건, 절망을 인정하는 것이다. 고양이가 돌아오지 않음을 받아들이는 것이며, 아버지의 새끼손가락이 영영 사라짐을 믿는 것이다.

울음을 잘 참는 편인데, 약간 힘이 들었다. 불어오던 모든 바람이 다 말라 버렸다. 바람의 흔적이 우리의 어깨쯤에서 사라졌다. 형의 손을 잡고 싶었지만, 그러지 않았다. 그건 너무 유치해서, 그 순간 서로의 머리끄덩이를 잡아당기며 어색함에 몸서리를 칠 것이다. 형의 손가락이 다섯 개가 맞나? 형과 나의 손가락은 총 스무 개였다. 스무 개. 좋은 숫자였다.

#61

아버지는 누워만 계셨다. 형과 나는 몰래몰래 아버지의 손가락만 보았다. 없어진 곳에서 새 손가락이 싹처럼 꾸역꾸역 밀고 나올 것만 같았다. 하지만 상처는 메워지고, 원래부터 네 개의 손가락이었던 것처럼 판판해졌다. 아버지는 아파 보이지 않았지만 누워 계셨다. 우리와 함께 아침을 먹고, 점심을 먹고, 저녁을 먹고 누우셨다.

고양이는 오지 않았다. 하지만 어머니는 고양이가 되어 있었다. 초롱이를 앞발로 툭툭 쳐냈던 고양이처럼, 빈틈만 보이면 아버지를 공격하셨다. 그리 누우면 밥이 나오요? 어머니의 목소리에 내가 먼저 놀랐다. 어머니, 제발 좀 아버지를 가만 놔두세요. 입양에 대한 소원이 냄비 속 찌개처럼 끓어올랐다. 아버지는 담배를 피워 물고, 어머니의 시선을 피하셨다. 어머니는 울다가 계란을, 울다가 콩나물을 파셨다. 어머니가 아버지를 째려볼 때는, 나도 대번에 알아차렸다. 미움, 원망, 절망이 담긴 눈빛은 뜨겁고, 선명했다. 아버지는 점점 돌덩이가 되어가고 계셨다. 잠을 자지 않아도 눈을 감으셨다. 숨소리를 들어 보면 안다. 들숨 날숨 소리가 고르지 않았다. 깨어 계셨던 거다. 눈을 감고 계셨다. 담배를 피울 때와 밥을 먹을 때 빼고는 바닷속 돌처럼 가라앉아 계셨다. 눈을 감으면 시작되는 세계가 좀 더 편안하다는 것, 그곳에 마음을 빼앗기면 현실이 시시해진다는 걸 나는 누구보다 잘 알고 있었다.

초롱이도 아버지와 비슷했다. 잠을 자고, 밥만 먹었다. 한 번은 하늘을 보고, 사지를 하늘로 쳐들고 있었다. 죽은 줄 알았다. 입에서 침이 주렁주렁 바닥을 타고 있었다. 영락없는 죽은 개였다. 놀라서 다가가자 움찔, 늙은 자동차 엔진처럼 부르륵 했다. 다리를 모으고, 내 손을 핥았다. 감정은 남지 않고, 습관의 힘으로 나를 핥았다.

천장을 우당탕 뛰어다니던 쥐새끼들도 어디론가 사라진 건지, 침묵이 가게를 점령했다. 라디오에서 나오는 지지직 지지직 뉴스 소리가 가게 안을 더 심심하게 만들었다. 어머니는 멍하니 바깥을 바라보며, 앉아 계셨다. 우두커니 또 다른 돌이 되어 계셨다. 과자들 먼지가 두터웠지만, 어머니는 미원 통에 시선을 고정시키셨다. 어머니의 등만 보였다. 나는 방안에 엎드려서 뭔가를 끄적거리고 있었다. 어머니는 가슴을 몇 번 통통 쳤다. 그러더니 저벅저벅 방으로 들어오셨다. 몰랐는데 아버지는 내 옆에서 담배에 불을 붙이고 계셨다. 어머니는 아버지 입에 물린 담배를 빼서, 부엌 바닥에 던져 버리셨다. 재떨이를 번쩍 들더니 역시 부엌으로 야무지게 내동댕이치셨다.

이 담배가 맛있소? 허천나요? 허천나?

아버지는 일어서셨다. 베이지색 점퍼를 걸치시고, 신발을 신으셨다. 아버지는 사라지셨고, 나는 부엌 바닥으로 내려가 담배꽁초와 재떨이를 주웠다. 공장을 차리면서 꾼 돈을 어떻게 갚을 거냐고 사라지는 아버지를 보며 어머니는 소리치셨다.

아버지는 돌아오실까? 모든 것들이 다 사라지는 연습을 하고 있는 건 아닐까? 돈도 다 사라지고, 어머니도, 아버지도 쥐처럼, 고양이처럼 그렇게 사라지는 건 아닐까? 우리는 고아가 될 거야. 평소에도 비극적인 상상을 즐겨 했던 나는 고아가 됨을 확신했다. 부모님은 우리를 버리실 거야. 적어도 나는 버리실 거야. 73년생과 71년생, 둘 중에 하나만 키워야 한다면 무조건 71년생이었다. 나는 바보가 아니었다.

선생님.

선생님이 나의 아버지가 되는 건 가능하지 않을까? 선생님의 양아들이 되는 건, 미국에 입양되어 금발의 부모님과 슈퍼마켓을 가는 것보다 현실적이었다. 공부를 해야 한다. 완벽하게 잘해야 한다. 다가오는 기말고사는 국어, 산수, 사회, 자연뿐만 아니라 음악, 미술, 도덕 시험도 추가로 봐야 한다. 시험의 왕이 된다면 선생님도 미국 사람도 서로 양아들로 삼으려 할 것이다. 절망에서 탈출하겠다. 어차피 책에서 눈을 떼면 우는 어머니와 손가락이 없는 아버지를 봐야 했다. 공부가 훨씬 더 즐거웠다.

#62

　　　　선생님은 채점한 시험지를 나눠 주기 전에 교훈을 전하셨다. 노력한 사람만이 훌륭한 사람이 되고, 게으른 사람은 거지가 된다는 이야기였다. 사자가 물소를 잡기 위해 때로는 갈비뼈가 부러지기도 한다고 하셨다. 감동적인 이야기였지만, 어서 시험지를 나눠 주셨으면 했다. 내가 사자였다. 갈비뼈가 부러져도 물소의 뒷다리를 물고 늘어지는 사자가 나였다.

　오늘 아침에도 똥간에서 토를 하고 왔다. 시험 점수만 생각하면 밥맛이 없었고, 속이 울렁거렸다. 기다리던 성적이 드디어 나오는 순간이었다. 선생님은 이름과 점수를 부르며 시험지를 나눠 주셨다. 좋은 성적은 좋은 성적대로, 나쁜 성적은 나쁜 성적대로 상과 벌이 되는 시간이었다. 도박처럼 점점 흥미를 돋우기 시작한 시점은 반장인 김공과 내가 백 점, 백 점을 연달아 받으면서부터였다.

김공 백 점
길중국 백 점

누가 먼저 백 점의 경쟁에서 탈락할 것인가?

김공 90점
길중국 백 점

미술 과목에서였다. 이때 아이들의 목소리엔 탄식이 섞여 나왔다. 아슬아슬한 경주에서 승리를 거두는 장면이었다. 내가 승자였다. 얼굴이 달아오를 대로 올라 있었다. 당연한 거였다. 나는 이 순간을 위해서만 살았다. 죽음의 공포와 싸워야 했다. 죽음의 공포라니?

일단 시험 이야기를 끝내겠다. 나는 결국 만점을 맞았다. 김공이 틀린 건 미술 문제였다. 까만 아스팔트 길에, 어떤 색으로 칠해야 중앙선이 잘 보일까라는 문제였다. 공이는 하얀색이라고 했다. 나는 노란색이라고 했다. 여기서 갈린 것이다. 열 개의 미술 문제였다. 이 문제는 대부분의 아이들이 틀렸다. 까만색의 반대는 하얀색. 이게 미아리 73년생의 상식이었다. 악마가 검정색, 천사는 하얀색. 눈사람은 하얀색, 숯은 검은색. 누가 노란색을 검정색과 맞서라 하겠는가? 2학년 5반 73년생은 검정색 아스팔트에서 무너졌다. 나는 그 함정을 비켜갔고, 무사히 모든 시험지를 백 점으로 채웠다.

　고백하겠다. 시험이 끝난 날 오후에 나는 교실에 들어갔었다. 머릿속이 솜사탕 기계처럼 빙글빙글 돌아서였다. 집에 돌아와서도 시험 생각뿐이었다. 내가 쓴 답들이 실처럼 풀어져서 뇌 속을 떠다니고 있었다. 내가 정답을 옳게 옮겨 적었을까? 그게 궁금했다. 그 궁금함이 해파리처럼 머릿속을 끊임없이 돌았다. 머리도 아팠다. 딱따구리가 머리통을 콕콕콕 쪼는 것만 같았다.

　시험 볼 때도 나는 한 번 토했었다. 메스꺼운 속 때문에 땀이 났고, 화장실로 뛰어가 아침에 먹은 걸 게워내야 했다. 토를 하고 나서 멍청해졌기에 한두 문제는 틀렸을 것이다. 한 문제도 틀려선 안 된다. 입양의 꿈은 산산조각이 난다. 쿵쾅쿵쾅. 심장이 잠시도 가만있질 못하고 튕겨졌다. 괴로웠다. 이 괴로움을 진정시키려면 결과가 빨리 나와야 한다. 하지만 그 결과를 기다릴 자신이 없었다.

　그래서 학교로 향했다. 그냥 내가 어떤 답을 썼는지만 확인하고 싶었다. 그뿐이었다. 허락을 받고 확인해도 되는 일이었다. 내 양아버지가 될 선생님은 흔쾌히 허락하셨을 것이다. 시험 볼 때도, 내 옆에서 오랫동안 내가 정답을 쓰고 있는지 지켜보던 선생님이셨다. 선생님의 아들이 되기 위해 정답만 준비한 나는, 선생님의 따뜻한 시선에 의지해 시험을 끝낼 수 있었다. 하지만 내 답답함을 해결해 주실 선생님은 이미 퇴근하셨다. 잠깐만 들어가 볼 것이다. 그건 죄가 아니다.

교실 문은 자물쇠로 잠겨 있었다. 열쇠는 내 주머니에 있었다. 주번한테 받은 열쇠였다. 주번은 내게 열쇠를 가져가고, 열쇠를 반납했다. 반장도 누릴 수 없는 특권이었다. 교실 열쇠를 가지고 있는 73년생은 우리 학교에서 나 하나뿐일 것이다.

나는 교실 문을 열었다. 밤까지는 아니었지만, 밤에 가까운 낮이었다. 선생님 책상 밑 쇼핑백에 들어가 있는 시험지를 꺼냈다. 그냥 내가 생각한 답을 옳게 적었는지만 확인할 것이다. 채점은 아직 안 되어 있었다. 과목별로 동그랗게 반으로 접혀 있는 시험지 더미들이었다. 과목별 맨 앞 시험지들은 채점이 끝난 상태였다. 오답일 경우에는 빨간색으로 정답이 수정되어 있었다. 선생님은 이 시험지를 보며 채점해 나가실 것이다.

노란색.

노란색이라니? 검정색 아스팔트의 중앙선은 하얀색이어야 한다. 선생님은 하얀색에 엑스 표시를 하셨다. 내 미술 시험지를 찾았다. 선생님 책상에서 연필을 찾아내고, 연필 끝 지우개로 4지 선다형 답을 정정했다.

노란색.

집이 망하고, 온 가족이 거리에 나앉기 전에 나는 내 꿈을 이루어야 했다. 피아노 집 딸내미는 시험지를 조작했다. 백 점이란 숫자가 이상한 산수 시험지가 화근이었다. 진짜 백 점이 맞느냐고 어머니는 다그쳤고, 그 아이는 그날 저녁 농약을 마셨다. 노란색으로 답을 고치는 순간, 그 아이가 어딘가에서 나를 보고 있을 거란 생각을 했다. 선생님이 내 범죄에 대해 추궁하신다면 나도 죽을 것이다. 죽음을 걸어야 하는 일이었다. 두렵지 않았다. 들킬 거라고 생각했다. 선생님은 내가 답을 쓸 때마다 관심 있게 지켜보셨다. 답을 고쳤으니까, 사기를 쳤으니까 내 양아들이 될 수 없다고 하신다면 나도 죽음을 택할 것이다.

#63

그리고 초롱이가 죽었다.

우리문방구 앞에 10원짜리 오렌지 주스 판매기에서 아이들이 주스를 받아들며 우와와 했고, 몇몇 아이들은 혓바닥의 주황색을 날름거리며 남은 단맛을 쪽쪽쪽 핥았다. 나도 어머니가 주신 동전으로 10원짜리 주스를 벌컥벌컥 마셨다. 백 프로 인공 색소 주스 판매기는 미아리 아이들을 흥분케 했다. 동전을 넣으면 주스가 나오다니. 오렌지를 따고, 갈지 않아도 미국 사람처럼 달콤한 주스를 마실 수 있었다.

올백을 맞은 시험지를 들고 간 날, 어머니는 주스를 사 마시라고 돈을 주셨다. 주스를 마셨다. 주스를 마시고, 학교에 다시 들어갔다. 운동장을 한참 쳐다봤다. 운동장은 내겐 바다였다. 넓고, 신비로웠다. 모든 게 다 일어날 수 있는 무대고, 삶이었다. 어떤 아이는 공을 차고, 어떤 아이는 땅따먹기를 하고, 어떤 아이는 고무줄을 했다. 선생님께 입양된다면, 나도 세상 밖으로 나올 것이다. 운동장에서 보통의 아이들과 딱지치기를 하고, 다방구를 할 것이다. 쓰레기통 옆에 웅크린 아들을 선생님은 원하지 않으실 것이다.

초롱이가 죽었다.

주스를 마시고, 운동장을 멍하니 바라보고 돌아온 그날 초롱이가 죽었다. 아니다. 소설의 극적인 구성을 위해 만점 시험지를 받은 날 초롱이가 죽었다고 쓰려 했지만, 그건 사실이 아니다. 만점의 순간도 맥없이 지나고, 범죄의 죄책감도 잦아들 때쯤이었다. 양아들이니 뭐니 하는 꿈도 자연스럽게 옅어졌다. 목숨을 건 일이었다. 하지만 목숨을 걸어도 안 되는 건, 안 되는 거였다.

선생님은 딸아이가 교통사고가 났다며 자주 조퇴를 하셨다. 내가 다친 딸을 대신할 수도 있지 않을까? 안 될 말이었다. 피아노 아줌마가 하얀 얼굴로 식초 한 병을 사갈 때를 기억하고 있다. 식초 한 병 주세요. 꽃이 말하는 것 같았다. 예뻐서가 아니었다. 꽃잎처럼 팔다리가 매달려만 있는, 식물 같은 어른이 식초를 꼭 안고 돌아섰다. 식초는 먹으려고 사는 게 아니라, 안으려고 산 것이다. 안고 있을 게 필요한 아줌마는 안을 게 없을 땐 울부짖으며 죽은 딸만 찾을 것이다. 죽은 자식도 절대 사라지지 않는데, 아픈 자식이야 말해 뭐할까? 교통사고가 난 딸아이는 선생님의 사랑을 남김없이 가져 갔다.

다른 선생님이 대신 수업을 하는 일이 잦았고, 선생님은 늘 피곤해 보이셨다. 눈을 마주치는 횟수도 줄었다. 버려질 때가 온 것이다. 그것만큼은 내가 누구보다 잘 알고 있었다. 나는 망해가는 집의 둘째 아들로 돌아와야 했다. 교통사고를 핑계로 나를 피하시는 게 분명했다. 답을 고친 걸 알고, 천천히, 하지만 가장 확실하게 벌하시는 걸 수도 있다.

나는 담담했다. 집이 망하고, 버려진다고 해도 이 정도로 담담할 수 있을 것이다. 찌그러진 깡통 같은 시간이 지나고, 초롱이는 어쨌든 죽었다. 초롱이의 마지막, 마지막의 마지막을 나는 목격했다.

#64

      미아 6동엔 빡빡산이 있었다. 풀도, 나무도 없는 산이어서 빡빡산이었다. 우리 형제는 연을 날렸다. 가오리연이었다. 다른 연처럼 멋지게 공중으로 솟지 않았다. 신문지로 한없이 길어진 꼬리가 보기 싫게 펄럭였다. 그런 신문지 꼬리들이 하늘에서 왔다 갔다 했다. 오염된 개울의 올챙이들처럼 연들은 하나같이 칙칙했다. 하나도 재밌지 않았다. 혼자 집으로 왔다.

  가게엔 어머니가 없었고, 어머니는 부엌에 쭈그려 앉아 계셨다. 도마 위에는 김이 모락 올라오는 하얀 물체가 있었다. 닭고기 같았다. 껍질을 벗겨낸 닭고기 같았다. 어머니는 나를 보지 않으셨다. 내가 서 있는 걸 아셨지만, 보지 않으셨다. 모락 피어오르는 김 속에서 벌겋게 달아오른 어머니의 얼굴이 보였다. 닭고기 옆에는 인형이 하나 있었다. 인형의 머리였다. 피가 빠져나간 인형이었다. 껍질이었다. 털이 없이 반질거리는 초롱이였다. 아니, 초롱이가 아니었다. 입을 벌리고, 멍청하게, 힘들다는 듯이 옆으로 누워 있는 대가리는 초롱이가 아니었다. 초롱이면 안 되는 거였다.

초롱이잖아!

어머니는 나를 쳐다보지도 않고, 초롱이의 살점을 썰고 계셨다.

초롱이야?

나는 칠판을 문지르는 수수깡처럼 빽 내질렀다. 초롱이면 안 된다. 그리고는 뛰쳐나갔다. 뛰쳐나갔나? 방으로 들어가서 울었다. 울었나? 형을 찾아다녔나? 기절했나? 초롱이를 찾으러 다녔나? 새끼들을 안고 어딘가로 숨었나?

목이 분리된 초롱이. 털은 하나도 없는 초롱이가 도마에 누워 있었다. 삶아지는 보통의 고기가 되어 있었다. 그리고 뭘 했지? 뭘 했더라? 도마 위의 초롱이는 고양이보다도 작았다. 그렇게 작고 마른 몸뚱이를, 하혈까지 한 어미를, 새끼를 밴 어미를 나는 고양이에게 밀어 넣었다.

그날 저녁 밥상에는 붉은 국물이 올라왔고, 방 아랫목 담요에 파묻힌 새끼들은 상 주위를 서성이며 낑낑거렸다. 어미의 고기가 새끼들의 허기를 자극한 모양이었다. 낑낑낑, 낑낑낑, 용암처럼 서서히, 하지만 뒷걸음치는 법 없이 새끼들이 어미의 국물을 향해 기어가고 있었다. 이제 갓 눈뜬 새끼들이 코를 벌름거렸다.

여기가 지옥이었다. 형은 안 먹게 해 주세요. 눈물을 뚝뚝 흘리며 손을 비볐고, 아버지는 그릇으로 얼굴을 가린 채 벌컥벌컥 국물을 들이켜셨다. 내 앞에도 국물이 놓여 있었다. 검붉은 기름에, 듬성듬성 푸른 야채가 시체의 머리카락처럼 일렁거렸다. 내 영혼은 천장으로 기어 올라갔다.

초롱아, 초롱아. 초롱이도 죽기 전에 이렇게 나왔을까? 나왔다면 어딘가에 있을 것이다. 초롱아, 초롱아! 초롱이가 젤소미나였을까? 죽었으니까, 죽고 나니까 사랑했다는 말이라도 하겠다는 걸까?

밥상 위에 있는 건 초롱이가 아닐 것이다. 내가 저렇게 부모님과 마주하고 밥을 먹고 있지만, 내가 아니듯이 초롱이는 저기에 없을 것이다. 하지만 초롱이는 천장에도 보이지 않았다. 초롱이는 껍질을 나와 어디로 간 것일까? 초롱아, 초롱아. 먼지를 일으키며 내게 다가왔으면 했다. 초롱아, 초롱아! 초롱이는 아버지가 죽이셨을 것이다. 그전에도 본 적 있다.

아버지는 동네에서도 개 잡는 선수로 통했다. 목에 줄을 매 서서히 당기셨다. 개는 눈이 벌겋게 충혈된 채 오줌을 싸기 시작한다. 충혈된 눈으로 초롱이는 혹시 나를 찾았을까? 설마 주인이 자기를 죽일 거란 생각까지 못하고, 고통이 끝나기만을 기다렸을까? 주인의 마음을 몰라 더 무서웠을까? 그때 몸에서 나왔어야 했다. 끝까지 몸에 남아 있어선 안 되었다. 오줌이나 지리면서 모든 감각을 고통에 집중해서는 안 되었다. 그렇게 몸에 남아서, 새끼에게 젖이라도 한 번 더 물리고 싶었을까?

동네에서 여러 번 사람을 문 적이 있는 초롱이는 복날 때마다 아슬아슬 위기를 넘겼었다. 다른 개들이 미아리의 제물이 되어, 우이동의 드럼통에서 팔팔 끓을 때 눈치 없는 초롱이는 나와 우이동 계곡에서 물장구를 쳤었다. 드럼통에서 끓고 있는 개고기 옆에서, 평소보다 더 껑충거리며 내가 던진 테니스공을 물고 물 위에서 허우적거렸다. 멍청함으로 도배된 해맑음이었다. 곧 사형이 집행될 죄수가, 전기의자에 앉은 사형수를 보며 컵라면을 후루룩거리는 것과 같았다. 해맑고 멍청한 초롱이는 부엌의 도마 위에서 그렇게 썰리고 있었다.

밥상 앞에서 나는 경기를 일으켰다고 한다. 사약을 마신 장희빈처럼, 퐁퐁에 젖은 수세미처럼 입에서 거품이 삐져나왔다고 한다. 여러 번 토를 했고, 벌떡 일어나 소리를 질렀다고 한다. 소리를 지르다가 울고, 울다가 욕을 했다고 한다. 머리가 펄펄 끓고, 온몸에 반점이 호박전 크기로 피어올랐다고 한다. 귀신이 들린 것 같다며 무당을 불러와야 한다고, 주인집 아주머니가 어머니를 겁주셨고, 어머니는 젖은 수건으로 몸을 닦아 가며 우셨다고 한다.

눈을 뜨고 눈을 감았던 기억뿐이다. 어머니가 증언하신 작은 악귀로서의 나는 기억에 없다. 나는 그때 날고 있었다. 몸을 가게에 내버려두고 열심히 날아다녔다. 그래서 몸의 기억이 없을 것이다. 초롱이를 부르며, 초롱이를 찾았다. 초롱이는 없었다. 없다는 걸 받아들이는 내가 두려워서 찾고 또 찾았다.

자주 토했던 건 뚜렷이 기억한다. 초롱이가 담겼던 냄비, 그릇. 그걸 떠먹었던 숟가락, 구역질 나는 지옥이 부엌에 있었다. 어머니는 초롱이를 끓인 냄비에 죽을 끓여 내 입에 넣어 주셨다. 내가 토할 때마다 어머니는 소화제를 먹이셨고, 주인아주머니는 소화제 말고 무당을 불러와야 한다고 성화셨다.

내가 밥상 앞에 앉아서 토하지 않고 끝까지 밥을 먹었던 건 눈 다래끼가 나면서였다. 한쪽 눈이 욱신거리더니, 완전히 떠지질 않았다. 끈끈한 풀 기운이 눈꺼풀 주위를 질척댔다. 아무래도 무당을 불러야 하는갑다. 어머니는 울고 계셨다. 나는 벌떡 앉았다. 손거울을 들었다. 모기에 물린 것 같은 붉음이 눈두덩 위에 있었다.

엄마, 밥.

어머니가 진짜 무당을 불러오실까 봐 겁이 났다. 끝내야 할 때였다. 눈 다래끼다. 쩍쩍, 눈곱이 늘어지는 눈 다래끼였다. 이건 누가 뭐래도 초롱이 거였다. 초롱이의 답이었다. 주고 싶어서 준 답은 아니었다. 거지처럼, 포기하지 않고 찾아다니는 내게 던져 주는 적선이었다. 그래도 괜찮았다. 그래 봤자 눈 다래끼고, 마이신을 먹으면 나을 테니까. 어쨌든 내 몸을 다녀갔다. 그렇게 생각할 것이다. 그래야 살 수 있을 것 같았다. 가장 무서운 건, 끝까지 몸에 남아 공포를 다 받아먹고, 포기도 모른 채 죽어 나가는 초롱이를 상상하는 거였다. 초롱이는 몸에서 빠져나갔다. 나갔으니까 답을 준 것이다. 오해일 리 없다. 그래야 했다. 나는 살고 싶었다.

어미가 없는 새끼들은 며칠간 방에 놔두었다. 새끼들은 내 품으로 파고들었다. 나를 핥고, 내 젖꼭지를 찾았다. 내 어머니의 벌겋게 달아오른 얼굴이 떠올랐다. 떨면서 초롱이의 배를 가르시던 어머니의 두툼한 손이 떠올랐다. 언젠가 죽을 미아리의 강아지들이 끙끙대며 내 가슴에서 떨어지지 않으려고 발버둥을 쳤다.

#65

　　　　　　　아버지는 다시 우유 배달을 시작하셨다. 서울우유가 아니라, 빙그레 우유였다. 큰집이 빙그레 우유 대리점을 시작하면서 자연스럽게 아버지는 빙그레 우유를 싣고 미아리를 달리셨다. 우리 형제를 기쁘게 했던 사장님 아버지는 이제 없었다. 손가락이 없는 아버지가 가끔 유통 기한이 지난 바나나 우유를 방안에 놔두셨다. 어떤 거는 상했고, 어떤 건 마실 만했다.

　우유 집 아들은 혀로 유통 기한을 알 수 있었다. 날짜는 중요한 게 아니었다. 마셔 보면 알았다. 상하기 직전의 우유가 가장 맛있다는 것, 상한 우유 한두 모금 마셔도 안 죽는다는 것도 알았다. 멀쩡한 우유가 나올 때까지 뱉고 뱉다가, 바나나 맛이 바나나답게 나는 항아리 우유를 벌컥벌컥 마셨다.

아버지가 우유 배달을 시작하신 지 얼마 안 되어서 부동산 아저씨가 왔다. 가게를 물려받을 늙은 부부도 함께였다. 종이를 사이에 두고, 비석처럼 어른들은 좀처럼 동작이 없었다. 부동산 아저씨만 열심히 입을 움직이셨다. 여러 장의 종이 첫 장에 늙은 부부 중 아저씨가 먼저 도장을 찍으셨고, 어머니를 바라보셨다. 어머니 손에도 도장이 있었다. 모두 어머니를 바라보았다. 어머니는 도장을 방바닥에 던지셨고, 담배를 피우시던 아버지가 손가락이 다 있는 손으로 데굴데굴 농 밑으로 들어간 도장을 찾아내셨다. 나머지 한 손은 여전히 손가락이 네 개였다. 자주 보다 보면 손가락이 싹처럼 자랄 거란 기대가 있었다. 아버지는 재떨이에 한참 남은 담배를 끄셨다. 형과 나는 방구석에서 침을 삼켰다. 한바탕 큰 싸움이 일어날 게 뻔했다.

왜!

왜!

왜!

어머니였다. 늙은 부부 중 아주머니는 아이고, 놀래라! 연극을 하듯 가슴 쪽에 손을 대시며 뒤로 약간 물러나셨다. 미쳤어? 미쳤냐고? 아버지는 비슷한 크기의 목소리로, 어머니를 다그치셨다. 형은 아무 소리 없이 어머니의 한쪽 팔을 잡고, 하얗게 떨고 있었다.

어머니는 미쳐 있었다. '왜'라는 말밖에 못 하는 고함 인형이 되어, 왜만 짧게 세 번 내지르셨다. 원래의 어머니는 눈물로 이미 녹아 버렸다. 사라졌다. 껍질만 남았다. 그렇다고 죽은 사람이 된 건 아니었다. 텅 비었다가 밥을 지을 때, 화를 낼 때 잠깐씩 몸 안으로 돌아오셨다. 형이 어머니의 팔을 잡고 있을 때, 나는 약간 놀랐다. 형도 보이는 걸까? 어머니는 마지막 지점에 다다르셨다. 모든 걸 다 놔두고, 어딘가로 영영 날아가려 하셨다. 그때 형이 어머니의 팔을 잡았다. 이루 말할 수 없이 적절한 타이밍이었다. 어머니도 놀라셨는지, 왜를 네 번째 하려다, 한숨을 크게 내뱉으셨다.

미안허요.

아버지였다.

한 번만 더 고생합시다. 여보.

아버지는 두 손으로 어머니의 손을 잡았다. 어머니의 붉고 큰 손에 아버지의 작고 마른 손이 올라갔다. 나는 일단 '여보'라는 단어가 불편했다. 어머니는 한국이 엄마였다. 여보라니. 우리 가족에게 여보나 당신 같은 단어는 없었다. 한국이 엄마, 한국이 아빠, 한국이, 그리고 중국이. 셋은 한국이란 단어와 연결되어 있고, 나만 외떨어져 중국이었다. 나를 한국이 동생이라고 부르지 않는 게 이상했다. 그건 아마도 셋째가 태어났을 때를 대비해서였을 것이다. 한국이의 첫 번째 동생과 한국이의 두 번째 동생을 이름으로 부른다고 상상해 보라. 부처님의 손바닥에 갇힌 손오공처럼 실로 어마어마한 참사였다.

어머니가 여보가 되는 순간, 미아리 구멍가게의 덕지덕지 뜯겨진 개나리 벽지는, 개나리 봉우리를 만개했고, 아버지는 투게더 아이스크림에 전기구이 통닭을 사 오는 회사원처럼 잘생겨 보였다. 어머니는 여보란 단어 하나로 홈드레스를 입은 이 층 양옥집 사모님이 되었다. 아들은 반장이나 부반장일 게 분명한, 기품 있는 미용실 사장님 같았다. 형과 아버지의 협동으로 어머니는 돌아왔다. 껍질을 다 채울 만큼 어머니는 온전해졌다.

어머니는 자주 나처럼 떠다녔던 것 같다. 초롱이를 찾아 나는 열심히 날아다녔다. 앞산과 빡빡산, 명약국 사거리와 숭인시장, 대지극장과 미아리 고개까지 헤매고 다녔다. 날아다니는 건 꿈이나 비슷했다. 수많은 것들을 지나치지만, 분명한 건 아무것도 없었다. 어머니를 자주 보긴 했지만, 사무적으로 지나치기만 했다. 어머니인지 어머니 같은 사람인지도 불분명했다. 날아다니는 모든 것들은 다 그렇게 불분명했고, 부질없었다. 숨을 곳도 없는 사람들, 몸 안에 있는 게 끔찍한 이들은 그렇게 날았다. 어머니와 아들이라도, 날기로 한 이상, 끔찍이 반가울 것도, 사무칠 것도 없었다.

무거우면 날지 못한다. 다 두고 와야 겨우 날 수 있는 것이다. 초롱이를 핑계로 날아다녔지만, 진심으로 초롱이가 그립고, 찾고 싶었다면 나는 무거워졌을 것이다. 못 날았을 것이다. 그냥 날았던 것이다. 못 찾을 걸 알면서도, 그걸 견디는 내 몸이 더러워서 날았다. 어머니가 몸 안에 고정된 그날, 꿈에서 초롱이를 봤다.

눈은, 눈곱은?

초롱이의 얼굴을 살폈다. 깨끗했다. 눈곱도, 고름도 없었다. 멀쩡하고 예뻤다. 목욕을 끝낸, 목화솜처럼 활짝 핀 초롱이는 선홍색 혀로 내 손등을 핥았다. 혀가 너무 예뻐서 꽃 같았다. 혀가 닿은 곳들에 꽃 도장이 피었다. 내 손등에, 목에 꽃이 피었다.

초롱이가 뛰었다. 초롱이 털이 눈처럼 날렸다. 눈밭이고 꽃밭이었다. 초롱이를 안았다. 초롱이는 안겼다. 초롱이가 얼굴을 핥았다. 그건 싫었다. 꿈인 걸 알았는데도, 반가웠는데도 나는 초롱이 얼굴을 잡고, 밀었다. 꿈이라고 해서, 함부로 다정해선 안 된다. 마음껏 사랑해선 안 된다. 과장해서 그리움을 과시해선 안 된다. 나는 그렇게 막았고, 그렇게 초롱이를 보냈다.

만약에 어머니가 우리를 모아 놓고, 아버지가 아프다, 초롱이를 잡아도 되겠니?라고 했다면 형과 내가 안 된다고 했을까? 아버지의 잘린 손가락 앞에서 우린 빨리 철이 들어야 했다. 아버지의 직업도, 죽은 초롱이에 대한 슬픔도, 창피한 가난도 마음에 둘 때가 아니었다. 아버지의 손가락만 돌아온다면, 초롱이는 죽어 마땅한 동물인 것이다.

무수히 많은 71년생들이 개에게 돌을 던지고, 막대기로 으르렁거리는 개 이빨을 쑤셔댔다. 73년생들이 71년생들을 좇아 했고, 74, 75년생들은 개를 동정하는 법을 구경조차 못 했다. 방안에 개를 들이면 어머니는 연탄집게로 들여 놓은 아들을 때리셨고, 먹던 반찬을 개에게 던져 줘도 꾸중을 들어야 했다. 상한 음식과 남은 찌꺼기가 개들의 몫이었다. 개가 늙을 때까지 살다가, 구부정 천천히 죽어갈 수도 있다는 걸 몰랐다. 개는 언젠가 밥상 위에 올라갈 잠재적 고기였다.

#66

　　우리는 큰집 차고 방으로 짐을 옮겨야 했다. 빚은 까도 까도 또 나왔다. 가게까지 팔았지만, 갚을 빚이 더 있었던 것이다. 결국 전세로 들어갈 돈도 없었다. 큰어머니는 차고 방을 비워준다고 하셨다. 어머니는 싫다고, 못 간다고 또 한 번 우셨지만, 그 울음 속엔 이미 포기가 섞여 있었다. 차고를 개조한 방은, 차고보다 못했다. 샷시로 된 현관, 현관 폭만 한 부엌, 그리고 포니 승용차 한 대 크기의 방. 크기야 가게 안에 있던 쪽방과 다를 건 없었다. 골목도 아니고, 대로변에 달랑, 차고 방이었다. 이웃은 다 이 층 양옥집이었고, 홀로 방이 되어, 홀로 가난한 곳이었다.

　　이사를 가는 날은 일요일이었다. 일어나 보니, 이미 어머니와 아버지는 리어카에 이불과 옷가지를 쌓고 계셨다. 우릴 깨우지도 않고, 이미 몇 번 다녀오신 모양이었다. 이제 우리도 뭔가 해야 했다. 도우러 올 사람이 여럿 있었지만, 어머니는 조용히, 도망치듯 그렇게 가는 걸 원하셨다. 불평의 가능성이 전무한 한팀이 되어 리어카를 밀었다.

우리 앞을 오르막이 산처럼 가로막았다. 미아리를 통틀어 가장 비정한 오르막이었다. 빙판이 되면 그 어떤 차도 오를 수 없는, 미아리의 히말라야를 올라야 했다. 오르막을 넘어 평지가 나오면, 우리의 차고 방이 곧 정체를 드러낼 것이다. 아버지의 발뒤꿈치가 자꾸만 신발에서 삐져나왔다. 거미줄처럼 갈라진 아버지의 발뒤꿈치는 벼랑처럼 깊었다. 멍청한 벌레라면 빠져나오기 쉽지 않은 미로가 그곳에 있었다.

위험해.

어머니는 리어카에서 떨어지라고 하셨다. 그럴 수가 없었다. 붙어 있어야 했다.

떨어지라고.

어머니는 나를 밀치셨다. 형도 어머니의 목소리에 눌려 리어카에서 손을 놓았다. 두꺼운 고무줄로 얼기설기 고정시켜 놓은 짐 더미 사이로 아롱이가 고개를 내밀었다. 이불 더미 속에서 고개만 내

민 아롱이가 두리번거렸다. 초롱이와 가장 닮은 아롱이만 우리 집 식구로 남았다. 지지직 아버지의 신발이 끌리는 소리가 났다. 어머니의 신발도 끌렸다. 둘의 힘이 무게를 못 견디고 지지직 히말라야 아래로 쓸려 내려갔다. 아버지가 리어카를 위로 좀 더 올리셨다. 바퀴가 브레이크가 되어 수레가 섰다. 아버지는 땀을 닦으셨고, 주춤 우리를 보셨다.

껑껑껑, 나를 알아본 아롱이가 우는 시늉을 했다. 이불 더미에서 뛰어내릴 용기까진 없는지 껑껑거리기만 했다. 아버지는 힘이 채워지셨는지 가래침을 한 번 뱉고 다시 리어카를 눕히셨다. 어머니도 목장갑으로 가린 뚱뚱한 손으로 리어카 양쪽을 잡았다. 중간까지가 문제였다. 중간까지 경사가 급했지만, 그 위로는 완만해졌다. 중간을 넘어가자 형과 나는 안도의 한숨을 쉬었다.

어머니는 차고 방에 책상을 넣어 주겠다고 하셨다. 책상에 앉아 스탠드에 불을 켜고, 나는 왕자처럼 공부할 것이다. 수영장이 있는 옆집 천사들도 가까이 볼 수 있다. 어쨌든 시간은 흐를 것이고, 나는 어른으로 다가가는 중이며, 그때까지 고생하는 건 어쩌면 당연했다. 아버지의 손가락이 없어도 나는 사장이 될 것이고, 차고 방에서 공부한다고 백 점 맞는 게 더 어려워지지는 않을 것이다.

나는 아주 잠깐, 홀로 날아 보았다. 공중에 올라 껑껑대며 올라가는 점처럼 작은 리어카를 보았다. 미아리의 히말라야는 뱀처럼 휘어져 있었고, 어머니와 아버지는 강물에 떠다니는 잎처럼 얇아 보였다. 우리가 살아야 하는 차고 방은 위에서 보면 없는 거나 마찬가

지졌고, 대신 네모반듯한 양옥집들은 가지런했다. 양옥집들을 둘러싼 산은 수세미 색의 잎들로 찬란했고, 한 걸음 한 걸음 어렵게 올라가는 가난한 리어카와 상관없이 바스락 여름의 유쾌함을 속삭이고 있었다.

#67

초롱이에게

지금 여기는 인도 바라나시야. 원고가 늦어졌어. 늘 그렇지, 뭐. 촉박해지면 그제야 찔끔찔끔 나오는 나쁜 버릇이 이번이라고 비켜가지 않더라. 방콕에서 원고를 다 마쳤어. 원고만 몇 번을 봤는지 몰라. 다시는 보고 싶지 않았지. 그리고 지금 너에게 글을 쓰는 거야. 웃기긴 해. 바라나시라니. 인도 여행기를 쓰려고 와 있는 거야. 중국에서 아르헨티나로 넘어와 이구아수 폭포까지 이야기하고, 인도의 바라나시는 또 뭘까?

인도인이라면 바라나시에서 죽기를 소망해. 하루 안에 장례를 치러야 해서 먼 곳에서 죽으면, 장례가 불가능하지. 인도가 땅이 크거든. 그래서 이곳으로 와서 죽기만 기다리는 노인들도 많아. 바라나시에서 죽는 게 큰 복인 거지. 이곳에서 재로 남아 뿌려지면 윤회는 끝난다고 해. 다시 태어날 일 없는 완전한 소멸이 이루어지는 거지.

완벽한 사라짐은 완벽한 축복인 거야. 그래서 아무도 울지 않아. 바라나시에서의 죽음은 축복이거든. 완벽한 사라짐이거든. 매일매일 엄청난 수의 시체가 장작더미 위에서 태워지지. 죽었다고 모두 태우는 건 아니야. 아이와 임신한 여자는 수장을 한대. 물속에 묻는 거지. 아이와 임신한 여자는 꽃이래. 꽃처럼 순수하고 아름다운 존재는 물로 곧장 가는 게 맞다는 거지. 꽃이라니. 그 말이 듣기 좋더라. 죽음은 꽃이 될 수도 있대. 뱀에 물린 사람도 태우지 않는대. 뱀독이 풀리면 죽은 사람이 깨어날지도 모른다는 거야. 재밌지?

오늘 나는 갠지스 강에서 둥실 떠오르는 시체를 봤어. 드디어 봤다 싶었지. 3주나 있었는데, 이런저런 시신 목격담이 있었는데 난 못 봤거든. 내가 본 시체는 온몸이 비닐 같은 걸로 싸여 있었어. 구도자나 전염병 환자도 수장을 하는데, 수도자였을 것 같아. 떠 있는데도 기도를 하는 사람 같았거든. 머리는 꼿꼿하고, 어깨는 나란했지. 영화에 나오는 '미라' 같았어. 그래도 시체니까 좀 당황하는 척은 했어. 눈코입이 안 보이니까 무섭기보다는 그런가 보다 싶더라.

같이 배를 탄 사람 중에 라파엘이란 친구가 있었어. 브라질 상파울루에서 웹디자인을 하는 친구야. 죽고 싶다더라. 시체가 부러울 줄 몰랐다며 우는 거야. 진지해 보였지. 어떻게 독일에 7대 1로 질 수 있냐는 거야. 우승을 해야 할 판에 지다니, 그것도 7대 1로 말이야. 축구에 미친 브라질 사람들이 바보 같아 보였는데, 이젠 같이 울고 싶대. 같이 죽고 싶대. 여행도 다 귀찮대. 바라나시에서 월드컵 이야기를 듣는다는 게 신기하기도 하고, 웃기기도 하더라. 라파엘이 고마웠지. 죽음 앞에서 진지해지려고 애쓰는 중이었거든. 뭐든지 가벼운 게 보기 좋은 것 같아. 그래서 바라나시에서 유명한 생강 커피를 사 줬어. 생강이 들어간 카페라테 같은 건데, 마시면서 라파엘이 울더라. 고맙대, 너무 고맙대. 이렇게 맛있는 커피는 처음이라면서, 브라질에서 생강 커피를 팔아 보고 싶다는 거야. 바라나시도 미아리처럼 죽음이 여기저기야. 개도 그때 미아리만큼이나 많아.

아롱이가 죽었을 때는 말이야. 그래도 멍청하게 슬퍼만 하지는 않았어. 너랑 유난히 닮아서 아롱이만 우리가 키웠어. 나랑 달리기도 하고, 산도 놀러 다녔지. 수컷들한테 인기도 많았어. 너를 닮아서 아주 예뻤거든. 너만큼은 아니어도, 정말 예쁜 개였어. 그런데 한여름, 비가 참 안 오는 7월이었어. 바깥에서 컥컥컥 소리가 들리는 거야. 나갔지. 아롱이가, 네 새끼가 굳어 있는 거야. 옆으로 누워서 흰 거품을 물고는 딱딱해져 갔어. 형과 나는 아롱이를 열심히 주물렀어. 너무 빠르게 딱딱해지더라. 죽었구나. 몹쓸 인간이 돌을 던졌던 것 같아. 아니면 개장수가 약을 먹였던지.

나무토막처럼 딱딱해진 아롱이…. 나와 형은 주저하지 않았어. 빨리 아롱이를 묻어야 했지. 아버지가 발견하시면, 내장을 빼면 상관없다며, 국물을 만들려고 하셨을 테니까. 그래서 아롱이를 들고, 산으로 갔어. 앞산으로. 형과 내가 야구를 하던 앞산으로 말이야. 아롱이는 앞산을 좋아했어. 앞산 가자고 매일 졸랐어. 차고 방이 앞산에 있는 거나 마찬가지였어. 우리가 산에 살았고, 산이 우리 마당이었지. 두 발은 형이, 두 발은 내가 들었지. 죽으면 더 무거워진다는 걸, 그때 알았어. 내쉬는 숨까지 몸뚱어리에 다 갇혀서 무거운 걸까?

우리는 길이 아닌 숲 속으로 한참을 들어갔어. 누구도 찾지 못할 그런 깊은 산 속이어야 했어. 귀신보다 더 무서운 개장수, 개장수보다 더 무서운 동네 아저씨들한테 들켜선 안 되는 거니까.

초롱아, 사과할게. 아롱이가 눈을 뜨고 죽었는데, 그걸 못 감겨 주겠더라. 영화에서 보면 죽은 사람의 눈을 감겨 주잖아. 죽어서라도 편히 쉬라고. 그런데 형도, 나도 죽어 버린 아롱이가 무서워지는 거야. 낯선 거야. 눈을 감기려고 하는데, 그럴 때마다 눈동자가 움직이는 것 같았어. 화를 내는 것 같았어. 아롱이의 눈을 피해서 걷기만 했지. 아롱이의 눈을 피하면서 흙을 파고, 아롱이를 눕혔어. 두 손으로 흙을 모아 열심히 뿌렸어. 이빨 사이로 침이 흐르고, 하얀 이빨 위로 흙들이 거뭇하게 올라가고, 눈동자는 고정되어 있는데도 움직이는 것 같고, 얼른 그 자리를 도망치고 싶었어.

미안해. 초롱아! 아롱이를 던진 건 나였어. 너의 뼈가 담긴 재떨이로 얼굴을 파묻은 아롱이를 보자마자 나는 아롱이를 장롱으로

347

던졌어. 아롱이는 테니스공처럼 장롱에 튕겨져서는, 소리도 내지 못하고 바닥에 엎어져 있었어. 죽은 줄 알았어. 죽인 줄 알았지. 다음날 다른 새끼들 사이에서 아롱이는 똑같이 움직였고, 다리를 전다는 건, 다른 새끼들이 뛰어다닐 때야 비로소 알았어. 다리를 저는 아롱이는, 다리를 절어도 미아리에서 가장 예뻤어.

초롱아! 우리 아버지도 용서해 줄래? 아버지는 네 개의 손가락으로 열심히 우유 배달을 하셨어. 장갑을 끼면 한 손가락만 펄럭거렸지. 그 손으로 한겨울에 우유를 배달하고, 수금을 하고, 우리를 먹여 살리셨어.

날아다니던 나는 어느 순간부터 날지 못하게 됐어. 아니, 날지 않았어. 재미도 없고, 알아주는 사람도 믿는 사람도 없어서, 내 몸속에서만 살기로 했지. 가끔 내 혀처럼 멋대로 분리되긴 하지만, 마음먹은 대로 나는 건 지금은 못 해.

점쟁이 할머니의 장담처럼 사장이 되지는 못했지만, 기다림의 형벌이 없는 지금이 좋아. 더 좋아지는 것보다는, 어제보다 나빠지지 않으면 족해. 무사하고 무난한 하루가 대단한 행운이란 걸 이젠 알거든. 하루하루를 모아서 늙어 죽고 싶어. 모두가 죽잖아. 죽는 것보다 두려운 게 잊히는 거야.

네가 죽었을 때 다짐했지. 함부로 슬퍼하지 말자고. 그건 너무 쉬운 거니까. 대신 오래 기억할 거라고 약속했어. 미안해. 부은 눈이 아직도 미안해. 그리고 사랑해. 유치한 고백 같은 건 죽어도 못하는 내가, 너에게만큼은 사랑한다는 말을 꼭 해야겠다.

그리고 준우 형. 이 글로 형을 추모합니다. 너무 많은 말을 하는 것보다는 이 이야기로 안부를 대신할게요.

안녕!

2014년 7월 9일

인도 바라나시에서

이곳은 방콕이다. 초고를 마무리하는 순간, 멋진 광경을 목격했다. 60대로 보이는 서양 남자가 카페로 들어왔다. 그리고 주머니에서 약봉지를 하나 뜯는다. 커피 한 모금에 같이 털어 넣는다. 그리고 콜록 두 번, 세 번? 밖으로 나간다. 굳이 쭈그려 앉는다.

Dive Now

Work Later

목 뒤의 푸른색 문신이다. Now는 이미 Dive를 여러 번 한 듯, 흐릿했다. 푸켓의 어딘가에서 다이빙을 하는 남자일 거다. 어깨에 남은 근육은 아직도 에어탱크를 짊어지기에 충분하다. 바라쿠다 떼들이 그를 둘러싸고, 그는 물속을 천천히 휘저을 것이다. 바다의 왕은 발을 땅에 딛지 않는다. 잠시 콜록거릴 뿐이다. 그는 내일이면 다시 바다에서 물결을 일구고, 바라쿠다와 잭피시를 거느릴 것이다.

콜록콜록

이보다 감동적인 소설을 쓸 수 있을까?

콜록거리는 늙은 다이버가 약봉지를 뜯어 커피를 들이켜는 소설을 쓰고 싶다.

진짜.

마흔 살의, 여덟 살

초판 1쇄 발행 2015년 3월 15일

글 | 박민우
펴낸이 | 김진

편집 | 최서연
디자인 | 강희철
교정·교열 | 이은설
인쇄 | 새한문화사

펴낸곳 | 플럼북스
출판등록 | 2007년 3월 2일 제105-91-128142호
주소 | 서울시 양천구 목동서로 340
전자우편 | plumbooks@naver.com
문의 | 02-6012-3611

값 13,000원
ISBN 978-89-93691-26-9

이 도서의 국립중앙도서관 출판예정도서목록(CIP)은 서지정보유통지원시스템 홈페이지(http://seoji.nl.go.kr)와
국가자료공동목록시스템(http://www.nl.go.kr/kolisnet)에서 이용하실 수 있습니다.
(CIP제어번호: CIP2015005271)